U0901978

魅丽文化
天下同萌

良辰未迟
宫阙卷
Bailu
ChengShuang
2
白鹭成双
著
江苏凤凰文艺出版社
JIANGSU PHOENIX LITERATURE AND ART PUBLISHING, LTD

图书在版编目（CIP）数据

良辰未迟．2，宫阙卷 / 白鹭成双著．-- 南京：江苏凤凰文艺出版社，2020.6
ISBN 978-7-5594-4499-8

Ⅰ．①良… Ⅱ．①白… Ⅲ．①长篇小说－中国－当代
Ⅳ．①I247.5

中国版本图书馆 CIP 数据核字 (2020) 第 012907 号

良辰未迟．2，宫阙卷

白鹭成双 著

责任编辑　李龙姣　张　倩
特约编辑　江秀英杰
装帧设计　summer
出版发行　江苏凤凰文艺出版社
　　　　　南京市中央路 165 号，邮编：210009
网　　址　http://www.jswenyi.com
印　　刷　湖南天闻新华印务有限公司
开　　本　880mm × 1230mm　1/32
印　　张　9.5
字　　数　170 千字
版　　次　2020 年 6 月第 1 版，2020 年 6 月第 1 次印刷
书　　号　ISBN 978-7-5594-4499-8
定　　价　38.60 元

CONTENTS

目 录

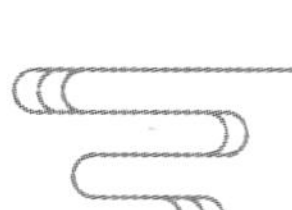

CONTENTS

目录

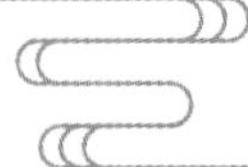

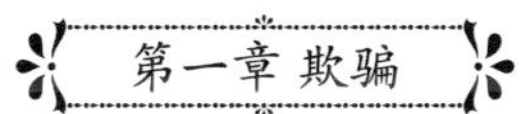

第一章 欺骗

长念坐在一间小屋里，旁边站着黄宁忠和冯静贤。

“恭喜黄大人高升。”冯静贤笑着拱手，“万年的副统领，终于转了正。”

黄宁忠好笑地推开他的手，朝长念道：“殿下，您看看，旁人都说冯侍郎少言，他偏见面就调侃卑职。”

“你俩感情好。”长念捧着热茶笑眯眯地道，“宁忠高升，我也高兴。”

“多谢殿下。”黄宁忠认真地朝她鞠了一躬，“若无殿下福荫，卑职哪里能从林茂大人的嘴边夺肉。”

崇阳门统领一职本是林茂暂顶的，可林茂错判了若兰被杀一案，随意让人顶罪，叫他钻了空子。

林茂是有意将张统领的余孽都铲除，所以急忙定下杀害若兰的凶手。但长念和黄宁忠都清楚，若兰不可能是张统领的人杀的。

因为真正动手的人，是黄宁忠。

当日皇后传召长念，是动了杀心，彼时的赵长念什么也没有，就算死在宫里，也不过落得个“暴病去世”的记载。所以若兰这个会武的宫女才如此胆大，引她到了崇阳门附近无人的宫巷，便要动手。

长念是有戒心的，路过崇阳门的时候便朝正当值的黄宁忠求救。黄宁忠假意出恭，尾随她们进了宫巷，一看若兰动手，立马上前救下长念。

只是那若兰的心实在太狠，下手毫不留情，饶是长念躲得快，下颌上也被她的匕首划了道浅口子。

若兰被制，破口大骂黄宁忠，扬言要回禀皇后，叫他祸及全家。长念有所犹豫，黄宁忠却拿了若兰手里的匕首，二话不说送了她一程。看着若兰慢慢僵硬的脸色，赵长念也没有多说什么，只帮黄宁忠一起掩埋了尸体。从小到大的经历让长念明白，在皇宫这种地方，对谁仁慈都可以，绝对不能给要杀自己的人留余地。

皇后想杀她，她没死，那要付出代价的就是中宫。

搭上叶将白要对付太子的顺风船，她很快如愿以偿，甚至一箭双雕，让黄宁忠坐上了崇阳门统领之位。

茶香袅袅，长念盯着杯里漂浮的茶叶，低声道：“若是可以，我也不想走上这条路。”

若是可以，她想在锁梧宫里混吃等死一辈子，等必须要外放了，便求父皇放她去母妃的家乡，没事还可以给母妃扫扫墓，再养一院子小鸡，闲来便捡鸡蛋玩。

但很可惜，她从小到大都有极强的求生欲，一旦被人算计，她就会尽力在他人的算计之中，为自己寻出一条活路。

遇见叶将白也是如此，她顺着他的算计，其实只是想保命。但没想到，她也是贪婪的，她想要日子能过得更好，想能多见见父皇，想被父皇夸赞。

一个人想要的东西多了，就再也回不到从前了。

赵长念与黄宁忠、冯静贤又聊了几句，外头就传来了几声警示的敲击声。

这两人反应极快，立马打开旁边的暗门躲了进去。

长念不慌不忙地起身，整理好衣裳走出去，就见有卫兵远远地跑来。来人道："副都护，三皇子有令，今日巡东门外的三圣山，队伍已列，等您下令出发。"

三圣山？长念愣了愣，刚开春，山上积雪正在融化，这时候去巡逻？

知道是三哥为难自己，可外头已经在等了，她要是扭头去找人评理，怕是要落个骄纵的名声。长念有点苦恼，想了想，还是认了，谁让三哥高她那么多品阶呢。

然而，刚随人走到门口，她迎面就撞见了北堂缪。

"去哪里？"北堂缪看向她。

旁边的卫兵连忙答："回将军，巡山。"

北堂缪脸色一沉，冷眼问："谁的命令？"

卫兵迟疑，不敢答，本想糊弄一二也就算了，谁承想触了逆鳞。

北堂缪大怒，伸手抓起那卫兵拎到眼前，斥道："巡卫营各司其职，无皇令不得任意调动，副都护负责的是宫城巡逻，你哪儿来的胆子，竟敢调她去巡山？"

他声若磬钟，震得卫兵脸色发白，慌忙跪了下去："将军息怒，这是三殿下的意思，今日各位统领都不在，三圣山有野兽出没，伤及百姓，三殿下指派副都护前去，也是无可厚非啊！"

"胡说八道！"北堂缪狠狠拂袖，"本将刚从东门过来，缘何没听人说有劳什子野兽？你们这些个脏手段，往别处使也罢，敢使来我眼前？"

卫兵吓得只敢嗫嚅，见北堂缪实在生气，便连连磕头："将军息怒，将军息怒啊！"

长念拱手，也跟着小声劝："将军息怒。"

北堂缪横她一眼，转身就要上车。

"哎？"长念道，"将军不是方才回来吗？这是要去哪儿？"

“进宫。”车帘落下，北堂缪冷冰冰地扔下这两个字。

长念茫然，眼睁睁地看着马车飞快地消失在宫道上。

北堂缪进宫面圣，以这次的皇子妄自调度兵力为引线，向帝王陈述了巡卫营、御林军、护城军乌烟瘴气的现状，又引数宗宫廷之中杀人的案子，责各处腐败，言辞恳切，痛心疾首。

帝王随之动怒，召集各处统领，在御书房发了半个时辰的火，又责令整顿，肃清军风，最后夺三皇子督军之位，令其只在内阁潜修古书。

三皇子千想万想也没有想到，一个小小的刁难，会引出这么大的祸事。

“北堂将军太厉害了！”沐疏芳激动地跟长念比画，“我听我爹说，他一个人站在御前长述半个时辰，条理清晰，句句直指要害，陛下都被他说傻眼了！”

“父皇大概是没见过北堂将军说这么多话吧。”长念苦笑，“他那个人，话一向很少。”

“谁说不是呢。”沐疏芳唏嘘，“我之前在宫宴上见过他，远远一眼就知道这人寡言少语，骤然说这么多，不知道是积攒了多久的怨怼。不过他可聪明了，都是站在陛下的立场，为着陛下的安危责难三军，陛下半点也没怪他冒失，反而将三皇子叫去训斥了一通。”

长念干笑，垮了脸道：“这下三哥肯定更恨我了。”

“我爹说，这事是因殿下您而起，但与您无关。”沐疏芳安慰她，“北堂将军是个行得正坐得直之人，三军污浊，自交到他手上那日起，就知道会有这一天，殿下只不过是刚好撞上了。”

长念心虚地点头，心想，在外人眼里，北堂缪果然是跟她没什么关系的，这样也好。

只是，他这次委实太冲动了，虽然结果挺如人意，但有空再遇见，还是得说他两句。

风停云去了辅国公府，一进门就看见叶将白嘴角带笑地在看文书，上前略扫一眼，只见上头写的正是方才巡卫营里发生之事。

“你倒是还笑得出来。”他皱眉，“将白，你不觉得咱们的七殿下委实太厉害了些？”

“嗯？”叶将白抬头，“怎么？”

“七殿下被三皇子为难，北堂将军替七殿下告上御前，三皇子还丢了督军之位。”风停云道，“你觉得这正常吗？”

叶将白轻笑：“照你这么一说，的确是不太寻常，但此事与七殿下无关，也只能算三皇子倒霉，刚好成了北堂缪的靶子。若去说话的不是北堂缪，犯错的也不是三皇子，这事就会是另一个结果。”

风停云皱眉：“你以前可不是会相信巧合的人。”

“我只相信事实。”叶将白合了文书，道，“这件事是巧合，这便是事实。”

“北堂缪替她说话是巧合，那内阁的秦大人、柳大人替她说话，也都是巧合？”风停云道，“这些人向来不涉党争，也从未替皇子出过头，就连定国公此次也出来偏帮七皇子。”

叶将白用看傻子的眼神看向风停云，道：“你不知道内阁的秦大人是七殿下的娘家人？以前想帮七殿下说话也没机会，如今有机会，哪能不帮自家人？秦大人与柳大人交情甚笃，话能不一起说？再说定国公，沐疏芳对七殿下的心思，就差拿牌匾写好挂在城门口了！”

说到最后一句，他眼眸微眯。

风停云噎了噎，微恼：“好，这些都有说法，那你可知道七殿下与户部的冯静贤关系好到了何种地步？冯静贤如今大事小事都要请示七殿下，言语上也十分尊敬。有人说先前冯静贤家里有难，七殿下拿出了大笔银钱相助。”

叶将白一顿，抬眼看风停云。

“你不信是吧？我也不信，所以你有空便问问，上次给七殿下的那一大盒子银票还在不在。”风停云接着道。

“那个装银票的盒子我看过。”叶将白道，“她花了一半，给我买了东西。”

说到这个，他想起来了，朝风停云伸手："玉呢？"

风停云拿出一个红木雕花小盒，神色复杂地道："上等冰种，原来的铺子在十月中便关了，这东西在隔壁的当铺里，小的两千三百两一件，大的也不过五千两。"

一个小挂件，两三千两银子而已，哪里花得了一半？

夜幕降临，长念归府，远远地看见院子里亮着灯，她嘴角微勾，提着衣摆便往里跑。

"国公！国公！"

她跨进门去，见叶将白端坐在茶榻上，上前便趴在他身侧，兴奋地道："我有一个好消息要告诉您。"

叶将白勾了勾唇，问她："什么消息？"

"沐小姐不是在城郊弄了个农院，养着一群孩子吗？"长念道，"她月钱不多，全花在他们身上也不是很够。我上回去的时候，见他们实在可怜又懂事，便给了些银子，没想到他们那般念恩，上山砍柴换了些鸡蛋，全让沐小姐拿来给咱们了。"

红提跟在她身后进屋，手里托着好大一盒子鸡蛋。

叶将白怔了怔，侧头问她："你给了多少银子？"

长念眨眼，略为心虚地道："用的是您上回给我的银票……总归是给我了，那便该由我处置吧？给多给少……"

"多少？"

"……八百两。"长念左顾右盼，语气弱弱地道，"我知道给得多了，但我一时半会儿也没处用银子，给孩子们都买身棉衣过冬多好啊！再说了，我也告诉他们这是辅国公的心意，不是想自己得好名声……"

借口是多，但寻常人有八百两已经是很难的事，更别说眨眼就送出去了，此举委实不把银票当钱，长念想也知道叶将白会生气，所以拼命解释。

然而，不知是她的解释起作用了，还是别的什么原因，叶将白不仅没动怒，先前脸上蒙着的一层阴影反而跟着散开了，眉目柔和下来，伸手将她拉过去，抱在怀里。

“慌什么？”他道，“我难道还会为了这点小事责备于你？”

长念咽了口唾沫，心想您方才那语气可不是要责备的前兆吗？吓死个人了……

“往后要用银子，都同我说。”叶将白道，“哪怕殿下送人八千两，只要知会我一声，国公府的账房随殿下进出。”

这财大气粗的一句话，吓得长念连连摇头：“不必了，不必了。”

“嗯？”叶将白蹭了蹭她的鬓发，道，“别人若得我这句话，必定欢欣雀跃，殿下怎么反倒害怕了？”

长念道：“您这样会把我养坏的，银子随我花，那我大手大脚，花光了您的家底怎么办？”

像是听见了很好笑的笑话，叶将白莞尔，眼里都是光亮。

“殿下若有本事花光在下的家底……”他在她耳侧轻声道，“那在下就靠殿下养活便是。”

脸一红，长念咬唇，心里有些冲动，干脆扭过身来，正色朝他道：“养活你便养活你，只要国公安心与我过日子，再不管旁的事，就算国公每天要吃一颗天上的星星，我也一定搭了梯子去摘！”

她是认真的，若是叶将白能抛开朝廷中事，再不谋划什么，她把命给他都可以。

然而，叶将白只把这话当作调情，甚是愉悦地在她唇上啄了一口，声音低哑地道：“若在下不想吃星星，想吃别的呢？”

他漂亮的狐眸里闪着暗光，带着一股子侵略的味道。长念不傻，知道他指的是什么，脸更红，埋头就往他怀里钻。

叶将白失笑，压了她的身子与自己相贴，叫她感受他的炙热，伸了舌尖轻轻舔弄她的耳廓：“羞什么？”

比起羞，更多的是怕啊！长念不吭声，心想若真有一日情难自控，这人扯开她的衣裳发现她是个女人，不知道会不会当场杀了她。她以男儿身引他折腰，一朝败露，必伤他自尊，令他怒不可遏。在那之前，她一定要有自保的本事，否则小命都留不住。

能骗多久是多久吧。

她伸手回抱他的腰，小声道："今日要早些休息的，明日要进宫去给父皇请安。"

"嗯。"应她一声，叶将白却没有要走的意思，反而翻身将她压在茶榻上，轻轻含了她的唇，眷恋地摩挲，一只手握着她的下颌，一只手扶着她的腰，极尽温柔。

说来也怪，叶将白不是个重色之人，但偏贪恋与赵长念亲近，恨不得每时每刻都能吻她，一旦沾上她的唇，便只想深入，再不想分开。想让她的呼吸里有他，他的气息里也染上她的味道，这样便仿佛两人是一体的，没有任何隔阂。

长念嘤咛，想推开叶将白，奈何身上这人受不得忤逆，见她想推，便亲吻得更用力，气息急喘，掐着她腰的手也顺势往下。

"不……"长念猛地挣扎，抓住了他的手。

感觉到她身子在发抖，叶将白抿唇，即便是不甘不愿，也只能收回手，叹息道："殿下就这般不愿与在下亲近？"

"不……不是。"长念别开眼，不敢看他。

她衣襟微松，露出一截雪白的脖颈，叶将白扫了一眼，觉得哪里不太对劲，但身下的人动作极快，已经拢好起身，坐到了旁边。

"国公饿不饿？"她双目盈盈地道，"我去给您拿些点心？"

看着这副小可怜的模样，即便有什么气也没了，叶将白摇头，伸手替她脱了外袍，将人塞进被子里，道："明日不是要早起？先休息吧。"

长念点头，后知后觉地又问："国公这么晚还在院子里等我，是有什么话要同我说吗？"

"本来是有，现在没了。"叶将白轻轻地挑眉，看着她道，"只愿殿下以后做事都知会在下一声，这样，也少些误会。"

"……好。"

长念垂眸，捏着被子想，竟然误打误撞逃过一劫。

不过，她要的东西越多，就会有越多的人注意到她，她的秘密也就会越来越藏不住。有没有什么法子，可以一劳永逸？

第二日是皇子进宫请安的日子，在京的三皇子、太子和七皇子皆穿着朝服，于养心殿面圣行礼。

要是以前，众皇子行礼过后，皇帝都会留下太子单独说话，而这次，帝王抬眼，喊的却是："念儿。"

太子和三皇子都是一顿，前者脸色霎时变得很难看，后者眼眸微眯，神色复杂。

长念受宠若惊，连忙上前两步，眼瞧着太子和三哥退下，才拱手行礼："父皇有何吩咐？"

"这些年，朕着实冷落你了。"皇帝轻咳两声，感叹道，"听朝臣说，你最近差事都办得不错，还在巡卫营立了功，朕觉得，对你是有些亏欠。"

长念喉咙发紧，提着衣袍朝他跪下，磕了两个头："父皇乃天，一直于儿臣头顶照拂，谈何亏欠呢？若没有父皇，哪儿来的儿臣。"

她说的是真心话，这么多年来，她对这个父皇只有崇敬渴望，从没有怨怼，哪怕不亲近，他也是这世上与她血缘最浓之人。

皇帝是听得出真心和假意的，他有些惊奇，这个七儿子为何会这般喜欢他呢？他给别的皇子的恩赏比给赵长念的要多很多，平日里也少与她见面，可她每回见着自己，都是喜悦的。

这种被人认真放在心上的感觉，皇帝已许久没尝过了，心下觉得感动，眼神也跟着慈祥起来："好了，快起身，国公说你身子不好，别总跪着。"

"谢父皇。"

太子与三皇子前后出了养心殿，这两人平日里交流甚少，都是各走各的，但这一回，太子叫住了三皇子。

"三皇弟近日过得可好？"

三皇子停了步子，侧头道：“皇兄何必明知故问？”

丢了巡卫营的督军之位，多少人在暗地里笑话他？赵恒旭没办法将这火气发到北堂缪身上，只能怪赵长念了。本以为赵长念单纯无知，谁知道竟是个扮猪吃老虎的，有能耐说动北堂将军为她说话，朝臣还一致偏帮她。

他气得好几日无法安寝了，始终没有想明白，这个好吃懒做的赵长念，到底是得了什么神助？

“本宫甚是替三皇弟惋惜啊。”太子叹了口气，“三皇弟做事还是太直了些，不懂得阿谀，故而让人钻了空子，抢了人心。”

三皇子哼笑：“愚弟学不来那一套，只能认栽。”

“是啊，咱们七弟的手段，还真是谁都学不来。”太子摇头，啧啧有声，“真不愧是秦妃之子，秦妃当年的手段也是了得，背地里不知道做了多少肮脏事，被母后赶出宫也还有本事回来……哎，说远了。”

三皇子顿了一下，看向他。

太子笑得温和无害：“没什么，宫廷旧事了，如今七弟出人头地，已经今时不同往日，哪儿还能提那些呢。三皇弟下回小心些吧。”

秦妃与他的母妃一样，都是宫婢出身，太子一向看不起他们的出身，赵恒旭是知道的。但听太子今日这话，似乎是在暗示什么？赵恒旭沉吟。回到自己的宫里后，他招来两个侍从，吩咐他们去打听，又给宫外的亲信写了手书，叫他们探查。

于是，长念正在懒洋洋晒太阳的时候，就见红提凑过来小声道：“殿下，宫里传来消息，有人在打听秦妃旧事。”

长念一个激灵坐起身，脸色发白。

果然啊，母妃那么小心翼翼是有道理的，人一旦冒头，背后的东西就都会被挖出来。她知道躲不过去，却没想到来得这么快。

当年秦妃生产，北堂华在宫里统领御林军，借着方便，贿赂了产婆和御医，瞒下了长念的真实身份。事后，产婆被送出宫，御医也告老还乡，答应了今生不再回京。

看起来没什么后顾之忧了，但若有心人执意要翻，总能把人翻出来。

是三哥，还是太子？长念没有多余的精力去猜，坐在躺椅上沉思良久，低声道："红提，你得替我瞒好国公府，我要去一趟定国公府上。"

"是。"红提应下。

沐疏芳正跪在祠堂，听自己的父亲唠唠叨叨地念"女大当嫁"，耳朵都快起茧子了，却不敢反驳，只能对着雕花窗子默默地翻白眼。

翻到第十二个的时候，外头有人急匆匆地来禀："老爷，有皇子来访。"

定国公一愣，问："几皇子啊？"

奴仆递上名帖，答道："七皇子。"

沐疏芳一个激动就站了起来，两眼发光。

太好了！长念来得太是时候了，她已经快被念死了！

定国公一看自家女儿这反应，心下一喜，连忙道："快请去茶厅，我这就过去！"

"是！"

沐疏芳提着裙子也想跟着去，却被定国公一把拉住。

"怎么？"疏芳很委屈，"殿下都来了，我还要听您教训吗？"

定国公恨铁不成钢地看她一眼，道："换件新裙子再去，就昨日你娘给你新裁的那件。"

沐疏芳嘴角直抽搐。

长念刚在茶厅落座，就见定国公一边拱手一边进来，道："怠慢殿下了，还请殿下恕罪。"

"大人言重。"长念笑道，"我只是来答谢沐小姐上次的赠礼。"

说着，后头的奴仆就抬进来两个箱子，打开一看，是两个上好的官窑青瓷薄胎瓶。

定国公大喜，他就爱官窑青瓷，七殿下真是个体贴懂事的！

“殿下客气了。”定国公脸都快笑成一朵花了，道，“小女方才在习琴课，故而没能出来亲迎，还请殿下稍候。”

“无妨。”长念颔首，端正地坐着等。

沐疏芳来得很快，裙子是换了，头钗却还是之前的三支金梅，看起来不华丽，但让人很舒服。长念一见她就笑，正想说话，却听得定国公一斥：“你胡闹什么！”

沐疏芳吓得小步跳到了门槛外，撇嘴：“我哪里又胡闹了？”

“你这发髻，合规矩吗？”定国公瞪眼，又连忙朝长念拱手，“小女在家疏忽些，还请殿下见谅。”

一边责骂一边替她告罪，真是一个很疼女儿的父亲。

长念很是羡慕，拱手还他一礼：“沐小姐天生丽质，如何打扮都是好看的。”

一听这话，定国公就哈哈大笑起来，胖胖的肚子挺着，像极了弥勒佛。

沐疏芳走去长念身边站着，小声问：“殿下今日来所为何事？”

“我是来找你的呀。”长念小声答，“方便吗？”

“您是来救命的。”感激地看她一眼，沐疏芳正色对定国公道，“爹，咱们偏院的蜡梅开得好看，女儿带殿下过去瞧瞧可好？”

“哎，殿下还没坐一会儿呢，咱们礼节也没周全……”定国公嘴上碎碎念，侧过头来又朝长念拱手，“小女骄纵惯了，殿下多担待。”

“哪里哪里。”长念起身，行了礼就与沐疏芳一起退了出去。

“您是不知道啊！”一出茶厅，沐疏芳就拉着长念的手作欲哭状，“三个时辰，从早晨起来到现在三个时辰了！我爹一直让我跪在祠堂反省，说唐太师的小女儿都定亲了，我怎么还没消息！天哪，唐太师的小女儿嫁的是季国柱家的纨绔儿子，那样的人，谁想嫁啊？也就唐太师不把女儿当人。”

长念哭笑不得：“沐姑娘有才有貌，自然不必委屈自己，定国公也是太急了。”

“是啊！”沐疏芳道，“我娘昨日送来了个京都公子名册，挨个让我翻，我一个生气就把那册子烧了，我爹还怪我不懂事。天哪，成亲又不是下馆子点菜，还能看菜单不成？”

长念犹豫一二，还是问她：“姑娘现在还是想与我成亲吗？”

“那是自然！”沐疏芳连忙点头，“与殿下成亲是最好的选择了。”

长念点头，搓着手心道：“那……我想想该怎么做。”

见她面露难色，沐疏芳挑眉，觉得不对劲，便打发下人走远些，拉着她的手低声问：“是遇到什么麻烦了吗？”

“不瞒你说，”长念道，“我最近得罪了三哥，太子也不想让我好过，若是他们执意寻麻烦，我的身份便瞒不了多久了。”

沐疏芳恍然，笑道：“那咱们成亲便是双赢，一旦大婚，就算谁查到了什么，看在定国公府的颜面上，也不敢明着如何。”

“嗯……”长念挠头，“就是难免连累你，所以今日来，是想与姑娘商议，将利弊都说清楚了，再考虑。”

“之前我就说过了，殿下只要与我成亲，我自会护着殿下的。”沐疏芳笑着道，“你我虽然是假夫妻，却是真朋友，患难与共又有何难？”

“不过……”眼珠子转了转，沐疏芳问，“国公知道吗？”

长念干笑，摇头。

要是知道了，她可能连门都出不去。

缩了缩脖子，沐疏芳抱着胳膊道：“这才是最大的难题，国公一旦知道，我俩必定不能成事……说来也怪了，就您现在这身份，他怎么还……”

长念惊讶地看着她，结结巴巴地道：“你怎么……怎么知道我与国公……”

沐疏芳好笑地冲她眨眼，说道：“谁还没长双眼睛了？我认识国公那么多年，从未见他在意过谁，他那个人，永远是拢着袖子在旁边看热闹的。可如今，只要是牵扯到殿下之事，他必定搅和下场，身上沾了泥也不嫌。”

脸颊飞霞，长念低头，脚尖划地，讷讷地不知道说什么好。

“若他知道殿下是女儿身，会更高兴的。”沐疏芳拍手，“说不定还能成一段佳话。”

长念摇头苦笑：“不会的。”

她比谁都清楚，叶将白知道真相的那一天，她必定没有好下场。而且他们两人，也不会有结果。

见她神色陡然黯淡下来，沐疏芳“咦”了一声，捏了捏她的手：“别不开心呀，人的一辈子那么短，有今生没来世的，若是不过得高兴些，哪里划算？国公那边，咱们先想法子瞒着，等我爹求得圣上赐婚，再告诉他不就好了？”

“求得到吗？”

“能的，我定国公府功绩也不少，陛下还甚是关心我的婚事。”沐疏芳骄傲地仰起下巴，“我待会儿就去告诉我爹，没有赐婚就不嫁了。”

看着她这表情，长念失笑，心里也跟着轻松了些。

“我会好好对你的。”她坚定地道，“以后只要你需要我，只要我能做到，什么忙我都会帮你。”

沐疏芳勾唇，轻轻捏了捏她柔嫩的小脸蛋：“殿下别觉得亏欠我，咱们两情相悦，谁也不欠谁的。”

能遇见一个这样的姑娘，真是她的幸事，长念歪着脑袋想，还得感谢京都的各位公子哥儿不争气啊，没谁能留住沐疏芳的心，不然今日她便要走投无路了。

两人达成共识后，长念又去陪定国公聊了会儿天，表达了自己对沐疏芳的喜爱。定国公大喜，在她告辞的时候亲自出府送了她一程，话里话外都已经将她当成半个女婿，还一连夸赞沐疏芳，语气里是盖都盖不住的骄傲。

长念突然就很能理解沐疏芳那样恣意潇洒的人，为什么还是愿意为“孝”字妥协。有这样疼爱自己的父亲，谁也不舍得让他失望。

乘车归府，长念一进主屋就被人拦腰抱过去，抵在了门板上。

“去哪儿了？”叶将白低头，狠亲她一口。

盯着他看了看，长念难得地没挣扎，任由他轻薄，小声道：“去了一趟巡卫营。”

“嗯。”叶将白没多问，轻啄她的唇，又啄她的脸颊，勾唇道，“我方才从宫里回来，没见着殿下，还以为殿下又跟谁跑了。”

这语气里半是玩笑半是余悸，听得人心口酸涩。

长念抿唇，伸手环抱住他的脖颈，稍稍一踮脚，仰头主动亲了他一口。

叶将白一顿，狐眸里光芒流转，想说什么却没说出来，笑叹一声，张口含了她的耳垂，手上用力，将她拥在怀里，死死抱着。

风停云说他没经历过多少情爱之事，容易在阴沟里翻船。叶将白觉得自己已经见惯了大风大浪，真在阴沟里翻船了也不错，算一回体验。

重要的是，这体验实在香软迷人，让他舍不得放手。

暖阁里熏香袅袅，气氛旖旎。

似是知道长念顺从，叶将白愣是将人压在门板上缠绵了好一会儿才松开，心情极好地问她：“今日怎的这般乖巧？”

长念红着脸低头：“反正力气也没你大。”

“识时务者，俊杰也。”赞赏地掐了掐她的脸，叶将白轻松地将人抱起来，一边走一边掂量，“殿下的身子还是太单薄，吃下去那么多东西，怎的也不见长呢？”

“长啦！”长念十分不服气地道，“衣裳尺寸都大了些。”

尤其是里头束胸用的带子，以前那一截带子可以绕五圈，如今只能绕四圈半，哪儿是没长？

叶将白不以为然：“寻常男儿少说有两个殿下的重量。”

“所以他们寻常啊！”长念很是自豪地挺胸，指着自己的鼻尖，“我是非比寻常。”

叶将白：“……”

原是听人说过，两人在一起久了，总会有些相似，不承想，她没学会他的聪慧，倒是将这不要脸的劲儿学了个十成。

“明日休沐，殿下想去做什么？”坐上软榻，叶将白问她。

长念眼眸微亮，拉着他的袖子道：“我听沐姑娘说，每年开春之时，京都的德隆街上都有热闹看。算算日子，明日也该有看头了，不若国公与我打个赌，可好？”

“什么赌？”

“你我皆布衣而行，不带分文银两，看一日下来，谁会先撑不住认输。”长念兴奋起来，手舞足蹈地比画，“吃的东西也不能花银子，一天总是饿不死的。”

叶将白的眉头皱得老高，他觉得这个赌很奇怪，分明有银子，做什么要去过没银子的日子？再说了，德隆街那种平民集聚的地方，若不乘马车，非被踩成肉饼不可！

然而，面前这小人实在太期盼了，明眸灼灼地看着他，拒绝的话在嘴边打了好几个转，最终还是咽了回去。

“罢了。”叶将白揉揉眉心，闷声道，“殿下想去，那便去吧。”

“从卯时到子时，一个时辰也不能少啊！”长念咧嘴，笑得两个梨涡露了出来，伸手抱着他的胳膊，轻轻摇了摇，“若是谁输了，便……许一个要求——不管发生什么，都必定遵守的要求。”

叶将白挑眉：“那若是殿下赢了，要在下的性命，在下也要遵守？”

长念鼓嘴，气得咬了他的手背一口：“我是那般不讲道理的人？这要求不涉及生死，不涉及家财地位。”

“好。”任由她咬着自己的手，叶将白低头吻了吻她的鬓发，“就依殿下。”

牙口一松，长念委屈地看着他：“你怎么老爱亲我？”

“嗯？”又亲一口，叶将白问，“有何不妥？”

这简直……哪里都不妥好吗？长念气鼓鼓地捂着鬓发：“授受不亲！”

她说一个字，他就亲她一口，鼻子、嘴唇、额头、下巴，挨个啄一遍。叶将白勾唇，抬头问她：“还有什么想说的？”

长念被亲傻了，捂着脸，忍辱负重地答：“没了。”

“乖。”一个没忍住，他又舔了舔她的唇瓣。

心尖微颤，长念抱头就退，奈何面前这人反应比她快，立马伸手将她捞住，按回他怀里。

静谧的暖阁里，一只“大灰狼”抱着一只“小兔子”，温柔地舔弄。

“小兔子”小声叨叨：“您也太腻人了些。”

“嗯？”“大灰狼”眯眼。

“……我是说，您真喜欢与我亲近。”“小兔子”没出息地耷拉下耳朵。

“大灰狼”温柔地道：“此言，去其‘与亲近’三字，可得也。”

“小兔子”茫然，念念叨叨了好一会儿才反应过来，于是脸上烧红，变成了一只粉兔子。

“大灰狼”瞧得欢喜，爪子抱着她，更是不愿意松开了。

有句话怎么说的来着？温柔乡，英雄冢也。叶将白以前是不以为然的，毕竟真英雄有几个会酣卧美人膝？然而时至今日，他觉得，英雄也是人啊，也会有偏爱之人。

一旦遇上偏爱之人，总也是舍不得离开她的。

答应了赵长念要陪她一日，叶将白提前将事务都吩咐下去，千叮万嘱不可打扰，一旦有事，只管送去风停云那边，叫他处理。

第二日，赵长念起了个早，换上一身布衣就去主院找人。

“国公！国公！”

门应声而开，叶将白着一身清月映花袍，不情不愿地走了出来。

长念眼眸一亮。

往日里这人常穿锦衣貂裘，看起来气势压人，乍一换上这清清爽爽的布衣长袍，那张俊俏的脸就立马凸显了出来，兰芝玉树、顾盼风流，像谁家养在府里的公子，不谙世事，清雅脱俗。

然而，这位公子心情不是很好，张口就道：“什么破衣裳！”

良策擦了擦额上冷汗，低声回禀：“这……到底是布衣，又是赶工，只能如此了，主子将就些。”

长念笑着走上去，围着他绕了两圈，拍手赞他：“好看极了！”

叶将白眉目一松，轻咳一声，拂袖往外走：“天要亮了，快些出门吧。”

“哎！”长念连忙跟条小尾巴似的追上去，亦步亦趋地随他出门。

德隆街上已经支起各种小摊，清晨雾气尚浓，馄饨摊前都挂了油灯，橙黄色的光带着热气腾腾的鲜香洒过来，引得长念狠狠咽了口唾沫。

叶将白听见了动静，侧眼问她：“想吃？”

长念违心地摇头：“不饿，咱们要先去四处看看，看看民间的热闹是怎么个热闹法。”

“到卯时，这边会有许多小赌的把戏摊。”叶将白道，“殿下若是想吃东西，不如先想法子找点本钱。”

赌？长念连连摇头：“我没玩过。”

“那……”叶将白勾唇，狐眸轻瞥她，“那你便饿着吧。”

第二章 赐婚

晨雾慢慢散去，太阳出来了，街边渐渐响起吆喝声，人也越来越多。长念左顾右盼，兴奋地看着这民间盛景，一时都忘了饿，只拉着叶将白的袖子叫唤：“你看那边那个！那个爬刀山的！哇！好厉害啊！”

叶将白嫌弃地道：“刀没开刃，有什么好厉害的？”

说是这么说，叶将白脚下却还是随着她的力道往前走，往那半点不厉害的杂耍堆看过去。

民间热闹有它的坏处，嘈杂、脏乱、拥挤，不如在金碧辉煌的茶厅里，品一盏香茗来得悠闲。但它也有好处，就是在嘈杂之中半分也不会觉得孤独，拥挤之中，两个男人顺势抱作一处，也不会有人在意。

叶将白抱着赵长念，她聚精会神地看杂耍，他聚精会神地看她。

这小人睫毛又黑又长，翘起来像两片芭蕉叶，伸手轻轻一碰，她就会一直眨巴眨巴，然后扭头过来，撇嘴怨他：“做什么呀！”

叶将白莞尔，又伸手碰一下，指腹被睫毛扫过，痒痒的。

“别闹。”长念道，“我在看他能不能过火海呢。”

人群中的空地上烧着炭火，杂耍的人没穿鞋子，赤脚就踩了上去。

“吱”的一声响，炭火上冒起烟来，周围的人都倒吸了一口气。那人额头上也流了汗，却仍咬着牙踩了过去。

长念愣愣地看着，问叶将白：“刀没开刃，那这个呢？是炭火不烫吗？”

叶将白摇头，低声答她：“是他们太想要赏钱。”

长念愕然，扭头看了看那鞠着躬往四周人面前伸手接铜板的汉子，眼眶倏然就红了。

“做什么？”叶将白将她拉出人群，低头看她，“不是看得高兴吗？怎么转眼就一副要哭的样子？”

长念摇摇头，抓着他的衣袖道：“我欠他赏钱，等明日，定让人送过来给他。”

叶将白失笑：“殿下，江湖杂耍之人，都是一天换一个地方的，来去无踪，是谓‘走江湖’，您明日让人来，怕是连影子都见不着了。”

“那怎么办呀？”长念急了，左右看了看，道，“我得想法子弄些银子来。”

叶将白勾唇一笑，欺身到她眼前，低声问：“想要银子吗？”

长念点头，又皱眉：“可你若让人送来，那便输了。”

叶将白轻笑，伸着食指点了点自己的脸颊，示意她：“这里。”

脸上一羞，长念跺脚：“国公，这可是在街上！”

“嗯，在下知道。”

知道还……长念咬唇，跟做贼似的左右看看，然后踮脚，飞快地亲他一口，末了退开两步，心虚地搓手。

旁边有人看了过来，发出一两声惊呼，面前的小人慌了，扭头就想跑。

叶将白心情甚好，将人抓住，无视旁人的目光，径直往一个方向走。

“快松手，松手！”长念跳脚挣扎，眼眸往旁边一扫，好家伙，已经有十几个姑娘妇人注意到他们了，掩唇交耳，窃窃私语。

按理说叶将白应该最不喜欢听人说他的闲话才是，可眼下他完全没反应，不仅不松手，反而捏得更紧，一路将长念带去了东边刚支起来的花摊边。

他扫了一眼，问那摆摊的老妇人：“能借我一枝蜡梅吗？”

老妇人抬头看他，脸都笑成了一朵花，立马起身挑拣了一枝极好的，双手递给他：“公子生得俊，白送不要钱呢！”

叶将白勾唇，谢过她，带着蜡梅和赵长念绕了半条街，去更热闹的另一头，寻着另一个花摊。

长念看了看，这花摊的位置比方才的好，摊也更精致，故而外头挂着的价牌比方才那老妇人的贵了三个铜板。

卖花的姑娘愣愣地看着他们走近，小声问：“客官要什么？”

叶将白苦恼地叹了口气，道：“出门忘记带银钱，想吃一碗馄饨都没法子，不知姑娘可否暂押这蜡梅？三个铜板，稍后我便来赎。”

那姑娘眨眼，瞧了瞧他手里上好的蜡梅，连连点头：“可以，但这蜡梅若是有人想买，当如何？”

“那姑娘只管卖了，无论卖多少，在下都只要那三个铜板。”

“多谢公子。”姑娘起身接花，然后将铜板放在他手心，食指不小心碰着他了，含羞带怯地转过身去。

长念看着，心想长得好看真是能当饭吃的，她要是在这儿摆摊遇见叶将白这样的人，别说三个铜板了，摊都能一并送他。

捏了铜板，叶将白寻了棵树，让长念坐在树下，道：“你就在这里等我，我去去便回。”

长念问：“为何不带我一起去？”

叶将白微笑：“小孩子不宜沾赌。”

卯时已过，德隆街上的小赌摊已经支起来了。叶将白把玩着手里的三个铜板，转了一圈，选了一个摊子，开始下注。

长念坐在树下的石堆上头，觉得叶将白真的是很厉害的一个人，哪怕卸下身份，身无分文，他也不会手足无措，反而很快适应，且找到出路。

当然了，赌钱不是什么好出路，只能偶尔为之，毕竟久赌必输。长念想，待会儿叶将白要是将那三个铜板输了，又该怎么办呢？

在一个摊前站了一炷香，叶将白又换到旁边更大的摊。三炷香之后，他回来，远远地朝她勾手。

长念跑过去，刚想问他战况如何，这人就拉着她去了方才的卖花姑娘那儿。

“那枝蜡梅卖掉了。”姑娘脸颊泛红地道。

叶将白有礼地颔首，带着长念回到最开始的老妇人那儿，给了她六个铜板。

“呀，不是说不用钱嘛！”老妇人伸手接着，又无措地笑，“还给多了，够买两枝了。”

叶将白伸手挑了一枝，笑道：“有借有还，说是借，便是要还的，两枝的钱，阿婆再卖我这一枝便好。”

蜡梅淡黄吐蕊，香气四溢，他折了两朵下来，转身就插在了长念的鬓发边。

长念一愣。

老妇人瞧着，低低地笑起来，打趣道：“公子生得俊，夫人也生得俊，戴上阿婆这花呀，就更俊了。”

长念慌忙摆手：“我不是……”

他夫人。

最后三个字没能说出来，叶将白伸手捂了她的嘴，朝老妇人笑道：“多谢夸赞。”然后拖着人就走。

前头就是早些时候看见的馄饨摊，叶将白领着她坐下，给自己点了一碗，给她点了两碗。

长念很是不好意思：“我这……算作弊吧？用你挣来的银子吃东西。”

看她一眼，叶将白云淡风轻地道：“不算。”

“嗯？”

“挣银子给自家夫人买东西吃，天经地义。”叶将白优雅地抽了筷子递到她手里。

赵长念：“……”

她觉得自己被调戏了，但看叶将白一本正经的表情，又不知道该怎么反驳他，便张了张嘴，索性狠咬一口馄饨。

一咬下去，汤汁满溢口中，长念眨眼，惊叹了一声：“好好吃啊！”

皮薄入口即化，肉馅丰盈，肉也很新鲜，加了些白菜香菇，鲜香难以言表。喝一口热汤，再吃一个馄饨，长念满足地呼了口气。

叶将白好笑地道：“你这是饿了，吃东西才格外香。”

“不会啊。”长念满嘴馄饨，含混不清地道，“是真的好吃！”

叶将白迟疑地盯着那脏兮兮的碗，沉默许久，终于还是夹了一个塞进嘴里。

那双狐眸跟着就亮了亮。

“没骗你吧？”长念笑眯眯地捧着碗，看着街上人来人往，惬意地道，“若你我真是寻常百姓，忙碌一天之后在这里相对而坐，吃一碗馄饨，然后一起归家，该多好啊！”

叶将白不以为意：“寻常百姓也有寻常百姓的苦处，是殿下少见罢了。”

长念撇嘴，觉得这人很没情趣。不过五脏庙得祭，她也不跟他多计较，把两碗馄饨都吃了，然后拍拍肚子道：“我也要去想法子赚点银子。”

叶将白摇头，摸了个钱袋出来给她：“拿这个去便是。”

长念横眉：“大丈夫不受嗟来之食。”

叶将白一顿，神色复杂地看了看她面前的空碗。

长念干咳两声，心虚地道：“当我借你的好了。”

“人多杂乱，殿下还是莫要乱跑了。”叶将白道，“那边还有好玩的，殿下可要一观？”

长念觉得自己被看扁了，鼓嘴道：“我可不是单纯出来玩乐的，是同你有赌在先呢，你莫要管我，我自己去看看。”说罢起身，蹦蹦跳跳地跑了。

叶将白撑着下巴看着她的背影，轻轻叩了叩桌子，旁边出来几个穿着布衣的暗卫，得他示意，立马跟了上去。

祖宗要胡闹，除了陪她胡闹，也没别的办法了。叶将白勾唇，抬头看天。

今日天气很好，阳光很暖和，巳时末落在人间，便是三分春意七分灿烂，眼前的人来来往往，隔壁的包子铺冒着热气，三两小孩打闹嬉笑，追着个藤条编成的球跑了老远，买菜的人在同小贩讨价还价，卖肉的屠夫剁着肉与人寒暄……

这才是人间吧？怪不得七殿下会向往，她孤寂惯了，少见这种烟火气。

若是她实在喜欢，财大气粗的辅国公想，以后便寻一个热闹的镇子置办宅院，谁也不认识他们，便可以每年去住上一段日子。

日头偏高，已是午时，人还没回来。叶将白起身，转了两圈，皱眉：“叶良。”

叶良从人群里出来，拱手站在他身侧：“殿下在旁边的酒楼寻了个洗碗的活儿，从进去到现在，一直没出来。”

心里微沉，叶将白问：“哪个酒楼？”

京都的馆子，除了醉仙斋，颇负盛名的还有一家八仙菜，就在德隆街的中段。叶将白寻路过去，没走正门，只绕去后院，敲门问：“这儿可还招洗碗的？”

管事伙计开门一看，大喜，侧身就道：“招呢，里头请。”

进门路过后厨，却没停留，伙计引着他往前，笑道：“再往前面，还有个厨房。”

后厨里的人纷纷看过来，有择着菜的妇人嘀咕：“今日怎么净来些白面生，作孽啊！”

叶将白垂眸，袖子里的手微微收紧：“在我之前来的那个人，去哪里送菜了？”

管事一愣："你们是一起的啊？那正好，他在天字一号房呢，你也可以过去看看。"

赵长念哪里知道酒楼里这么多门道啊，她看见招工的牌子定然就进门，人家让她送菜，她可能还会觉得送菜更轻松，欢天喜地地去了。

深吸一口气，叶将白阴沉着脸，一把推开旁边的伙计，抬步就往楼上走。

"哎，你这人怎么回事？"管事察觉出了不对，连忙喊人，"给我拦住他！"

"是！"旁边歇着的几个打手气势汹汹地起身，拿了几根木棍就要上前去抓叶将白。

然而，他们刚跨出一步，旁边"唰唰唰"亮出了三把官刀。

"劳驾。"叶良面无表情地问，"有何贵干？"

官刀雪白雪白的，开了刃，刃上都能映出他们几人惶恐的脸。

"……没，客官需要擀面棍吗？"打手弱弱地把棍子双手奉上，"白……白送。"

叶将白大步上了三楼，寻到天字房，问也不问，一脚踹开。

赵长念正在认真地跟人讲道理，冷不防听得一声巨响，慌忙回头，就看见了那浑身煞气的人。

"国……嗯，您怎么来了？"长念努力挣扎，想把手从那人手里抽回来。奈何座上这位纨绔公子性子横，扭头就骂："哪个不长眼睛的，打扰小爷兴致？"

叶将白目光落在这位纨绔公子的爪子上，阴沉着脸走进去，抓着长念被他紧握的手，轻声问："您是哪家的小爷？"

"呵，不打听清楚就敢踹门？我看你是活得不耐烦了！"旁边的狗腿子拍案而起，"这可是霍公子，霍大人的独子！"

叶将白一点点掰开霍公子的手，似笑非笑地道："霍许的儿子？"

霍公子脸色一变，上下打量他两圈，皱眉道："哪儿来的鼠辈，抢人抢到本公子面前不算，还直呼我爹名姓？"

“愣着干什么，给我打啊！”旁边的狗腿气愤地喊人。

门外立马涌进来不少护院，长念吓得直扯叶将白的衣袖：“快走啊！”

“走？”叶将白抓着她的手，对面前这位霍公子报以冷笑，“今日谁也别想走。”

这话不是该他们说吗？霍公子也恼了，几个狐朋狗友出来聚会吃饭，要的就是个脸面，哪儿能让人这么踩啊？谁踩就把谁的腿打断，天王老子也一样！

一向颇有背景、能在官家讨得几分颜面的八仙菜酒楼，头一次被官差围了起来，里三层外三层，惊得食客纷纷往外逃窜。

掌柜的脸色惨白，连声朝领头的叶良行礼：“官爷，严重了，严重了，咱们这儿打开门做生意的，哪能这样围啊，有什么话好好说，好好说。”

叶良抬头看了一眼天字房，不吭声。

叶将白端坐在天字房内，挑了只茶盏过来，拿热水洗过一遍，斟上新茶，吹了吹茶叶，眼皮也不抬。

面前站着的几个人方才还嚣张至极，见这架势，统统没了脾气，只是尚不清楚面前坐着的这位到底是什么来头。那霍公子哼哼两声，撇嘴道：“既然都是官家人，也算是大水冲了龙王庙，这小厮便让给阁下，烦请阁下让条路。”说罢，一拱手就想溜。

叶良横刀立在门口，刀离霍公子脖子只三寸，寒意逼人。

霍公子变了脸色，回头道：“人都让了，你还要如何？”

“不是要打吗？”叶将白淡笑，“总要打完了才能走。”

他笑得温和又无害，旁边的长念瞧着，却是打了个寒战。相处这么久了，她了解了一件事——叶将白笑得越温和的时候，心里的想法就越危险。

面前这个人是霍许的儿子，而霍许是三哥麾下最受宠的亲信。叶将白很清楚这一点，但完全没有想给他留颜面的意思。

“你……简直欺人太甚！”霍公子恼了，这人看起来跟他差不多大，充其量是个高官之子，自己都让步了，他还蹬鼻子上脸，那大不了就打一顿，出了气再让爹来收拾。

年轻气盛，没跌过跟头的人，冲动起来不顾后果，霍公子一拳就朝叶将白打了过去。

叶将白动也没动，冷眼看着霍公子那拳头带着凌厉的冲击，砸在了叶良的掌心。

“得罪。”翻手卸了霍公子的力道，叶良有礼地朝他躬身。

霍公子退后几步，啐了一口：“孬种，让人帮忙？当我没人？”

身后的狗腿有点迟疑，轻轻拉了拉霍公子的衣袖：“公子，这好像是巡卫营的人。”

“巡卫营怎么了？”霍公子哼笑，“谁还没使唤过巡卫营的人？”

有了霍公子这话，几个狗腿子也底气足了，群起而攻之，直冲叶良而去。

天字房尚算宽敞，打起来也不至于推搡。长念躲在叶将白身后露出个脑袋，垮着脸问：“闹大了会有什么后果？”

叶将白想了想，答她：“赔几笔银子，再登门致歉吧。”

“啊？”长念鼻子皱了皱，“那多不划算啊，快让他们住手！”

深深地看她一眼，叶将白把人拉过来，捏着帕子替她擦手，一边擦一边道：“在下的意思是，他们赔几笔银子，登我国公府的门致歉。”

长念：“……”

那边的霍公子已经被叶良揍了好几下，看那表情，叶良的力道不轻，再打下去怕是要受重伤，怎的还是别人反过来给他赔礼道歉？

然而，半个时辰后，霍许带着人赶过来了，当真是看也没看地上半死不活的霍公子一眼，连连朝叶将白拱手：“国公恕罪啊，犬子有眼不识泰山，冲撞了国公，是下官管教不严，下官回去定然好生教导！”

叶将白和善地笑：“大人言重了。”

门口的叶良也没让路的意思。

霍许一瞧就知道辅国公是动了大怒了，连忙又说好话又骂不肖子，好歹搬出三皇子，才让叶将白微微缓和了神色。

“罢了。”他起身，“在下还有事，就先走一步了。”

“国公慢走，明日下官便去登门致歉，还请国公息怒。”霍许拱手送他到了楼梯口，连连行礼。

长念忍不住感叹，有权有势就是好哇！

不过……

走在回府的路上，长念看着夕阳，轻声道：“国公，您输啦。”

叶将白轻哼一声：“输便输吧，许殿下一个要求便是。”

长念松了口气，伸手拉住他。

“嗯？”被她拉得停下步子，叶将白回眸。

“我有个秘密想告诉国公。”她一脸神秘地朝他勾手，“烦劳您低个身。”

叶将白好奇地低身凑到她面前，正想说这小不点能有什么秘密，结果就见她眼里掠过一丝狡黠，抬唇啄他一口，然后跟偷了腥的猫一般，背着手退后半步，笑得明媚而得意，两个梨涡像盛了酒，三分醉意，七分调皮。

叶将白脸上微红。

“还学会骗人了？”他干咳着别开眼，佯怒。

长念抓着他的手，认真地将手指一根根与他相扣，问他：“我骗人，国公会恨我吗？”

叶将白压根没往严肃的方向想，只轻哼一声，抬了抬下巴。

长念垂眸，复又笑开：“只要国公记得，感情之事是没办法骗住谁的，便好。”

“你这小脑袋里在想什么？”叶将白点了点她的额头，没好气地道，“走了，回家了。”

喉咙微紧，长念咧嘴，重重地点头：“嗯！”

披霞光而归，背影成双，世上没有比这更让人觉得温暖的事情了。她想，若是这条路没有尽头就好了。

春日渐暖，唐太师邀了叶将白下棋。

落子间，太师不经意地问了一句："国公还同七殿下要好吗？"

叶将白一顿，颔首："怎么？"

"老夫是觉得，国公这样的人，委实没必要与帝王家牵扯感情。"唐太师深深地看他一眼，"自古皇家无情，男女都一样。"

叶将白莞尔，落子吃他一片，修长的手指将黑棋一颗颗拈起来，道："太师关心晚辈，晚辈心领了。"

"你这人，还是太过自信。"唐太师摇头叹息，"会吃亏的。"

"太师可是听见了什么不好的传闻？"叶将白挑眉，"这世间人的嘴是最杂的，也别什么话都听才好。"

唐太师轻笑："国公就这么相信七殿下不会背叛您？"

叶将白不答，他自然是相信的，他的小傻子能骗他什么呢？就算是想要权想要钱，赵长念只要说出来，他都会帮，哪里用得着骗呢？

旁观者清，也未必清到哪里去。

风停云因公离京几日，堪堪才归，叶将白便在府里摆了酒席给他洗尘。

"七殿下不在吗？"他进门一落座便问。

叶将白轻笑："今日巡卫营有事，他还没回来。怎么？有话要同他说？"

风停云松了口气，摇头："我没话同他说，只是有事要问你。"

"嗯？"

屏退左右后，风停云认真地看着叶将白道："你当真与七殿下共浴过？"

叶将白挑眉："好端端的怎么说起这个？"

"我就想知道，你是否亲眼看过他是男儿身。"

叶将白微微一愣，眼神幽深："发生什么事了？"

"朝中有人抓了昔日秦妃宫里的接生婆和旧宫人，押送回京的路上弄死了两个。有百姓见着尸体报了官，消息却被压在了京都之外。”风停云道，“我回来的路上就听闻了此事，料想不是太子的手笔，就该是三皇子的动作。”

叶将白沉吟，轻轻敲了敲桌面：“他们想干什么？”

“最近一直有闲言说七殿下生得过于秀气，像极了女扮男装。”风停云道，“我之前也怀疑过，把过他的脉象，男女阴阳，向来男人左脉大，而女子右脉大，七殿下好巧不巧是右脉大，但因着他说曾与你共浴，我便打消了怀疑。如今想来，将白，你看真切过吗？”

叶将白脸色微变，手握成拳，脑子里像是有什么东西跳了一下，思绪都变得极其缓慢。

“没有……”他迟疑地道，“与我共浴时，他在我身后，我并未看见什么。”

风停云的表情瞬间十分精彩。

“不过，也不应该。”叶将白摇头，“我……抱过他，并无女子特征。”

风停云气得翻了个白眼，道：“女子特征也有不明显的，但他有明显的男儿特征吗？”

似乎……也没有。

叶将白沉默下来，微微低头，半张脸都隐入阴影里，眸子微动，像是想到了什么，又自己摇头否了。

赵长念怎么可能是女子？若是女子，便是欺君株连三族之罪，他那样胆小的人，哪儿来那么大胆子？再者，他若是女子，哪里会答应与他共浴？

“外头传得厉害吗？”他低声问。

风停云点头：“七殿下最近风头太过，有人看他不顺眼，总是要想法子把他往下踩的。这把柄若抓准了，岂止是踩，直接就能置他于死地。”

“我知道了。”叶将白颔首，侧头唤了一声，“叶良。”

“奴才在。”

“找一找当年给秦妃接生的御医和接生婆，看他们被送到哪里了。”叶将白道，“能捞便捞，若是捞不出来，那便灭口。”

“是。”叶良应下，二话不说出门去了。

桌上酒已经凉透，叶将白靠在椅背上，揉了揉眉心。

风停云道：“你这安排，是也觉得七殿下是女儿身？”

“不是。”叶将白恼道，“不管七殿下是男是女，若落在太子或者三皇子手里，他都不会有好果子吃，索性先解决了，再论其他。”

杀伐果决，还是当初那个辅国公无误，风停云拍了拍手，又叹息：“你怎的偏瞧上了他。”

是啊，叶将白也很想问自己这个问题，天下芳草千千万，他缘何就要跟一个男人纠缠？背弃他自己的初衷，狠狠地打了自己的脸，也知道旁人会在背后如何笑话他。

可叶将白舍不得放手。

叶将白怕自己一放手，赵长念就摔下去了，她那么脆弱的人，一摔，定是粉身碎骨。是他将她拉上来的，他若抛弃她，她……肯定会哭的。

他最不喜欢看她哭。

心口揪紧又松开，叶将白抿唇，沉吟一二，起身出了门。

今日天气阴沉，傍晚还下起了雨，长念没带伞，站在门口正干瞪眼呢，就见雨幕里有马车由远及近，车顶立着精雕的铜麒麟。

她眼眸一亮，跳起来便喊：“国公！国公！”

叶将白莞尔，撑伞下车，走到她面前，温柔地道：“回去了。”

“嗯！”长念欢喜地看着他，又左右看看无人，便一把抱住他的胳膊，躲去伞下，笑道，“我正愁回不去呢。”

雨水落在地上溅起涟漪，湿了鞋底衣袍，叶将白微哂，将伞递给她拿着，然后将这小人一把捞起来，塞进车里。

“呀！”她一进车，伞就落出去了，雨水落了他满身，惊得她连忙捞着车帘拉他一把。

叶将白顺势上车，与她拥作一处，水珠从他脸颊边流下来，滴落在她睫毛上，激得她直眨眼。

“国公？”

“嗯。”

总觉得这人今日温柔得不像话，长念咽了口唾沫，哆哆嗦嗦地问：“有什么事吗？”

叶将白低头看进她的眼睛里，轻声道：“我昨日做了个梦，梦见殿下遇到麻烦了。”

长念一愣，眨眨眼，继而失笑：“您在梦里都惦记我。”

“是啊。”叶将白抱住她，鼻尖蹭弄她的鬓发，“所以殿下若是真有什么麻烦，一定要告诉在下才是，在下必定殚精竭虑，为殿下分忧。”

长念心口一暖，回抱叶将白，笑道：“好呀！”

轻松而毫不犹豫的回答，听起来似乎没什么心事。叶将白心头的疑虑微散，觉得还是风停云想太多了。

赵长念垂眸，脸上在笑，心里却一片寂静。

方才在巡卫营，北堂缪说：“叶将白为了扶持三皇子，将之前你与叶良在巡卫营的功绩一并算在了三皇子的头上，写了折子送进了宫。”

长念安静地听着，目光几动，拳头捏紧又松开，最后只浅笑着应下：“哦。”

叶将白之前是跟她提过这件事的，还以为是打算帮她一把，没想到只是做个预告，让她有心理准备。

她还以为叶将白就算要下手，也定会跟她直言，没想到他还是如当初一样，只将她当作不知事的傻子，随意糊弄。

将身上的人抱得再紧些，长念闭眼，觉得心里闷疼得慌。

叶将白什么也没察觉到，身子被她抱紧，心头微动，嘴角也扬起，满心都是愉悦。

赵长念心里是有他的，他想，即便有什么沐疏芳和北堂缪在打岔，她的心也是在朝他的方向靠拢。

总有一天能将她完完全全收服，让她只属于他。

初春时分，万物复苏。三皇子大步往宫门里走，袖袋里装着几分供词，表情并不轻松。

他费了很大的力气才寻回当年秦妃宫里的旧人，没想到只得两份口供，人证就被灭了个干净。只凭这两份口供……他不敢保证父皇会相信，但也想来试试，只要能引起父皇的怀疑，是男是女还不好查吗？

但是，他一跨进养心殿，就听得帝王爽朗的笑声。

“好啊！好！”

喜气洋洋的声音迎面扑来，赵恒旭顿了一下，放缓步子，一边上前请安，一边打量旁边站着的人。

赵长念进宫了，就站在离他三步远的左边，她旁边站着的是定国公，也是一脸欢欣。更难得的是，沐大小姐竟然也在，含笑低头，一副小女儿的娇态。

赵恒旭心里有个不好的猜想。请安毕，他笑问：“是有什么好事吗？”

皇帝拍着扶枕道：“你来得正好，朕方才还在想该派谁去宣旨合适，你既为念儿兄长，又得闲，不如就往辅国公府和定国公府走一趟。”

“这……”赵恒旭扫了一眼赵长念，皱眉又慌忙松开，勉强笑道，“难不成？”

周边站着的人齐齐带笑颔首。

还真是这样！赵恒旭捏紧了袖子里的东西，僵硬片刻，骤然松手，笑着朝长念和定国公抱拳：“恭喜恭喜。”

长念深深地看他一眼，浅笑道：“多谢皇兄。”

供词他拿着了，她知道，但他现在已经再也拿不出来了。

离开养心殿后，长念走慢两步，等赵恒旭跟上来，歪着脑袋低声问他："皇兄就这么容不得我吗？"

赵恒旭脸色难看，朝她一拱手："小瞧了七弟，这一遭，是愚兄输了。"

"我从未想要同皇兄们争个输赢。"长念站直了身子，比他矮了一个头，仰起头来看他，一双鹿眼十分清澈，"可皇兄为何就不能放过我？"

放过赵长念？然后眼睁睁地看着她往上爬，最后踩在自己的头顶吗？

赵恒旭嗤笑摇头，低声道："七弟还是好生想想如何同辅国公交代吧。"

长念沉默。

叶将白今日去东城巡视了一圈，那一带的官员上赶着给他塞红礼，叶将白也没推辞，空车而去，满载而归。他打算再给小傻子分些银票，免得她总是一副穷兮兮的样子。

马车行在路上的时候，外头十分喧闹，偶尔听得什么"赐婚"，叶将白挑眉笑道："难不成陛下狠了心，要将谁家小姐赐给风停云了？"

驾车的良策笑道："那风大人定要爬上城楼，以死相逼了。"

想起风停云那模样，主仆俩都是一阵低笑。

车停在了国公府门口，叶将白下车，冷不防就见雪松迎上来，神色凝重地道："主子，三皇子带了圣旨来。"

笑容一僵，叶将白慢慢收敛了嘴角，问："什么圣旨？"

"圣上赐婚定国公之女沐氏与……七殿下。"

"谁？"眼神一沉，叶将白抓了他的衣襟，似是没有听明白，"你说沐氏与谁？"

"禀主子。"雪松咽了口唾沫，"七殿下。"

脑子里有什么东西"轰"的一声炸开，叶将白踉跄半步，深吸一口气，半晌也没能吐出来。

良策慌忙来扶，叶将白定了定神，却是一把将人甩开，大步往里走。

好，好得很！赐婚赵长念与沐疏芳？他半点消息没收到，也就是说，陛下在瞒他。为什么瞒他？

除非是赵长念自己的要求！

昨日，就在昨日，赵长念还亲亲热热地与他相拥，拿一双天下最无辜的眼睛看着他，说会一直陪着他。而今日，他就迎来了给她赐婚的圣旨！

赵长念一早就知道……早在昨日之前，早在去德隆街之前，甚至早在与他亲近之时，她就打好了这个算盘！

娶沐疏芳的好处很多，可以得到定国公的协助，可以独自出去开府，还可以……

离开他。

叶将白心口闷痛，他放缓脚步，伸手撑着走廊边朱红的雕柱，急急地喘了几口气。

“……国公。”有人轻声唤他。

叶将白抬眼，一双狐眸满布血红，直直地朝那人看过去。

赵长念还是那么柔弱清秀，裹着浅黛长袍，贝齿咬唇，手足无措地看着他，似是想靠近，又被他的眼神吓得退后了两步。

叶将白很想笑，他这双看尽了天下人的眼睛，怎么就没能看透赵长念呢？哪里是什么单纯不争的皇子，她想要的东西可多了，想要皇帝的宠爱，想要地位和权势，想要人心，想要翻身。

独独没有想过要他。

嘴角扯了扯，叶将白站直身子，朝赵长念一拱手：“恭喜七殿下，大喜将近。”

长念小脸发白，捏着手低头：“抱歉。”

“不必。”叶将白笑着摇头，“殿下哪里有值得抱歉的地方？该抱歉的是在下，不知殿下心有所属，还执意纠缠，惹殿下烦忧。”

“不是……”

迈步走到赵长念跟前，叶将白抓了她的手腕，哑声问她：“你为什么不能早些告诉我？”

他强压着情绪，气息不稳，戾气很重。长念吓得身子微抖，却知道不能躲，只能小声道：“早告诉您，您便不会让这圣旨落了府。”

所以，压根连阻碍的机会都不给他。

叶将白失笑，笑声沙哑，却更加用力地捏着她的手腕：“你这人的心，真是铁打的。”

“您的不也是吗？”长念垂眸，盯着他泛白的指节，低声道，“不管与我说多少情话，您先选择护着的人，永远是三哥。我不敢拿自己的性命来赌您下一次会帮谁，所以我自己来救自己。这也错了吗？”

叶将白一噎，待想明白她的话是什么意思，眸子里几乎要滴出血来。

“我说过，感情是不会骗人的，国公心悦于我，我亦如是。”长念伸手覆上他的手，“但在国公心里，您不会为我舍弃性命。那在我心里，亦如是。”

感情分很多种，有的深，有的浅，不到挚爱的地步，说白了也就是一时的新鲜和冲动，辜负二字，早晚会落在一个人的头上。

与其捧着一颗真心等着被人辜负，不如做主动的那个人，长念便如此，起码她还有路可以选，不至于跌落谷底，再也爬不起来。

春风已有暖意，吹在脸上却是刀割般生疼，叶将白张了张嘴，想反驳她，但一时竟不知说什么来反驳。

命吗？谁会舍得把命给别人呢？

赵长念说得没错，他舍不得，所以她也不甘心把命交到他手上，她宁愿选择娶沐疏芳，也不要任凭他来定她的生死。

“我……”喉结上下翻滚，叶将白眼帘颤动，轻声道，“我若是说，关乎你性命之选择，我会舍掉三皇子来保你呢？”

长念淡笑。

“你不信？”

“不是不信，是没必要赌。”她低声道，“我不曾沾过赌，没有国公厉害，也输不起。既然有别的路可以选，为何偏要走独木桥？”

赵长念这个人，竟然比他还清醒。这场荒诞的情爱里，好像只有他一个人入了戏，她顺从他、配合他，却压根……压根没有交出真心来。

先交出来的是他，一厢情愿的是他，现在狼狈不堪的，也只有他。

叶将白突然觉得很耻辱，堂堂辅国公，竟以这样一种丢脸的方式败给了七皇子，败得一点回旋的余地都没有。

他到底是被什么迷了心窍？

脸色一点点冷下来，叶将白拢袖，退后两步，定定地看着面前这人。

“殿下既然选择与在下分道扬镳，那往后的路，殿下可要走小心些了。”他勾唇，脸色苍白，表情却讥诮，“定国公府的东床快婿，也不是那么好当的。”

长念勉强笑了笑，朝他抱拳，深深鞠躬：“多谢国公。”

谢他是真心的，若没有他卷她入争斗，她不会有今天的机会和地位。若没有他手下留情，她早成了三哥登高路上的垫脚石。

他早该对她下手，却一而再，再而三地放过了她。

这恐怕会成为国公半生绸缪之中最大的失误，叫他念起来都会辗转反侧，难以安眠。

长念勾唇，她觉得，这也算一种别样的铭记了。

鞠躬起身，她转头想走，手腕却冷不防被人狠狠捏住。

“赶着去接旨？”叶将白问。

长念挣了挣，没挣开，微微皱眉：“三哥还在前堂等着。”

扬眉颔首，叶将白一低身子就将她横抱起来。

“国公？”长念一惊，伸手抓着他的衣襟，慌张地看向他的脸。

叶将白似笑非笑，低声道：“殿下要谢在下，也得再真心实意一些才行，单薄两句话，在下是不受的。”

察觉到他有些不对劲，长念慌了，拼命抓着他的衣襟道：“您先放我下来！”

“不放。”叶将白双手收拢，捏得她的骨头咯咯作响，咬牙道，“这回，说什么也不会放了。”

长念瞳孔微缩，见他往主院的方向走，连连挣扎。奈何她这小胳膊小腿的，压根没他力气大，只能连连小声唤：“国公，国公！”

叶将白被她喊得心里酸胀，一脚踹开主屋的门，低斥一声：“无令，任何人不得靠近。”

“是。”外头的良策应了一声。

长念睁大了眼，看着他将自己压上床榻，结结巴巴地道：“您……您要做什么？”

“殿下不是想娶女人？”狐眸半合，叶将白俯视她，鼻尖轻轻蹭了蹭她的鼻尖，低声道，“你若成为我的人，还娶得了吗？”

心里一沉，长念抵着他的胸口，惊慌得直摇头：“不要！”

叶将白低头，狠狠咬上她的脖颈，听得她一声痛呼，又怜爱地松口舔舐：“殿下与在下既没有多少感情，那不若留个回忆也好。”

一想到赵长念的身子要被别人碰触，要与他人红被翻浪，叶将白的心就止不住地疼，狂躁得难以平静，非要捏着她的下巴，狠狠吻住她，气息融为一体才能稍有安慰。

拨开她阻碍的手，扯了她的腰带，叶将白的动作很强硬，强硬之中透着一股子绝望。

长念察觉到了，心里也跟着难受，但她更多的是害怕。就力气而言，她敌不过他，又不能真让他脱了衣裳，便一边挣扎一边道：“国公，您就算不顾自己的颜面，也总不能给定国公府难堪！”

“定国公府？”叶将白张口咬开她的衣襟，勾唇，笑得有三分邪气，“那是什么东西？”

就为了个定国公府，为了个才认识几天的女人，她便要抛弃他。不提还罢，一提起来，叶将白更是生气，力道也更大了些。

“叶将白！”长念惊得嗓子都哑了，眼里迅速涌上泪水，哽咽不已。

叶将白动作微顿，胸腔里的东西不受控制地刺疼，他咬牙，干脆闭了眼不看她，手指碰到她的腰线，紧紧捏住那滑腻的肌肤。

屋子里安静下来。

她躺在床榻上，很清晰地听见叶将白的呼吸沉重得像是背着一座山，捏着她的手也越来越用力，像是想活活掐死她。

“呵。”半晌之后，他缓缓睁眼，眼里再无半分情意，冷淡地看下来，带着些嫌恶，“在下真的低估了殿下。”

长念被他的语气刺得浑身难受，抖着手合拢衣襟，别开头喃喃：“抱歉。”

“殿下总爱说这两个字，但在下不爱听。”叶将白讥讽地挑眉，“于在下跟前推阻不已，却是乐得勾三搭四，前有北堂缪，后有沐疏芳，引得个个为你折腰，殿下想来有过人之处。”

长念心口实在疼得难受，小脸煞白，却没反驳，只闭上眼，一副任他辱骂的模样。

叶将白又气又痛，薄唇紧抿，想松手，却怎么也松不开。

一个人可以卑微成什么样子呢？以前的叶将白觉得，至多不过双膝跪地，磕上三个响头，已经是最折辱的模样了，到现在他才发现，那远比不上把心放在地上给人踩。

踩上灰还不够，非要踩成烂泥才甘心。

长念伤心极了，身子颤抖起来，像濒死的小动物，嘴唇干涸，指尖冰凉，却毫无推阻之意。挣扎已是徒劳无用，且她确实欺骗了他，身份的秘密既然保不住了，那便不保了吧……

只求叶将白看在往日的情分上，还能留她一条小命。

叶将白看着她的脸色，顿了一下，理智终究还是没能抵过汹涌的怒意，摩挲着扯开最后一层遮挡，狠狠地占有她。

褴褛的单衣敞开，里头不是结实的胸膛，而是一层白布。

叶将白终于后知后觉地发现哪里不对劲，伸手去解白布上的带子。

……

脑子里有什么东西“轰”的一声炸开了，叶将白呆呆地看着赵长念的脸，又伸手探向身下。

叶将白慌了。

平生二十多年，他从未像这一刻这般慌张，抱着身下这人，他无措地喃喃：“你……骗我。”

不是男人，她竟当真……不是男人！

叶将白将她半抱起来，慌乱地拍着她的背：“抱歉，我不知道……你别哭了，别哭了……”

赵长念恍若未闻，靠在他怀里，犹如石头，半点动作也没有，不管他怎么哄，怎么道歉，都没有应声。

“殿下……”

“念儿……”

“你说句话可好？哪怕是骂我的，随你如何骂，我都依你。”

长念撑起身子，离开他的怀抱，疲惫万分地扯了被子，将自己紧紧裹住，背过身去，想躺下休息。

叶将白起身，披了衣袍，将她连人带被子一起抱起来，放去另一边的软榻上。

长念睁眼看向他。

被她的眼神一刺，叶将白抿唇，移开目光道：“这边能睡得舒服些，你……先休息片刻，我去应付三殿下。”说罢起身，整好衣冠，仓皇离开了屋子。

第三章 离府

走在回廊间，叶将白觉得自己可能是做了个梦，一觉醒来，赵长念没有要成亲，也没有与他闹到这个地步，他还能抱抱她，把装着银票的盒子分给她两个，看她腼腆地笑，再带她去吃碗馄饨。

他想从这梦境里出去，却怎么也出不去。

赵长念骗了他，也骗了天下人，她当真是女儿身，怕极了三皇子掐着人来对付她，所以才选择与沐疏芳成亲，保全自己。

她怕他保三皇子，不帮她，像之前一样。

叶将白心口闷痛，哑然失笑。

这算什么？从头到尾担忧紧张的都只有他一个，这人在旁边看他被耍得团团转，指不定还在背地里偷笑，笑他傻。

心里火起，他有些恼，可脑海里闪过她刚刚的眼神。

那是她从未有过的、漠视他的神色。

叶将白垂眸，火气消散，心虚地抿了抿唇。

罢了，他想，他可以不同她计较，甚至帮她隐瞒这个秘密，只要……只要她别再生他的气。

停下步子，叶将白又想，女子的心思与男子不同，他欺她至此，她会是怎样的想法？

赵长念看着安静的屋子，想法很简单。

原本是为了掩盖女儿身的秘密才走这一步棋，没想到却暴露得更彻底。自此，她的生死是真的落在他手里了。

这么一来，长念反而觉得轻松了。

总也躲不过的，那不如将每一日都认真活过，等到活不下去了，她便先走，少牵连族人。她的族人都对她很好，她错生了女儿身已经愧对他们，没道理要他们陪她一起把身家性命都压在叶将白的一个念头上。

只是，身子很疼，心也很疼，她蜷缩成小小的一团，呜咽着想，日子过得真的好累啊，什么时候秦妃能回来接她呢？不疼她也没关系，别留她一个人便好。

圣上赐婚，天大的喜事，辅国公府里却一连病倒了两个人。

叶将白披着素色的披风，唇上没有血色，却固执地拦在门口，寸步不让。

长念眼神恍惚，表情十分固执，与他相对而立，一动不动。

两人就这样站在这里对峙，良策急得直跺脚，连声道：“主子，您发着高热呢，先回去歇着可好？”

红提也心惊胆战地来扶长念，低声唤：“殿下。”

叶将白轻咳两声，狐眸半眯，声音沙哑：“让殿下先回去躺着，我便回去。”

“父皇已经下了恩旨，选恭亲王府旧址翻修赐我做府。”长念平静地道，“我要去看看。”

叶将白拳头捏紧，眼神微凛：“是去看看，还是打算就此离开国公府？”

长念抬眼看向他，微笑：“大婚在即，我离开国公府有何不妥？”

“我不许。”叶将白沉了脸色，语气里半点风度也不剩，强硬而霸道，“你别想走出这道门。”

良策微惊，觉得主子当着众人的面同七殿下这样说话很是不妥，可看主子实在是生气，也不好阻拦，只暗自觉得奇怪，七殿下什么也没做，怎的把主子气成了这样？

长念咳嗽两声，迈步想往前走，却是腿脚发软，一个踉跄扑摔下去。旁边的红提吓了一大跳，手上没着力，一时竟扶不住。

良策低呼一声，正想动作，却见他家那气得要命的主子大步上前，带着痛色将人接在怀里，狠狠抱住。

“松手。”长念皱眉，“你别碰我。”

叶将白指节一僵，垂眸将她扶稳，然后慢慢收回了手，下颌紧绷：“站都站不稳，还想往哪里去？”

长念不答，低着脑袋，连脸也不让他看。

“良策。”叶将白侧头，冷声吩咐，“在这屋子里加一张软榻。”

“……是。”

“这……国公。”红提看了看自家殿下的脸色，小声道，“您也生着病，就不必与殿下处在一室之中，对病情无益。”

叶将白冷笑不语，似是与人赌气一般，将门关上，大步往前，逼得赵长念坐回床边，然后才转身，接过雪松抱来的半尺高的文书。

同样是生着病，她可以躺在床上休息，他却要做很多事，手起笔落，批阅三份文书便侧头看她一眼，然后接着翻下一页。

良策是不知道发生了什么，只觉得心疼他家主子，便走到长念身边小声道：“殿下，主子已经两日没睡着觉了，您就当行行好，先歇会儿，也莫叫他这般担心。”

担心？长念轻笑，他若真担心她，就该放她走。她被困在这令人窒息的国公府才是真正的病因，他分明知道，却不肯放人。

这算哪门子的担心。

转身上床，长念落了床帐，眼不见为净。

叶将白余光瞥见了，轻轻松了一口气，再度咳嗽起来。

“主子。”叶良进门，皱眉看一眼他的病容，拱手道，“三皇子在偏厅等您。”

自宣旨赐婚那日不欢而散，他也有两日没与三皇子相见了，知他是急了。叶将白冷笑一声，道：“让他等着。”

屋子里燃着宁神香，赵长念却没有安稳入睡，翻来覆去，弄得架子床咯吱作响。

叶将白抿唇，走近床榻，低声道：“你若老实待着，晚些时候我便让沐疏芳过来一趟。”

架子床的动静戛然而止。

叶将白勾唇，总算是愉悦了两分，提着袍子跨出门，又吩咐叶良：“看好她。”

“是。”

三皇子来宣旨那日，他状态太差，没说两句话便称病告退，但三皇子明显是有许多话要同他说的，料想也都同七殿下有关。

他刚踏进侧厅，果不其然，赵恒旭上来拱手，抬头说的第一句话便是：“国公，定国公府与七皇弟的婚事，万不能成。”

叶将白请他落座，轻咳两声道：“圣旨已下，覆水难收。”

“那若是七皇弟犯了欺君之罪呢？”赵恒旭道，“我手里有口供，可以指证七皇弟实则为女儿身。”

叶将白抬眸，问他：“口供何在？”

赵恒旭想也不想便将两份供词送到了叶将白手上。

叶将白低头仔细看过，这供词上头已经画押，他颔首，优雅地将两份供词叠作一处，然后捏着画押的地方，整齐一撕……

“国公！”赵恒旭惊得站起了身，想去拦已经来不及，只能眼睁睁看着供词化为碎纸，纷纷扬扬地落下来。

“国公这是做什么！”赵恒旭气急，“这是最后两份可以指证七皇弟的东西！”

就是知道，所以才撕。

叶将白淡笑，拂了拂身上的碎纸，道：“无稽之谈，殿下不必用这种东西引火焚身。陛下刚刚赐婚，殿下若从中作梗，恐会失了圣心。”

“可难不成就真的让七皇弟占这个大便宜？”赵恒旭很是不平，“凭什么？”

定国公那样的助力，谁不想要？他也曾对沐疏芳示好过，奈何那女人眼高于顶，并不理睬他。他得不到也就罢了，任她嫁去谁家，至多有些惋惜。

可赵长念要娶了她，赵恒旭就咽不下这口气了。他甚至怀疑，辅国公一直在暗地里帮扶七皇弟，所以她的路才走得这么顺。

“国公还是偏袒七皇弟。”心里这么想，嘴上就这么说了出来，赵恒旭半恼半怨，“她住在国公府这么久，想来也是别有感情。”

叶将白温和地笑道：“殿下多虑了。”

“若真是我多虑，国公何不再借太子之手，将她送出京都？”赵恒旭道，“送五皇弟尚且轻松，送个七皇弟还在话下吗？”

“殿下的意思？”

“她不是要成亲？”赵恒旭道，“那便让她成亲，说服父皇给她封个王位，送去封地！”

“这……”叶将白淡笑，“无缘无故封王送出京都，就算是叶某，也说服不了陛下。”

“国公要契机，我便给您这个契机。”三皇子起身，正色道，“只要国公将七弟送走，我与国公之间便再无嫌隙。”

修长的手指抚弄着紫檀木的扶手，叶将白狐眸里光芒流转，思虑许久，才应：“如殿下所愿。”

三皇子走了，走得意气风发，像是解决掉了一件心事，心情极好。叶将白站在门房处相送，脸上无波无澜。

赵恒旭的步子很大，像是赶着去干什么事情。

叶将白拢着袖子站在门口目送他，狐眸里泛着淡淡的涟漪，像初春山上融了的泉水，潺潺地流进湖里，慢慢归于平静。

“可惜了。”他咳嗽着，摇了摇头。

身侧不远处有动静，叶将白侧眸：“谁？”

屋子拐角处走出来一个身段精练结实的中年人，笑着朝他拱手：“国公武艺又有进益。”

叶将白眼眸微亮，拱手还他一礼，唤了一声：“师父。”

他这一辈子也就拜过一个师父，姓秦，名大成。在多年前的春猎会上，秦大成救他于虎口之中，那徒手揍吊睛白额虎的场面给幼时的叶将白造成了巨大的冲击，以至于后来叶老爷子要他拜师学武，他二话不说就去秦大成家门口跪着了。

彼时的秦大成只是京都衙门里不起眼的小武师，压根不敢收他，躲他躲了一个月。最后还是叶将白寻了五十坛美酒，一路从他家门口摆到自己跟前，才把这人引过来，拜了师。

秦大成对这个徒弟是又爱又恨，爱他天资聪慧，学东西极快，又恨他心思叵测，连师父也算计。之前叶将白让他去收北堂缪为徒，还以为是单纯地想送他个好徒弟，如今才明白，这小子分明是想占北堂将军的便宜。

孽障啊！

饶是心里恼，秦大成也没法对他说重话，毕竟就口舌而言，他怎么也说不过这徒儿的。

“师父何时回来的？怎的也没人告诉我一声？”叶将白掩唇咳嗽，微笑着问。

秦大成叹了口气：“回来许多天了，见国公事务繁忙，也未曾多叨扰。今日听雪松说国公病了，才想着来看看。”说着，又好奇地打量他，“冬日都过了，天气已经暖和，怎的反倒受了风寒？”

叶将白淡笑，想作几分潇洒，神色到底是落寞：“做错了事，寻不得解决之法，积郁于心，哪能不病。”

秦大成摇头，严肃地道：“为师看你是忙于政务，松懈了武艺，才招了风邪入体。”说罢，扭头四处看了看，“叶良呢？把叶良给我叫来。”

秦大成的爱好之一，就是看叶良和叶将白过招。就武学造诣而言，叶良是高于叶将白的，但他对叶将白实在太过崇敬，每次出招都很收敛，结果反而是被叶将白占上风。这种时候秦大成就会抱着茶盅在旁边看戏，顺便指点一下叶将白的失误之处，以全其为师之心。

叶将白也明白这一点，师父好不容易露面，他也不好驳了他的颜面，只能让雪松去叫人。

秦大成憨厚地笑了笑，黑黢黢的眼里略有愧疚，不过就如长鹄掠空，转瞬即逝。

“开始吧。”待叶良来了，他拍了拍手，蹲在一旁认真地看起热闹来。

叶将白带着病，叶良招都不敢出，防守了几十招，觉得自家主子实在虚弱，便朝秦大成告饶。秦大成低斥他一句“非武者也”，随即摆手放了叶将白。

动了动出了些汗，叶将白精神了些，擦身更衣之后出来，看见门口守着的叶良，突然问：“你走的时候，可让别人看着七殿下了？”

叶良一顿，皱眉迟疑地道：“良策许是还在看着。”

心里有点不好的预感，叶将白深吸一口气，一边喃喃着“不会的”，一边大步往她的院子里走。

国公府守卫森严，他说了不许放走的人，定是插翅难逃，是他太紧张了，所以一个时辰没看见人就会手心出汗，实则压根不用担心……

叶将白推开主屋的门，没见着隔断处站着的红提，眉心跳了跳，再往里走两步，撩开珠帘往里头一看。

床帐半挂，凌乱的被子里空空如也，床边散落着一只靴子，似是在匆忙间被人踩了一脚，狼狈地皱成一团。

再没别的东西了。

心口猛地一跳，叶将白抓紧了珠帘上的珠子，还未及怎么用力，便“哗啦”一声扯断了线，珠子噼里啪啦地跳落在地，嘈杂纷乱，从地上一路炸响到脑子里。

“人呢？”他转头，瞪着良策又问一遍，“人呢？”

良策白着脸，慌张地道：“方才七殿下呕了血，奴才吓得连忙去请大夫过来，谁承想刚一转背，殿下就没了影子……”

指了指那半开的窗户，良策手都哆嗦起来：“应该是直接越了窗。红提早先一步去煎药了，奴才也没个防备……”

叶将白喘一口气，猛地咳嗽起来，咳得半弯下腰，脸色涨红。

“主子！”叶良上前扶住他，沉声道，“奴才这便去追。”

“追？”叶将白咳喘不止，嘴唇干裂，一双眼里似怨似悔，“她有本事逃走，就有本事让你追不上。”

一个在宫里隐藏了十几年的女子，该是有何等的心智和手段？是他小瞧了她。从一开始到现在，他一直小瞧了她，所以他一输再输，连翻盘的机会都没有。

赵长念，好个赵长念，她这样的女人，当公主也是可惜，就该当皇子才是！

白着脸坐在逃窜的马车上，赵长念一连打了三个喷嚏，鼻尖都红了。

“殿下？”红提担忧地扶着她，“您还好吗？是不是风太大了？”

“无妨。”擦了擦鼻涕，长念抿唇，“应该是有人在骂我。”

这个时候会骂她的也没别人了，唯叶将白一人。

她勾了勾唇，笑道：“让他骂吧，顺风顺水十几年的辅国公还没跌过这么大的跟头。”

车厢另一侧还坐着个人，神色复杂地看着她，道：“殿下，再往前我便不能送您了，这车要去东郊，才能不引起怀疑。”

长念侧头，对他甜甜一笑，低声道：“多谢舅舅。”

秦大成一听这称呼就觉得窝心，眉目舒展了些，叹息道：“秦家无人认我这不肖子，偏殿下您，还肯唤这一声舅舅。”

长念朝他拱手，沙哑着嗓子道：“若不是舅舅相助，我哪能知道风停云与辅国公怀疑于我？今日也多亏了舅舅，我才得以逃出国公府。这一声，您受得起。”

秦大成年少时被秦家送去山上学艺，一去就是十年，归来与秦家人不亲，只对秦妃疼爱有加。后因一些摩擦，秦大成被赶出祖宅，自立门户，再不以秦家名头行走，是以，连叶将白也不清楚他与长念的关系。长念却是因着北堂缪，认得了秦大成，也知道了自己还有这么个舅舅。

长念很感激他，歪着脑袋看着他，又唤一声：“舅舅。”

“哎！”秦大成乐滋滋地应着，又忍不住扼腕，“你这小子也是多磨难，这一遭离开国公府，就莫要再回去了。国公虽然偶有温柔之时，但毕竟心怀大业。他想要的东西太多，寻常之人谁敢共他同行？”

长念垂眸，认真地点头：“我省得了。”

慈爱地看她两眼，秦大成让车在前头停下，目送她下车，忍不住叮嘱：“再遇到什么麻烦，只管来找舅舅。”

“好。”长念回头，朝他躬身。

下车的地方是户部附近的官邸区，长念只走了两步，便有下人打着伞来接，行着礼道：“几位大人已经候着了，殿下这边请。”

勉强打起精神，长念随他去了一处官邸偏门，进去直抵茶厅。

“殿下！”冯静贤和几个属官迎上来，一看她的脸色，连忙让人拿了软垫来，扶她坐上主位，又给她奉了热茶。

“不妨事，你们紧张什么？”长念小声道，“我也没弱不禁风到这个份上。”

那是您没看见现在自己的模样啊！冯静贤皱着眉直叹气：“殿下保重才是。”

长念点头，咳嗽两声，问他：“有什么急事？”

“圣上已经下旨，在东迎山上修春猎行宫。”冯静贤正色道，“军饷筹备已颇费国力，在这个节骨眼上劳民伤财，实在不智。朝中已有众多老臣上奏劝诫，奈何陛下不听，而国公……”

顿了一下，冯静贤的神色更加复杂：“国公连病几日，更是对此事不闻不问。”

长念轻笑，眼神恍惚地道：“他哪里是因病不闻不问，就算没病，也定是不会管的。”

这个奸臣，最喜之事便是敛财。修建行宫这种大有油水之事，他至多轻劝父皇几句，便由着他修了。等行宫落成，怕是预算的一半银子都会落入他的口袋里，叫他再往国公府上添几块金砖玉瓦。

“那当下，便无人能劝住帝王。”冯静贤连连叹惋，“现在虽是盛世，也总少不得天灾饥荒，如此蔑视民间疾苦而大兴土木，引民怨不说，还得堆砌多少人命。”

历来修建行宫，都是要累死饿死许多人的，可在上奏的奏折里，那些尸骸都被盖在歌颂之词下头，不叫帝王看见半点血腥。

“太子和三皇子已经就此次修建行宫之事，在御书房里暗斗了许久。两位殿下似是都想争那督管之职，也只有殿下您一直未曾进宫。”

长念苦笑：“我这几日一直在国公府，半步也出不来，哪里进得了宫？”

“故而，这次也只能看着了。”冯静贤无奈摇头，“以微臣拙见，多半还是三皇子占上风。”

太子年前的劣迹尚未从皇帝心里抹去，而三皇子虽也有过失，但面子功夫做得不错，也甚会抓皇帝心思，讨得欢心。听皇帝言语间，偏重于将此事交给三皇子。

长念疲惫地打了个哈欠，道：“任他们去争夺吧，你我只管做好分内之事，不叫人欺辱到头上即可。”

见她实在困倦，冯静贤也没有再多说，呈了几份文书给她，便让人收拾了一间暖阁出来，让她移驾休息。

谁也不知道七殿下经历了什么，只觉得她好像很累，需要好好睡一觉。

然而，在陌生的地方，长念睡不踏实，眼睛闭着，神思恍惚，想入睡，却怎么也没能彻底陷入梦境。

辗转了不知道多久，红提轻轻打了帘子，小声道：“主子，北堂将军来了。”

睫毛颤了颤，长念睁开眼，就听见门外响起铠甲磕碰佩剑的声音，只消片刻，北堂缪就出现在门口。

长念脑袋昏沉，眨眼看他竟觉得看不真切，忍不住伸手去摸那影子的轮廓。

北堂缪大步进来，将她从床榻上扶起，皱眉问：“怎么回事？”

他刚问出口，看到她的脸色，又觉得现在不是追究的时候，便伸手扯了旁边挂着的外袍将她裹住，扶起人沉声道：“回去再说。”

长念突然觉得眼眶发酸。

她有好多好多的委屈和不安、担忧和害怕没法同红提说，也没法跟别人表露，只有在看见北堂缪的时候才敢放松戒备，皱着小鼻子红了眼。

“哥哥。”她小声唤他，委委屈屈的，像一只小奶猫。

北堂缪心里拧得慌，摸了摸她的脑袋，干脆转身，将她背起来往外走。

长念动了动，迟疑地道：“这不合规矩。”

叫人看见，还不得说她七皇子恃宠而骄，敢让北堂将军背着走了？

“你闭上眼休息片刻。”北堂缪头也不回，“你眼里全是血丝，再熬就成兔子了。莫怕，前路不管有什么，都还有为兄在。”

喉咙堵得生疼，长念说不出话来，只狠狠地点了点头。

北堂缪的背十分宽厚。她闭眼，梦里都没有多少颠簸，像是靠着了一座山，慢慢地就让她那漂浮不定的心沉淀了下去。

床榻上没能安睡，在他背上，她倒是很快熟睡，甚至隐隐有鼾声。

红提很是不好意思地小声解释：“殿下几日没睡了，故而才……”

“无妨。”北堂缪勾唇，“这样挺好。”

今日下了蒙蒙细雨，红提打着伞在两人身边走着，心想，就算听殿下打鼾挺好，您也不能直接绕过马车，一副要背着殿下走回去的样子啊，路上那么多人呢！

北堂缪是这么打算的，并且也这么做了。

不过他到底是聪明的，没大大咧咧地从人群穿过，而是让家奴在路过的绸缎庄里扯了几尺黑布缝在了伞檐上。

若落在野史笔下，这堪称一段情痴佳话。

如果他光顾的那家绸缎庄不叫蝶翩轩的话。

作为蝶翩轩的幕后东家，风停云第二日就去了国公府，他端坐在客座上，用生动的语言给叶将白描述了那个画面。

“彼时微风拂雨，北堂将军背着人站在绘着青竹的油纸伞下，脸上始终带着一抹浅笑——没错，不苟言笑的北堂缪笑了，而且看起来十分满足。取了做好的黑布伞，北堂缪愣是让家奴打着，一路将七殿下背了回去。”

“我粗略一算，从蝶翩轩到北堂府，走路要一个时辰。”风停云啧啧两声，感叹道，“习武之人就是好啊，有力气，背那么久都不觉得累，还挺高兴。”

叶将白坐在主位上，半张脸都隐在屋子的阴影里，眼神看起来很不友善。

“哎，你别瞪我，我只是实话实说。”风停云揣着手道，“我是不明白你与七殿下是怎么回事，但七殿下少了你，一样好好的，你凭什么就是这样一副半死不活的模样？”

“半死不活？”

“你这还不叫半死不活？”风停云眯眼，“病了四日了，行宫修建之事，你管过吗？你知道现在三皇子与太子是怎么个情况吗？三日前送来国公府的文书，你看过了吗？”

他一副恨铁不成钢的模样：“你这般，对得起那些个为你出生入死的兄弟吗？”

叶将白平静地看着他，等他气势汹汹地吼完了，才慢条斯理地道：“修建行宫，本就是在下的意思。”

风停云一噎。

“再说三皇子与太子的情况，你以为本来打算坐山观虎斗的太子，是为何突然又与三皇子争抢了？”他冷笑，“等你从户部开始着手，早已来不及。”

“然后说三日前送来的公文……”叶将白微微眯眼，沉声道，“五十六份公文，言之无物的就有六份，错字加之一共一百一十七个，独你一人错的就有二十八个。贤真，你这样也敢说自己是状元出身？”

风停云弱下气势，默默地摸着椅子扶手坐了回去，干笑道：“你……看得还挺仔细。”

“若是不看仔细，不得被人指着说在下如何对得起兄弟？”叶将白斜眼。

风停云“嘿嘿”笑了两声，含糊地道：“我也是担心你，看看你这面色，听雪松说还不肯看大夫。原本是小病，非被你自己折腾成大病了不可。”

“我自己的身子，自己清楚。”叶将白道，“就算一病不起，也不会误了任何事。”

的确是没误事，不仅没误，还做得挺利落。风停云觉得自己没得劝了，长叹一口气：“您这人就是如此，不轻易放过别人，也不容易放过自己。恕在下直言啊，你就不是个能断袖的人，就算一时被七殿下迷了眼，也该早些醒过来。”

叶将白身子微微一僵，突然笑了，笑得咳喘起来，狐眸里水雾盈盈。他点头：“是啊，我不是个能断袖的人。”

哪怕是一时被人迷了眼，那人也是个女人，并非男人。

眼前似乎又浮现出了赵长念那双带着恨意的眼，叶将白胸腔一震，咳嗽难止，指节连着手腕一起颤动，似是要将肺都咳出来。

“哎。”风停云都替他觉得难受，上前拍了拍他的背，皱眉道，“那你这又是何苦？叫下头的人看见也不好立威，倒是要都觉得国公为男色所迷，一蹶不振。”

在他这个位置上，威信是很重要的东西。

停顿片刻，叶将白闭眼，手里捏着个东西，重重握了握。

“我知道了。”他道。

长念在北堂府睡了整整十二个时辰，醒来的时候满眼茫然，头晕欲吐，像是宿醉过一般。

侧头看见床边坐着的人，她想了想，倒是咧嘴笑了：“北堂。”

北堂缪无奈地摇头，手里一碗粥已经热过几遍，眼下尚温，忙让她洗漱了，先吃上两口。

“睡得好舒服呀！”她眼里泛光，不复之前的灰败，又活蹦乱跳起来，一边吃粥一边道，“做了个很长的梦，梦见了什么不记得了，但幸好是梦。”

北堂缪点头道：“醒了便好。”

看看外头，已经将近晌午，长念好奇地问：“今日将军休沐？”

“不是。”北堂缪道，“我提早下了朝。”

长念很感动：“为了回来照顾我吗？”

看她一眼，北堂缪摇头：“是因为陛下执意要修行宫，谏言不纳，一意孤行。”

长念惊了惊：“您……为此便提前下朝？”

“文阁老况死谏，武将何不能退朝？”北堂缪道，“当朝反对者众而附议者少，陛下只择美言听之。如此朝堂，不立也罢。”

心跟着一沉，长念抓紧了衣袖。

事情竟然严重到了这个地步，叶将白也没出来说过话，那这行宫便是非修不可。可一旦修了，父皇便失臣心又失民心，处境不妙。

更令人着急的是，她什么也做不了，以她现在的状况，一不能劝阻父皇，二不能平复臣心，只能……眼睁睁看着。

赵长念头一次觉得自己没用，小心翼翼地保命，到头来却什么也做不了。

“将军。”她目光几转，拳头捏了又松，最后抬头，眼神坚定地问他，“若我也与皇兄们争夺，将军可愿助我？”

北堂缪一顿，深深地看她一眼，点头：“愿。”

他答得太快太果断，长念反而有点蒙，小心翼翼地道：“就算我现在是三个皇子里最差劲的，并且有把柄握在别人手里，将军也愿助我？”

北堂缪与她对视，不闪不避，认真地再点头：“愿。”

长念红了眼，端着半碗粥，好一会儿没再说话。

北堂缪安慰似的拍了拍她的肩，轻声道：“殿下所欲往之处，臣必为殿下披荆斩棘，踏出一条路来。殿下不必回头，只管往前走。”

长念曾经觉得，自己何其不幸，自出生就要背着关乎家族性命的秘密过活，畏畏缩缩，不敢与人高声语。

可她现在又觉得，自己是何其幸运，能遇见北堂缪这样的人，愿意把命交到她手上，甚至连理由都不问。

你看啊，也不是人人都像叶将白那般戒备算计，也还有人有真心，炙热而赤诚。

长念在北堂府休养了两日，便搬去了帝王赐予的王府里，她尚未封王而有府邸，全靠定国公府的福荫。为此，搬家的第一天晚上，她便请了沐疏芳过来用膳。

沐疏芳一进门就拉着她左看右看，皱眉道：“我听人说殿下与国公起了冲突，伤着了？”

提起叶将白，长念还是一顿，但很快恢复常态，笑道：“没什么大事。”

“国公那个人也是，霸道惯了，生起气来不管不顾的。”沐疏芳叹息，“殿下没事便罢，若是有事，我该找国公算账了。”说着，她眨眨眼，一扭小腰，拉着长念的手便道，“毕竟殿下可是我的未婚夫哪！”

被她这娇态逗乐，长念失笑，心里也轻松了两分。引她坐下后，长念认真地道：“念若将来得以出人头地，必不会亏待于你。”

沐疏芳笑着应下，却后知后觉地觉得哪里不对，复又抬头看她一眼。

之前的七殿下唯唯诺诺、柔柔弱弱的，说话轻柔，眼眸也不敢与人对视。可如今是怎么的？好像通身的气势都变了，眼神坚定，粼粼若有光。

“殿下是打算……”沐疏芳迟疑地开口，指了指窗外紫禁城的方向。

长念笑着给她夹了一块肉：“不必多想，先用膳吧。”

沐疏芳咽了口唾沫，看着碗里的肉，想劝她，又不知道该怎么说才不伤她自尊。别的皇子争抢就算了呀，人家要靠山有靠山，要圣宠有圣宠，可七殿下有什么呢？一个最不起眼的皇子，拿什么同人家争？

心里忐忑，她吃两口就饱了，正色唤了一声：“殿下。”

“嗯。”长念应着，却先问她一句，“吃好了？”

“是，可殿下……”

“吃好了，便先让他们把这儿撤了，我还要接见些人。”长念轻声道，“你即将与我成婚，若是不嫌枯燥，与我一同见见他们也无妨。”

沐疏芳愣了愣，心下也好奇，便按捺住劝诫，点头：“好。”

然后沐疏芳就在这王府的迎客厅里，看见了乌泱泱一片朝臣。为首的那个，还是朝中人送外号“冷面算盘”的户部侍郎冯静贤，此刻的他一扫平日里的冷淡，恭恭敬敬地对着长念拱手：“殿下。”

沐疏芳愕然，看看他们，再看看赵长念，一时想不出来这些人是怎么凑到一起的。

冯静贤等人看见她，却不是很意外，甚至没有太介意，拱手见了礼，便当没看见她一般，朝长念禀告：“陛下已将修建行宫之事交予三皇子总督，另将京都附近三镇的新兵训诫之事交给了太子。”

“陛下近日龙体有恙，此时交兵权于太子，可谓不妥。然修行宫一事，两位皇子各不相让，陛下是想从中平衡，以消他们怨怼之心。”

长念沉默片刻，道：“京都附近三镇，从耳、怀渠、乌行也。

此三镇乃屯兵之地，除却新兵，还有大量陈兵。”

“是。”冯静贤道，“但陈兵兵权皆在武亲王手里，陛下爱重，武亲王未曾出宫建府，平日里谁也见不着他。”

先前说过，皇帝的皇位能坐稳，多亏了他的兄弟，所以皇帝对兄弟之情是十分看重的。但看重归看重，老皇帝还是留了一手——把京郊附近的兵力都放在武亲王手里，然后将武亲王放在自己的眼皮子底下，二十多年来，从未放他出过宫。

“如今宫门的守卫越来越严，就算是黄统领休沐之时离宫，都得递上禁军统领的许可书，更别说旁人。”冯静贤道，“他日若陛下病危，太子起兵，要武亲王勤王，他老人家也未必能反应过来。”

长念皱眉，斥他一声：“休要胡说。”

太子骄纵归骄纵，但毕竟得了父皇多年的宠爱，哪里是说造反就造反的？就算不造反，皇位最后也是他的，又何苦多费周章？

冯静贤自知失言，忙行礼告罪。长念起身，思虑半晌道：“我寻个机会进宫，去见一见皇叔。”

“这两日正好陛下抱恙，殿下进宫尽孝，顺理成章。”

长念点头，脑子里一闪，却想起叶将白。

皇帝抱恙，他会不会……也进宫？

指尖突然就有点发凉。

她不想看见他，虽说不上恨之入骨，但那日之事她也不会轻易原谅，再见终究尴尬，能避则避。

“明日我先去崇阳门。”长念低声道，“待养心殿里无旁人了，让黄统领传个话，我再进去。”

“是。”

沐疏芳撑着下巴看着那小不点，她的身板依旧很瘦弱，撑着那四爪的龙袍像个衣架子。可她腰挺得很直，眼眸半垂下来，也有点君王的模样。

倏地，沐疏芳笑了。

她觉得人生苦短，能有个机会疯狂一把也不错。

第四章 要扶

叶将白病未好，乘车入宫，行止轻咳，一张脸褪了往日凌厉，倒是露出几分柔美，看得旁边的宫女直心疼，走过了崇阳门便忍不住低声道：“宫里今日几位御医都得闲，可要请一位来给国公看看？”

“无妨。”叶将白淡笑，“小病而已。”

狐眸轻轻那么一扫，一排的宫女就酥了骨，恨不得有八只手去扶着他走。

叶将白视若无睹，进了养心殿，在隔断处顿了一下，与大太监道：“劳烦公公，三炷香之后便告诉下头叶某已经出宫。”

大太监不解：“国公这是？”

“有劳。”

人家不愿意说，大太监也就不多问，只照他吩咐的办，末了自己好奇地琢磨缘由。

三炷香之后，消息传下去了，不一会儿就有小太监来禀：“公公，七殿下来问安了。”

大太监迟疑，他也是个消息灵通的人，听闻圣上赐婚，国公与七殿下闹得不甚愉快，这两厢见面，是不是不太好？

于是，他进去轻声问了叶将白一句。

然后他就看见辅国公眼里飞快地掠过一道光，似春日里温和的湖水，又似尖锐的寒刃。

赵长念什么也不知道，听说叶将白走了，提着袍子便进了养心殿，略微焦急地问大太监：“父皇病情如何？”

大太监低声道：“御医已经来开过方子，说是要好生养着，没什么大碍。”

闻言，长念总算是松了口气，拂了拂衣袍，正打算进内殿去行礼，冷不防见前头挡了个人。

她低着头，没看这人的面容，第一眼看见的是他的靴子，羊乳色的蜀锦面，绣着白鹤暗纹，端的是精巧又贵气。长念歪了歪脑袋，心想谁这么有钱，连靴子都这么讲究？

然后她就听见了叶将白的声音：“见过殿下。”

赵长念被惊得原地一个小跳，嘴唇一白，下意识地转身要跑。

“殿下？”大太监拦了拦她，轻轻摇头。

都禀告了陛下七皇子来请安了，她哪儿能半路就走呢？

长念硬生生地停住步子，咬牙深吸了好几口气，才扭头，当作没看见叶将白，越过他上前去了龙榻边上。

“儿臣给父皇请安。”

皇帝听见她的声音，半合着眼道：“起来吧，难得你有孝心，在皇子里是头一个来请安的。”

长念微微抬眼，心里一惊。

大太监说父皇没有大碍，可看他脸色白里透青，神态委顿，嘴唇干裂，怎么也不像是小病。

“父皇可用过药了？”她问。

皇帝轻咳两声，摆手道：“宫里的御医都无用，一点风寒，开的方子吃不好。朕已经传了叶爱卿进宫，还是他的药管用。”

叶爱卿？长念不解，余光瞥一眼旁边的叶将白。他人在这里，那父皇说的便不是他，可朝中除了辅国公，还有哪个叶爱卿？

未及她想明白，皇帝又道：“你的两位皇兄近来都忙，你便多去中宫走走，陪陪你母后，也好替你皇兄们尽孝。”

皇后自打将贵妃拉下马，心情是一日比一日好，哪里用得着她去陪呢？可到底是父皇的命令，长念再不想，也只能应下：“是。”

皇帝颔首，又看向叶将白：“爱卿若得空，便陪念儿去这一趟。”

今时不同往日，皇帝还是很惦记长念的小命的，知皇后不待见她，辅国公跟去能少很多麻烦。

然而他这话一落，赵长念嘴唇都白了，连忙道：“国公事务繁忙，中宫儿臣一人去即可。”

正想开口应下的叶将白一顿，狐眸微眯，看了她一眼。

长念恍若不觉，再拜行礼告退，出了养心殿就跑，那小步子快得，跟只野兔子似的。

一口气跑出去老远，回头看了看没人追上来，她才扶着宫墙，狠狠地喘了几口气。

“殿下怕什么？”有人问她。

长念心有余悸地答：“怕辅国公。”

“哦？”被点名的辅国公揣着衣袖站在她前头，“殿下天胄之子，也怕在下这区区凡人？”

长念喉咙一噎，猛地抬头，吓得连退几步，跌坐在地上：“你！”

方才她回头看，明明没有人啊，这人是鬼吗！

叶将白皱眉，伸手想将她拉起来，这人却避他如蛇蝎，飞快地往后挪。

“停下。”叶将白收回手，冷冷地道，“再往后是水坑。”

长念顿住，撑着地爬起来，拍了拍身上的灰，低声道：“没别的事，我便先走一步了。”

“若是有别的事呢？”

“有别的事，我也先走一步。”长念抿唇，埋着头就要绕过他。

“在下以为，殿下的秘密被拆穿，一定会想法子与在下谈判，好叫在下替殿下守住这秘密。”叶将白皮笑肉不笑地平视前方，“原来殿下半点也不在意族人的生死。”

像是骤然被点了穴，长念僵在他身侧，微微捏紧了拳头。

“国公会去告密吗？”她轻声道，“得罪定国公府，只扳掉我这么一个可有可无的皇子，这等亏本的买卖，您会做？”

眼含讥诮，叶将白道：“许多人背地里说在下是个疯子，殿下，疯子做事，可是不看利弊的。”

“你威胁我？”长念合眼。

“是。”叶将白拢袖，理直气壮地道，“这威胁，殿下受是不受？”

长念冷笑侧身，道：“威胁之事永无止境，国公若想用这秘密要挟我一辈子，那是妄想，我宁可死了，也不会叫你得逞。”

叶将白心口微微一窒，脸色沉了下去：“在殿下眼里，命这么不值钱？”

“命很重要，我也很舍不得。”长念耸肩，“但若我一个人的命要连累那么多人，舍了也就舍了吧。”

袖子里的手紧握成拳，叶将白声音含冰：“若在下要的东西不多呢？殿下给得起，也宁愿以死相报？”

长念疑惑地看向他：“国公想要什么？”

“一年。”叶将白面无表情地道，“在下所求，不过殿下一年。”

长念惊了，眼神分外复杂地盯着他的脸：“你要我？”

“在下并无他意，只是既已有夫妻之实，便想让殿下多陪些时候。”叶将白淡声道，“也总好过流连青楼之地，不干不净。”

这话说出来，长念觉得分外难堪，指尖颤了颤，心口也是一紧。

他是想有人陪，不愿与人联姻，也不愿去青楼，所以她这个女扮男装的人，最适合暗度陈仓。

他把她当什么呢？

果然什么感情、喜欢都是假的，男人心里的女色不过是玩物。

五哥早说过宁信鬼神莫信权臣，她脑子里记着，却压根没放进心里，活该被他玩弄。

深吸一口气，长念也笑了，目光冷冷地道："还请国公给两日考虑的工夫。"

"好。"叶将白淡然地拂袖，"考虑好了，便让叶良传话到国公府便是。"

"多谢国公。"讥诮地朝他行礼，长念扭头就走。

身后传来脚步声，那人显然是跟上来了，然而长念如今心里有气，胆子也大了，不再怕他，只觉得厌恶。爱跟就跟好了，随他跟到哪儿都无妨。

进了中宫，叶将白没再跟，长念也没回头，径直去请安。

皇后今日着了一身翠纹织锦束腰常服，微露胸脯，看起来成熟又妩媚。

见着长念，皇后脸上难得挂了笑："念儿倒是想起母后了。"

长念拱手："奉父皇之命，前来问母后安好。"

"呵。"皇后捏着丝帕沾了沾嘴角，道，"果然是得了陛下宠爱，说话都有底气了。"

两侧没有外人，只皇后的贴身宫人站了两排，闻言都斜眼看她，甚是冒犯。

长念淡笑："得蒙父皇怜爱，是儿臣之幸。"

孟氏最见不得的就是她这副平静的模样，总觉得像极了秦妃，眉目疏淡间就能勾了男人的魂。

"你没事就退下吧。"她不耐烦地摆手。

要是以前，皇后有一万种可以为难赵长念的法子，但现在，赵长念得了陛下惦记不说，还有辅国公护着，有些手段就不能搁在明面上了。

长念平身站立，却没有要告退的意思，反而朝她再拱手："母后，儿臣如今已然立府，昔日秦妃的遗物，是否可以让儿臣领走了？"

秦妃病逝之时，锁梧宫被中宫抄了一遍，说是秦妃有罪，但凡御赐的东西，统统收走。结果中宫收走的不止御赐之物，压根连个遗物都没给她留下。

孟氏淡笑道："秦妃的遗物，你怎么同本宫要呢？本宫可不知道她放在了哪里。"

这是抵死不认了。

长念暗吸一口气，语气放缓："秦妃病逝已有十余年，还请母后看在儿臣思念母妃的分上，成全儿臣。"

孟氏摇头，端庄地道："念儿孝顺，本宫若是能成全，如何会作梗呢？"

长念抬眼，目光与她对上，两厢心里都是门清。她知道东西在皇后手里，皇后也知道她知道东西在她手里，但她就是不给。

你不是得了圣宠吗？不是很厉害吗？有本事自己把遗物找出来啊。皇后腹诽。

长念觉得，皇后真的十分小心眼，完全没有外人眼里母仪天下的大度。

"那儿臣明日再来请安。"她拱手。

孟氏笑着掩唇："今日来请安，本宫给不了你，明日难不成就能给了吗？念儿多大的人了，怎的还要耍小孩子脾气？"

长念垂眸，低声问："那要怎么样来，母后才给得了呢？"

皇后起身，扶着大宫女的手踱步到她跟前，似笑非笑地道："念儿有本事了，能同本宫讨价还价了。也好，只要你能做件哄本宫开心的事，本宫便替你想想法子，如何？"

"一言为定。"长念颔首，看了旁边的宫人一眼，退步出了正宫。

宫人跟着出来，引她去了个左右无人之处，才低声道："娘娘满心都是太子殿下，能让娘娘开心的事，自然与太子殿下有关。近来三皇子得势，太子处境堪忧，殿下若是能帮上忙，那娘娘自然就能成全殿下了。"

想也知道是这事，长念捏紧手，冷声道："只愿娘娘莫要食言才是。"

“皇后娘娘一言既出，驷马难追。”

长念拂袖转身，也懒得与这中宫之人做礼，沉着脸便走。

离开中宫，没有看见叶将白的影子，长念去崇阳门与黄宁忠碰头，披了薄斗篷，戴上帽子便往武亲王的忠武宫走。

武亲王居深宫久矣，皇帝明令，无事不许皇子去打扰亲王休息。长念也只在每年的年宴上见过他，远望几回，觉得武亲王为人十分严肃，不易亲近。

不过好歹她要喊一声皇叔，有血缘关系的，说上两句话应该不难。

托黄宁忠打点，长念从侧门偷偷摸摸进了忠武宫，一路上左顾右盼，终于在花圃边看见个挖泥的宫人。

“劳驾。”长念上前道，“能替我引个路吗？”

宫人回过头来，满脸灰泥，一边伸手擦一边问：“要引去哪儿？”

长念道：“锁梧宫七皇子，想见一见武亲王。”

上下打量她两眼，宫人摇头：“陛下有令，皇子不得随意进出此地。”

“我知道呀。”长念跟着他一起蹲下来，“嘿嘿”笑着套近乎，“但我不是随意来的，是的确有要事，可不可以通融一二？”

她笑起来时眼睛弯成了两个小月亮，露出梨涡，十分可爱。

那宫人却很严肃地道：“若是不可以呢？”

“那……”长念垮了脸，看了看他正在挖的花泥，撩了袖子就道，“那我与你一道挖这个，等皇叔什么时候散步出来，我再去拜见。”

宫人愣了愣，还没来得及反应，就见她蹲下来，打量了一下花种，挑眉道：“大花飞燕啊，这花好种。”

“好种？”宫人皱眉，“这已经是第三盆了，总也不发芽，哪里好种？”

“怎的会不发芽呢？除非你不会种。”长念麻利地将花泥挖到花盆里，又顺手将旁边放着的一小盒子种子塞在那宫人手里，“用温水泡两个时辰去。”

宫人将信将疑："用水泡那么久，种子不会坏吗？"

"听我的就没错。"长念道，"我在锁梧宫种了十几年的花呢，什么花的习性我都了解。"

"堂堂皇子沉迷此等花草杂事，不觉得没出息？"宫人直言不讳，甚至皱了皱眉。

要是别的皇子听他这么顶撞，早把他拖出去打一顿了。可长念没那么要面子，也不生气，一边松土一边笑道："是挺没出息的，可也没法子啊，之前哪儿都去不了，一直待在锁梧宫里，除了种花，我还能干什么？"

宫人愣了愣，眼神一时很复杂，隐隐有悲悯之色。

长念安慰他："不必觉得我惨，现在我能出来，已经是守得云开见月明了。"顿了一下，她看了一眼主殿的方向，"不像皇叔，还见不得外头天地。"

宫人一听，眼中悲悯之色更重。

"你怎么了？"长念好奇地看着他，"怎的还要哭了？"

斗大的一双眼红通通的，她不问还好，一问，这宫人"哇"的一声哭了出来，声若洪钟，吓得长念一屁股坐在了地上。

"哎……你别哭啊！"左右看看，长念心虚地捂着他的嘴，"待会儿把人引过来，我就更见不着皇叔了！"

眼泪哗啦啦地在脸上冲出了两条泥线，这人完全没听长念的安慰，被捂了嘴也还是哭。

少顷，远处真的有宫人被惊动，急匆匆往这边跑过来了。长念暗道不妙，扭头就想开溜。

谁承想，远处的护卫却是飞身上来拦住她的去路，怒斥道："何人敢欺负王爷？"

长念傻眼了。

她看看气势汹汹的护卫，又低头看了看还扯着她袖子哭的"宫人"，脑子里"轰"的一声炸出了三个大字——

闯祸了！

是日，天朗气清，惠风和畅，几只燕子悠闲地从某处宫檐下飞出来，路过忠武宫，然后就被宫里嗷的一嗓子吓得打了个扑棱。

武亲王赖皮似的坐在花圃边上，嗓子眼朝着天号，眼泪哗哗的。

长念被他这阵仗吓得抖如筛糠，可左右也没法子，只能看着，看久了，还端个花盆过去，将他的眼泪接一接。

“皇叔啊。”她忍不住感叹，“您也太能哭了点。”

说好的严肃冷酷呢？以前年宴上看见的，莫不是个假皇叔？

武亲王瞪她一眼，收了嗓子，飞快地道：“你以为本王想哭啊？还不是憋太多年了！”说罢，继续把嗓子眼对着天号。

长念哭笑不得，不过想想也是，武亲王在宫里虽说是锦衣玉食，无人敢怠慢，但终究是孤独了点，这么一大把年纪了，还只能守着这四方的天过。

“王爷，您先进去更一更衣。”旁边的宫人看不下去了，连声劝，“七皇子好歹是晚辈，您哪能这般失礼。”

“本王不管！”武亲王直蹬腿。

一个没忍住，长念笑出了声。

“你笑什么？”武亲王恼道，“敢把本王当宫人，还敢闯忠武宫，本王若去陛下那儿告一状，你定吃不了兜着走！”

长念轻咳两声，拱手作揖：“皇叔恕罪，侄儿本就不堪用，再被告一状，怕是又要被关回去了。”

“那挺好。”武亲王哼道，“总要有人跟本王一样惨。”

胡子拉碴的一个壮汉，竟跟个孩子似的闹腾，长念觉得好笑，又忍不住用哄孩子的语气哄他：“侄儿若是回去了，谁带皇叔出去看看呀？”

闻言，武亲王哭声瞬间止住，眼神“咻”地亮了起来，抓着她的袖子将她拉到一边，贼头贼脑地问：“你能带本王出去？”

“应该可以。”

“别说大话啊。”武亲王板着脸道，“本王自己都试过的，压根过不了崇阳门！就算过了，外头宫门还要皇帝的手令抑或是皇后懿旨才肯放行。”

长念笑眯眯地看着他道：“皇叔若信得过我，明日便在忠武宫门口等着，侄儿来接您去看看如今京都变成什么样子了。”

武亲王一喜，接着又有些担忧，目光复杂地道：“你小子为何要带本王出宫？有何目的？”

“皇叔英明，侄儿这点小九九，就不瞒皇叔了。”长念收敛笑意，正色道，“父皇龙体有恙，交三镇新兵于太子。如今太子形势不利，侄儿担心他铤而走险……当然，若是侄儿多虑，那最好，但这等事情，还是有准备更加稳妥，故而侄儿想请皇叔帮忙。”

武亲王眉头一松，道：“本王还以为是什么，原来是这等小事。”

“对侄儿来说，这不算小事。”长念抿唇，“侄儿母妃早逝，只有父皇尚在，总不能眼睁睁地看他处于危险之中。”

“你的母妃……”武亲王眯眼，像是在回忆，却一时没想起来。

长念低声提醒他：“秦妃。”

“啊，那位娘娘。”武亲王恍然，口里喃喃两声，眼神飘忽地道，“秦妃啊……”

看他这神色，长念好奇：“皇叔知道我母妃？”

“自然。”武亲王道，“你母妃入宫之时，因容色秀丽引了不少王爷瞩目，也得了你父皇青睐。但很可惜，她最后没能封位份，反而被贬成了宫女。本王再听说她名字的时候，她已经怀了身孕，被陛下封为嫔了。其中发生了什么事，众说纷纭。但除了皇后，你父皇念叨得最多的人就是秦妃了。”

长念一愣，有点不敢置信：“父皇他……经常念叨秦妃？”

秦妃分明备受冷落啊，日子过得一点也不好，常年也见不着父皇。

“若不是皇后……哎，大人的陈年旧事，你个小孩子有什么好打听的？”武亲王收了话头，瞪她一眼，“不过……你既然是秦妃的孩子，那本王便信你，明日等你来接本王出宫去看看。”

长念愕然，皱眉想再问，武亲王却不愿多说，扭过身子朝她摆了摆手："走吧走吧，再不走，本王真去陛下那儿告状了。"

"……"

宫殿侧门缓缓合上。

长念与黄宁忠一同出宫，定好了明日的安排之后，长念忍不住问他一句："宁忠，你知道秦妃的事吗？"

黄宁忠笑道："殿下，秦妃病逝之时，卑职还没进宫。"

这样啊……长念点头，神色复杂。

"我以前觉得，自己很了解母妃，她是个贪心的人，想要地位和钱财，但没能追求到，所以终日郁郁寡欢，也不爱搭理我。"踩着脚下方砖，长念皱眉，"可我后来又觉得，好像从未了解过她的想法。"

北堂华能在她坟上哭成那样，皇叔会因为她而选择相信自己，秦妃到底是个怎样的人呢？她跟那些人，又有什么样的过去？

"殿下不必多虑。"黄宁忠道，"无论如何，娘娘都是爱重您的。"

爱重她吗？长念苦笑："我从未感受到。"

"罢了。"叹了口气，她摇头道，"方才说好的事，明日不能出娄子，你可兜好了。"

"是。"黄宁忠应下，送她出了崇阳门。

解决了一件大事，长念心情还是不错的，一路蹦蹦跳跳地出宫，掀开了车帘，然后她就看见了她的马车里坐着的叶将白。

心"咚"地就沉了下去，她皱眉，想摔帘子，可又忍不住多看他一眼。

不看还好，一看就发现这人脸颊上有不正常的嫣红。

"国公？"她喊了一声。

叶将白没应，手撑着眉骨，靠在软垫上，像是已经睡着了。

良策从车的另一边绕出来，叹息道："殿下，国公生着病，几日没安睡，眼下在您的车里倒是睡得好，故而……"

"喜欢我的车是吧？"长念点头，"那就让国公乘这辆车回府，我改乘他的。”

“殿下。”

长念咬牙，生气地鼓嘴：“他指望我送他回去？没门！”

许是她嗓门大了点，马车里半睡的人悠悠转醒，一双狐眸扫过她，动了动身子：“殿下出来了？”

他的声音分外沙哑干涩，像锯子拉在枯木上似的，听得长念连连皱眉。

“嗯。”她想摔帘子，又忍了忍，冷声道，“国公该回府了。”

叶将白恍然似的看了看四周，微微颔首，然后便撑着坐垫起身，摇摇晃晃地要出车厢来。可他到底还生着病，脚步虚浮，刚走到车厢门口就一个踉跄，直直地往地上栽去。

“国公！”长念吓了一大跳，以这个车辕的高度，头往下摔落在地的话，死了都不一定。

几乎是出于本能，她伸手去接他，费劲地捞住他的身子，拥了个满怀。

叶将白勾唇，笑意稍纵即逝，又闷哼一声，松开她，眼神没有焦距地道：“多谢殿下。”

只一个碰触就能感觉到他身上的热度，长念皱眉，侧头问良策：“国公都病成这样了，你们怎的不让他在宫里看御医？”

良策长叹一口气，委屈地道：“殿下，不是我们这些当下人的不尽心，是主子不愿意，谁也没法拿他如何。”

想起这人怕看大夫的毛病，长念直摇头：“也不好叫他就这样一直拖着吧？”

良策无奈地耸肩，意思是他也没法子。

长念这个人吧，吃软不吃硬，好歹也是自己心动过的人，病成这样了，她也不能真放着不管。想了想，不敢送他回国公府，她干脆把人塞回车厢，吩咐良策：“去王府。”

“殿下……”红提在旁边瞧着，满脸担忧。

长念知道她担忧什么，摇了摇头。在国公府他为所欲为，在她的府邸，他还想翻天不成？大不了将他请出去，他总没有通天的本事能为难她。

良策坐上车辕牵了缰绳，一边策马一边感叹：“国公最近身子不好，总容易生病，病了又不肯看大夫吃药，唉……”

车厢里“体弱多病”的叶将白配合地闭着眼闷哼一声。

长念板着脸，努力让自己看起来有气势一点，冷声道：“自个儿的身子自个儿都不爱惜，旁人急死了也无用。看国公眼下是烧糊涂了，便去我府上看看大夫，等好些了，你再将他带回去。”

良策干笑，心想您都这么说了，那主子这病肯定是好不起来了。

叶将白不是个会示弱的人，他文能帷幄朝野，武能偷袭北堂缪，论钱财富甲一方，论权势万人之上。这样的一个人，只会觉得老子天下第一，才不会乖乖地对人低下脑袋。

但是，现在这状况，叶将白突然觉得示弱挺有用的，比他硬邦邦地跟她说话管用多了，半死不活地往她膝盖上一倒，这人心软，也不会推开他，一双小手反而因为怕他掉下去而搂住了他的肩。

“难受……”他皱着俊眉喃喃两声。

长念低头，神色复杂地看着他。她没见过这样的叶将白，料他是实在难受才会如此失态。

也就这个时候，她才觉得他是个凡人。

长念伸手替他将鬓边碎发拨开，轻叹一声，探了探他的额头，觉得滚烫，连忙又喊了外头的良策一声：“你快些。”

语气里带了一丁点的焦急。

就这么一丁点，叶将白也听得分外舒坦，在寒风里挂了好几天的心像是被人抱回来泡在温水里，连伤口都不觉得疼了，反而甜丝丝的。

努力压着想往上扬的嘴角，他咳嗽两声，表情痛苦地喃喃。

长念听不清他在说什么，低头附耳，凑近他的嘴唇，耳廓却冷不防被他一碰。

温热柔软的触感惊得她抬头瞪他，可瞪两眼，发现这人还是一副人事不省的模样，便又觉得是自己多想，他都这样了，哪儿还有心情调戏她？

马车到了王府，长念让良策来接人。良策撩起车帘看了看，为难地道："奴才手上一向没个轻重，上回还摔了主子，不敢再冒犯了……可否劳烦殿下？"

长念眯眼："我府上有的是人，你不来，叫他们来便是。"

她话音刚落，门房里"哗啦啦"地跑出来五六个家奴，齐齐行礼："殿下。"

"把人给我抬进去。"

"是。"

叶将白暗暗咬牙，手似不经意地一挥，便圈住她的腰身，抱紧。

长念一僵，伸手掰了掰，没掰开。

"国公。"她没好气地道，"您若是醒了，便自己下车走进去，跟我耍什么赖？"

叶将白不答，一张俊脸惨白惨白的，眼眸紧闭，睫毛颤抖。

长念很生气，使劲去掰他的手，良策瞧着，低声道："还请殿下体谅，主子戒心重，轻易不让外人近身的。"

这里除了她，别人都是外人。

长念觉得不太对劲，低头看看他，又看看良策，问："你们主仆二人是不是合伙耍我？"

"奴才不敢！"良策一脸无辜地摆手，"主子的心思，奴才哪里敢揣度？只是说些寻常习惯，殿下若实在不愿意……那……那奴才也没法子。"

她自然不愿意，可叶将白的手跟长在她身上了一般，怎么掰都掰不下来。

"罢了。"她恼怒地道，"让开，我扶他下去。"

良策一下蹿开老远，长念吃力地抓着叶将白的胳膊坐在车辕上滑下去，连带将他整个人也拽了下来。

神奇的是，刚刚还怎么也掰不动的手，一落地就很自然地搭在了她的肩上。他站住脚，闷哼一声，身上的重量就全朝她压了过来。

长念咬牙："叶将白！"

"嗯。"干涩的声音应了她，在她耳侧低低地道，"扶住我。"

似命令，又似撒娇，说完便松了力道，整个人跟挂在她身上似的。

长念使劲架起他，又好气又好笑："堂堂国公，你好意思吗？"

他不答了，整个人气息平和，像是昏了过去。

没别的法子了，长念忍辱负重地将叶将白架去客房，等红提铺好褥子，便将他整个人往床铺上一扔，转身就要走。

然而，她刚转身，手就被人拉住了。

长念头也不回地冷声道："你差不多得了。"

听出她语气里的怒意，叶将白顿了一下，委委屈屈地松了手。

那人就果断地走掉了，背影决绝。

"唉。"伸手撑着脑袋，叶将白睁开眼，幽幽地叹了口气。

一个男人，怎么能用这种手段赖着人家呢？太无耻了，太不要脸了！

叶将白一边谴责自己，一边愉悦地勾起嘴角。

一开始他以为自己是生气的，气她欺骗，也气她逃离，可一旦回到她身边，叶将白发现，什么生气啊愤怒啊，都抵不上她一个拥抱。就那么抱一下，心里再多的怨怼都消散了个干净。

没出息！

"主子。"良策躲在隔断外头，看他一眼，小心翼翼地道，"大夫过来了。"

一听这话，叶将白脸上的笑意顿时消失，咳嗽两声，摆手道："让他随意去交差，就说开过方子了。"

"这……王府里的人，怕是瞒不住殿下。"

"那也得瞒！"

"……是。"

良策知道自家主子有多怕看大夫，但主子这病实在拖得久了，他也只能阳奉阴违一次，偷偷地去七殿下那边告个状。

于是，叶将白正浑浑噩噩地半睡之时，就听得大夫的药箱响动，那瓷瓶的碰撞声惊得他立马睁开了眼。

目之所及，赵长念背对着他站在一个大夫旁边，那大夫正在往外掏药瓶子，似是在拿底下压着的什么东西。

“不用先把脉吗？”良策小声问。

大夫答：“望闻问切，光是望就知道这位病人病得严重，非针灸不能达也，老夫先拿出来备着。”

长念点头：“刘大夫的医术是极好的。”

“殿下过奖。”

“……”叶将白面无血色，见赵长念要转身，立马闭上眼装死。

长念转过身，带着大夫来床边诊脉，扫了一眼他紧闭的双眸，微笑道：“大夫，病得实在严重的话，还会有知觉吗？”

大夫配合地摇头：“以这位病人眼下的状况来看，应该是昏睡过去了，扎上十针八针也不会有反应。”

“这样啊。”长念嘀咕，“我还以为他是装病骗我，看来是冤枉他了。”

大夫伸手把了脉，又翻了翻眼皮，道：“高热这么严重，如何能是装的？殿下请移步，老夫这便要施针了。”

“大夫请。”

寒光粼粼的一排银针，看得良策都咽了口唾沫。那大夫手脚十分利落，找准穴位，一针便下去了。

叶将白努力绷着身子，不敢给出任何反应，但他实在是怕啊，心里连连哀号，世上怎么会有人把银针这东西当救人的呢？这分明是要人命的！

尖锐的疼痛在各个穴位炸起，一下还不算，那大夫拧着针尾使劲将针往他肉里送。

一个没忍住，叶将白闷哼一声。

“呀。”长念低呼，“他有反应了！”

“殿下不必惊慌，这是身体的自然反应，病人一时半会儿还醒不了。”大夫沉着地放了针，又捏起一根新的扎进穴位里。

长念清晰地看见叶将白脸上抽搐了一瞬。

莫名地，她觉得心情好了起来，掩唇偷笑了好一会儿，才清了清嗓子问：“还要扎多少针？”

“还有五针，扎着三炷香的工夫就可以取下。”

“那真是太好……咳，那真是要辛苦大夫了。”

“哪里哪里。”

长念搬了个小凳子来，乖乖地坐在床边，双手撑着下巴，用一种欣赏的眼神看着床上叶将白的惨状。

是真惨啊！这么一个药都怕吃的人，身上被扎得跟只刺猬似的，还不敢动，手指节都发白了。

“他这是拖了好几日了吧？”大夫碎碎念，“若早些就诊，就不至于动针了。”

“对了，这是药方子，两个时辰之后熬好药让病人喝下。”

“是。”良策接过方子，咽了口唾沫，都不敢看床的方向，抱着脑袋跑了。

大夫探了探叶将白的额头，转身嘱咐长念：“病人高烧一直没退，人可能有些糊涂，脾气也容易暴躁不安，在情绪上得多照顾一些。”

“我知道了。”长念笑眯眯地点头。

过了三炷香，大夫一根根地将银针拔下来，仿佛都能听见叶将白皮肉上嗞嗞的响动。

长念满眼同情地看着叶将白，等大夫收拾药箱走了，她便凑过去，怜爱地摸了摸他的脑袋，愉悦地道：“小可怜哟。”

叶将白倏地睁开了眼。

长念被吓了一跳，原地一蹦，起身就想跑。叶将白冷声开口：“站住！”

大抵是刚刚针扎得太解气，长念竟然听话地停下了步子，笑眯眯地扭头问他：“国公有何吩咐？”

叶将白动了动身子，像是想坐起来，长念连忙扶他一把，给他身后垫了个枕头，又把被子给他掖好。

叶将白抬眼，一双眸子里闪着恼怒和委屈，盯着她道：“你竟然让人来扎我。”

“您生病了，这是治病呢。”长念一本正经地摊手，“我也不是故意的。”

叶将白闷闷不乐地低头，看着手上的针眼，哑声道：“很疼。”

看他这副小模样，跟个孩子似的，长念忍不住放柔声音哄他：“不疼不疼，病好了就不会被扎啦。”

他疑惑地看着她，瓮声瓮气地问：“很疼很疼的话，也会好吗？”

“会呀，像这样呼一呼就会好啦。”长念说着，拉着他的手，轻轻吹了两口气。

深邃的眸子里闪过一道光，叶将白伸手，抓住了她的肩膀。

长念一愣，眼睁睁地看着他靠近，低头凑到她胸口的位置。

长念汗毛倒竖，挣扎着道：“你想干什么！”

他不答，只定定地抓着她，沉默片刻，然后学着她方才的模样，吹了两口气。

“那这样……”他抿唇问，“你是不是也会好了？”

心口像是被什么东西撞了一下，长念一窒，伸手便将他推回枕头上。

叶将白的手没松，自个儿倒回去，拉着她也倒在他身上，然后顺势紧紧地将人抱住，低头凑在她耳畔道：“在下向来不太会哄人，做错事也不知道该怎么办，殿下再教教在下，可好？”

长念抿唇，眼眶突然就有点红。

很多事不提起来还好，她可以装作什么也没发生，用沙子厚厚地埋起来，可一旦被人拎出来，心里的委屈反而会加倍。

“当日，是我太过冲动。”叶将白低声道，“冒犯了殿下，可有法子补救？”

“没有。”长念咬牙，腮帮子鼓得紧紧的。

叶将白的手指依旧滚烫，他摩挲着按了按她的腮帮子，叹息着道："殿下的秘密，在下不是有意撞破。不过既然撞破了，殿下总要给个机会让在下负责。"

长念脸上飞红，又有些恼，垂眸不看他。

"国公之前提的一年，我考虑过了。"她道，"若是国公能遵守约定，也不是不可以。"

"……"

他同她说真心话，是想解开心结，结果这人已经不肯对他敞开心扉了。

叶将白抿唇，神色有些落寞，却是半抱着她，低声问："殿下想与在下约定什么？"

"国公除了替我保守秘密，也不可干涉我行事，不可将我俩之间的矛盾累及他人，不可将你我关系告之第三者。"长念神色严肃，"以上国公若都能做到，那这一年……"

她勾唇："这一年，我便替国公省了去青楼的麻烦。"

心口一扎，叶将白皱眉："我那话……不是那个意思。"

"我知道。"

"殿下不知道。"叶将白有些急，"是殿下总不肯与在下说话，也不肯见在下，在下逼不得已才口不择言。"

"没有谁的话是不过心就能说出来的。"长念道，"人性便是如此，情急之下说出来的，只会是心里想过的话，什么口不择言，不过是为了圆场找的借口。你我既然已经是合作关系，这等场面话不圆也罢。"

叶将白是真急了，坐身起来想解释，奈何嗓子痒得厉害，张嘴就是一阵咳嗽。

长念体贴地替他拍了拍背，轻声道："您得好生休息。"

"念儿……"他伸手握住她的手，收紧。

长念安抚似的道："您不用着急，我不走，晚膳就在这儿用了。"

她的态度软下来，清澈的眼里却半分情意也没有，分明是在敷衍他。叶将白委实难受，却寻不着个有用的法子，脑子想转，奈何烧未退，一片眩晕。

长念将他按回软枕上，让红提熬了细粥来给他喂了半碗。

“我吃饱了。”叶将白低声说着，余光瞥了一眼隔断外头端药进来的良策，嘴角直抽，“再喝不下别的了。”

长念起身去接了药，用勺子舀着吹冷。

“我说喝不下了。”叶将白严肃地重复。

“嗯嗯。”长念敷衍地点头，认真地吹着药，嘴唇粉嫩嫩地鼓起来，可爱得紧。

叶将白觉得生病的人情绪可能真的尤其不对劲，怎么光是看她这模样，他就觉得心要化了呢？一定是还在发高热的缘故。

这厢长念吹凉了药，舀了一勺递到他唇边。

叶将白奓毛：“不是说了喝不下了吗？”

长念眨眼，很是无辜地看着他，又往前递了递药勺。

叶将白僵住，沉默半晌，张口含住了勺子。

苦啊！鬼知道这药到底是什么东西煮出来的，简直苦得令人作呕。叶将白很想吐，但看看面前这人乍然欢喜的表情，他捏着拳头，心里默默地想，就当在喝蜂蜜水好了。

没错，是他舌头的问题，这东西一定是蜂蜜水！

这么一想，他推开了她的药勺，端起碗来咕噜噜喝了个底朝天。

长念高兴地拍手，扭头看良策：“你瞧，你家主子也不是不喝药呀？”

良策：“……”

他什么也不想说，主子和殿下高兴就好。

叶将白想，古人都能卧薪尝胆呢，他喝两碗药有什么大不了的？只要赵长念心里能过了那个坎，哪怕多喝两碗他也……

还是别多喝了，真的太苦了！

他皱着脸暗道，以后成事了，一定要让全天下的大夫都只开不苦的药！

红提进来，嘀咕了两声，长念听完，点点头，整理好袍子就要往外走。

“殿下要去哪儿？”叶将白问。

长念回头，笑道：“府上来客人了，要出去迎一迎。国公休息好了便差人来说一声，我安排车送您回去。”

叶将白眯眼，心想谁爱回去谁回去，事情还没成呢，他可不是个喜欢半途而废的人。

等赵长念出了屋子，他招手唤来良策，问：“什么客人？”

良策摸摸鼻尖，低声道：“您还是先睡一觉？刚喝了药。”

“我问，你答便是。”叶将白皱眉。

良策无法，只得老实道：“北堂将军过来了。”

要是以前，叶将白至多吃点小醋，怀疑怀疑赵长念断袖断到北堂缪身上去了，但现在知道了她是女儿身，再看她与北堂缪亲近，他就算是半截身子入土了，也得再爬出来！

“主子，您别下床！”良策慌忙按住他，“没人知道咱们来了王府，您贸然出去见人，也不妥当。”

“你松手。”叶将白恼道，“我得出去看看。”

“主子，您这样子站都站不住，还去看什么？”良策道，“奴才让人盯着呢，有什么风吹草动，您都能知道。”

头实在昏沉，叶将白挣扎了两下，又无奈地倒回床上，倦意袭来之时，他犹不甘心地道：“有动静就来禀告。”

“是。”良策给他盖上了被子，哭笑不得地摇摇头。

第五章 死地

生着病，心里又有惦记，这一觉叶将白睡得十分不安稳。迷迷糊糊间，他发现自己置身宫殿之中，抬眼往前，就看见一袭百蝶穿花的罗裙旋转飞舞。

念儿。

心里这么喊，嘴上却没出声，他大步往那边走，可还未走到，旁边突然出来个一身戎装的人，轻飘飘地将她揽入怀中。

下颌一紧，叶将白恼了，使着轻功追上前，抓住那戎装之人的肩膀。

那人回过头来，却变成了一身红妆的沐疏芳，笑嘻嘻地朝他一拜："我与殿下成婚，便是殿下的人了，将与殿下同食同寝、生死相依。"

去他个鬼的生死相依！她生也是他的，死也是他的，干别人何事？

叶将白推开她，去抱长念，入怀却是一件罗裙，再没人影。

他慌了神，连忙捏着裙子四下找人，嘴里喃喃不断，一声比一声大。

最后一声直接唤了出来："念儿！"

六神归位，叶将白睁眼，感觉已经历了几世轮回那么长的时间，外头却只是天刚亮。

良策听见声音，进来躬身道："主子，殿下一早出门了，吩咐下来，说备好了马车，等您醒了便可以回府。"

梦里折腾他就罢了，醒来还要赶他走？叶将白不悦，坐起身阴沉着脸，气闷了好一会儿，才沉声问："人去哪儿了？"

良策低头答："似是进了宫。"

"北堂缪呢？"

"昨日北堂将军进主屋与殿下交谈半个时辰便离去了。将军戒心重，奴才稍微靠近就被察觉，故而没能听见说了什么。"

叶将白头疼，捂着额头黑着脸想，等老子病好了，非亲自去听不可！

"门房说，殿下吩咐过了，会很晚回来。"良策小心翼翼地问，"主子要不要现在起身？"

"嗯。"叶将白颔首，下床让人更衣，道，"还有事没处理完，是该回去一趟。"

良策松了口气，心想还好，主子理智尚在。

然而，叶将白下一句就是："把府里的事忙完了，晚上再过来。"

良策："……"

赵长念进宫，利用黄宁忠在崇阳门的关系，顺利地将武亲王带了出去。如今她也算手里有点权力，一路上都没人敢上来盘问。到了宫门口，长念更是直接拿出叶将白的腰牌，连登记都省了，被守卫笑眯眯地送着出宫。

站在街口，长念看着往来的人群车马，笑着扭头："皇叔，您看……"

她身边空荡荡的，方才还站着一个壮汉的地方，如今刮过一道风，卷过两片树叶。

长念一惊，左右找了找，就遥遥看见一个高大的身影如同一匹脱缰的野马，飞也似的蹿进人群，撞飞几个百姓，“嗷”的一声扑在了人家的戏台子下头。

四周响起惊呼和谩骂声，武亲王毫不在意，直直地抬眼看着台上的花旦。

以唱戏为生的人就是镇定，受此惊扰，眼皮也没眨，自顾自地唱：“大王意气尽，贱妾何聊生哪……”

声调凄婉，彩袖飞扬，柳腰盈盈地委坐在地。

长念连忙跟过去，给旁人赔礼道歉过，便想去扶武亲王。

一凑近才发现武亲王双眼通红，抓着台子边不放，眼泪跟溪水似的流。

想起他那朝着天号的嗓门，长念心里咯噔一声，连忙劝道：“皇叔，您千万别在这儿号啊，咱们好不容易出来，总不能马上就被官差发现送回去。”

武亲王恍若未闻，但也没哭出声，只岿然不动地盯着那花旦，嘴里喃喃：“奉仙。”

台上的花旦自然不是什么奉仙。一曲折子戏唱罢，四座叫好，有青衣小孩捧着衣兜下来收赏钱。

武亲王二话没说，打开钱袋，一边哭一边往外掏银子。

长念：“皇叔……”

“唱得那么好，不该给银子吗？”武亲王回过神，擦了擦眼泪，义正词严地道。

长念点头：“唱得很好，是该给银子，但是……皇叔为什么掏侄儿的钱袋，不掏自己的？”

她可怜的小荷包被武亲王捏在手里，掏了个底朝天。

武亲王挑眉：“与长辈出行，不该晚辈掏钱？你这小子最近日子过得不错，还心疼这点钱？”

心疼啊！长念在心里哀号，她可是个被穷大的皇子，有钱了也是省着花的。皇叔倒好，一下给出去五十多两，那可是她一个月的零嘴……

不过，长念敢怒不敢言，只能抱着小荷包，低头应道："皇叔说的是。"

青衣小孩拿了赏银，连声答谢，高兴地捧着衣兜回到花旦身边，指了指武亲王的方向，小声说了两句什么。

花旦回眸，朝着武亲王盈盈一拜。

武亲王不哭了，他负手站直，看着那花旦，又像是穿过她在看别人。

"十三年前本王进宫，未承想过一进去就再也出不来。"他幽幽地道，"若是早知道……早知道，就先把她迎了，一并带进宫，也不会一孤寂就是十三年。"

长念眨眨眼："奉仙？"

"奉仙是她行走江湖用的名字，真名是什么，本王不知道。"武亲王叹息，"也是这么一个台子，她跟着班子唱，唱到了京都，唱到了本王耳朵里。本王心悦她，但她身份卑贱，本王要不得她。"

长念皱眉，不太赞同："皇叔若当真喜欢，又何必顾及身份？"

武亲王转过头来看她，道："你小子，以为生在皇家就可以为所欲为吗？你天生锦衣玉食，也天生比别人少了选择的权利。我十八拥兵，二十又五勤王扶你父皇上位，谁都觉得我功高震主，能做尽所有想做之事。可整个皇室都清楚，王妃非我所欲娶之人，侧妃皆是重臣庶女，我身边一个贴心的人都没有。"

他伸着手指，认真地摇了摇："一个都没有。"

想起那些复杂的关系，长念抿唇沉默。

武亲王又看了戏台的方向一眼，扬眉笑道："不过你没说错，我没当真喜欢她，我若是当真喜欢，怎么能连同他们反抗的勇气也没有？年少之时，谁都喜欢挑轻松的路子走，不愿意为难自己。可到老了……也就只有到老了才知道，错过的人，是会念叨一辈子的。"

长念心口微震，怔怔地盯着地面上的灰尘，脑海里下意识地浮现出叶将白那张脸。

要念叨他一辈子？不，不对，她第一个想到的人，怎么会是他？

武亲王侧眼，看她连连摇头，满面懊恼，了然失笑：“你也有心仪之人吧？听说是定国公府的大小姐，你有福气。”

长念干笑，想了想，歪着脑袋问：“若我方才想起的不是沐大小姐呢？”

武亲王丝毫不觉得意外，道：“没什么大不了，这世间有多少人会同自己深爱之人结成眷属？大多不过是将就着过。只是，你能在听本王说这些话的时候想起来那人，想必那人深得你心。”

长念板起脸想辩解，可想想又没有必要，干脆作罢，扶起武亲王道：“先去找地方落脚，待会儿会有人来接应咱们。”

“好。”武亲王随她走，满眼望着街上行人，眼里神色分外复杂，不一会儿，又神游天外。

长念引他去醉仙斋，先美美地吃了一顿，而后乘车，半路接上北堂缪，一齐前往京郊。

马车上，武亲王盯着北堂缪看了许久，道：“这位有些眼熟。”

眼熟的这位拱手，平静地答：“半个月前入宫，有幸领教王爷刀法。”

武亲王一拍大腿，瞪眼：“北堂家的小子！”

长念茫然，看了看武亲王激动的模样，小声问北堂缪：“您同皇叔有过节？”

北堂缪摇头：“没有。之前陪圣驾去拜访王爷，王爷不服老，要耍弄宝刀，我便与王爷过了两招。”

“那后来呢？”

“后来，本王发现舞刀弄剑的有个屁用！”武亲王愤愤地道，“还不如挖泥巴种花！”

长念一个没忍住，失笑出声。

北堂缪朝他拱手：“若是二十年前，晚辈必定不是王爷的对手，如今不过年岁侥幸。”

这话武亲王就很爱听了，脸色顿时缓和下来，哼哼两声，斜眼道："难得你小子有自知之明，武艺也还过得去，没给北堂家丢人。"

"谢王爷夸赞。"北堂缪拱手。

长念默默地算了算二十年前北堂缪多少岁，然后收拢五根手指，轻轻踩他一脚。

说个恭维的话都这么不走心，也亏得皇叔没多想，不然还不抽刀劈了他？

北堂缪眼角染笑，但稍纵即逝，他回头看她，目光柔和，像三月微风拂面，带着一丝戏谑。

长念突然觉得，这人脾气那么不好，那么不爱与人打交道，却还是有众多人推崇敬仰，真的不是没理由的。撇开别的不说，就这眉目间的风华，便能倾人三分。再加上功绩和本事，的的确确值得京都闺门抱财求娶。

马车行一路，武亲王便与北堂缪说了一路，从皇宫守卫说到边塞攻防，武亲王什么都问，北堂缪也什么都答，两人在行兵之事上颇为契合。说到最后，武亲王直拍大腿："你这小子，怎么没早点生出来呢？"

北堂缪道："若王爷晚生十年，许是能边塞畅饮，同阵杀敌。"

"唉，唉！"武亲王连连叹息，摇头道，"没机会啦，本王这后半辈子，也就能睡在那红纱帐里享安乐，哪里还遇得着长刀饮血的机会？本王那些个将士部下，都快十年未见了……"

十年啊……英雄迟暮，美人也白头。当年兵临城下，几个满身鲜血的人歃血为友生死相依，如今日子好过了，反而难见上一面。偶有书信，都是被宫人查过又查才放到他眼前，寒暄都不敢多言。

北堂缪神色微动，也跟着怅然。

长念一路上安静地听着他们说话，看他们情绪都低落了，才笑着插嘴安慰一句："皇叔莫急，马上就能见着了。只是……侄儿也不清楚皇叔有哪些亲近的部下，故而只托人请出来当年您身边最出名的那位副将。"

“李常安哪？”武亲王眼眶微湿，“好，人还活着就好。”

“皇叔还想见哪些人？”长念问，“侄儿着人去安排。”

因着江西收粮之事，冯静贤拓宽了人脉，长念手里能差遣的人也就更多了。要是以前，替这些个带着兵的副将请假定是为难，而如今只需要打点一番便能见着。

武亲王想了想，跟数家珍似的数起自己当年最亲的几个副将：“赵飞龙、韩子客、秦双……”

噼里啪啦十几个名字，他数完想了想，看着长念道：“这么多人不好记，这儿也没纸笔，你且将前三个人找来便是。”

长念应下。

武亲王不知道的是，这个看起来没什么本事的七皇子记性极好，但凡他念过的人，她都记得。在从耳下车后，长念就将名册写了出来，交给了北堂缪。

北堂缪翻了翻，低声道：“旁人都还好说，这个韩子客疯疯癫癫的，十分难搞定。”

“那便交给我。”长念笑道，“你我既是共事，没道理让你一个人累。”

深深地看她一眼，北堂缪道：“我宁可自己累了。”

“兄长这是看不起人？”长念叉腰，“我可能干了，冯静贤前几日还夸我呢，说我灵性十足，不若其余皇子迂腐守旧。”

看着她骄傲扬起的小下巴，北堂缪莞尔，伸手扶了扶她头顶的玉冠，轻声道：“这么能干，前些时候怎的病得跟白纸似的？”

提起那事，长念眼神微黯。

“念儿是不是有事瞒着兄长？”北堂缪皱眉，“以前遇到事，你好歹都同我说，如今怎的半个字不提？”

“怎么说呢？”长念抓了抓鬓发，“我与辅国公……”

她刚开了个头，北堂缪的脸色就沉了，他轻轻握了她的手腕，语气冷硬地道：“我早说过，你莫要与他多纠缠。”

“说是那么说，可我也没法子。”长念嘀咕，“那人算计起人来，我跑也跑不掉。”

北堂缪抿唇，眼底微微有戾气。长念瞧见，连忙安抚他：“不过如今好了，总算是有自己的王府了，等大婚过后，他必不能与我再多来往。”

起码明面上的来往是不能了。

提及大婚，北堂缪仍有担忧：“那沐大小姐，听闻很是不好相处。”

“也只是听闻罢了。”长念笑嘻嘻地同他比画，“沐姑娘人很好的，既仗义，也潇洒，是我最佩服的女子。与她成亲，我很开心。”

北堂缪眉头皱得更紧，暗暗摇头，心想，以她的性子，看谁都觉得好，他还是得帮她留意些。

安排好了三日的行程，武亲王甚是高兴，一见着人就抱头痛哭，继而聊了起来。长念要回京，他大手一摆：“你且回去，本王就留在这里，明日你再来接本王。”

长念惴惴不安地蹲在他身侧，抬头认真地问：“皇叔，您不会突然就跑了吧？”

武亲王瞪眼：“瞎说什么呢？本王的家眷都在宫里，能跑去何处？”

想想也是，长念点头，与北堂缪一起归府。

她问北堂缪：“武亲王何如？”

“虽幽居深宫多年，但威信仍在，不靠兵符依旧能动三镇陈兵。”北堂缪道，“请动了他老人家，殿下可暂时不必担心东宫异动。”

心口微松，长念笑道：“今日多谢将军。”

北堂缪停下步子，侧身低头看她：“你我之间，谈何谢？”

长念傻笑，双手合十，俏皮地朝他作揖。北堂缪受下，扶着她的手让她平身，眼里光芒盈盈。

这画面很美好，要是没人打扰的话，便能定成一幅画挂在墙上。

但是很不巧，偏生有人出来打扰了，而且动静极大。

“喀喀喀喀！”

鞭炮似的一串咳嗽声，炸得长念往后小退一步，慌忙转头。北堂缪一顿，也跟着她的目光看过去。

叶将白只着中衣，背对着他们站在旁边的庭院里，似是没看见他们，脚步虚浮地走了两下，便扶着旁边的石栏，再度咳起来。

北堂缪一时间没认出他是谁，正想上前看看，却被旁边的赵长念一把拉住。

“那是一个在我府里养病……为什么会在我府里啊？”她一边解释一边咬牙，“不管了，总之是在府上养病的人，传染之疾，将军别过去为好。”

北堂缪将信将疑：“是个什么人？”

“街上要饭的。”长念闭着眼睛道。

尊贵无双的辅国公在听见这个身份之后，咳得更加波澜壮阔、气势汹涌，带着抑扬顿挫的节奏，像是要把肺咳出来。

长念连忙把北堂缪往外推：“明日一早再去与兄长会合，今日时候不早了，兄长早些回去休息。”

“念儿……”北堂缪不满。

长念没法子啊，叫北堂缪看见叶将白在这儿，有嘴也解释不清，只能胡乱应着：“清晨我便过去。”

北堂缪叹了口气，轻声道：“明日将沐大小姐也请上同行可好？”

“好好好！”管他说什么，统统应下，长念将他送至门口，笑着摆手，“路上小心。”

北堂缪与她行礼，往她身后看了一眼，眉头不松，却还是转身上车了。

送走了北堂缪，长念大松一口气，转过身眉毛就竖了起来，责问门房：“国公为什么还在？”

门房苦着脸回道：“小的们哪里知道？他不肯走，咱们谁敢去赶啊？”

这人是赖上她了？长念叉腰，气冲冲地回到方才的院子，叶将白还站在那儿。

她大步上前，抓着他的胳膊就道："您这是做什么？"

中衣单薄，一捏胳膊，他身上的热度便透过衣裳传了过来，长念转怒为惊，踮脚一探他的额头，又气又无奈："今早烧还退了，这怎么又烧起来了？"

再看看他的打扮，她横眉："病了还穿这么点出来晃悠？"

也不知道是不是烧糊涂了，叶将白眼神恍惚，定定地看了她好一会儿才认出她似的，轻声道："我醒来没看见你。"

"废话，我又不是你的眼睫，如何能一醒来就看见？"长念转身将他往屋里拖，按在床上给他盖好被子，再碰碰他的手，又怒，"额头滚烫，身上冰凉，国公是故意折腾自个儿？"

抿了抿唇，叶将白道："没有，我出去寻你，寻不到。"

"不知道问问下人？"

"他们说你晚上回来，但已经这么晚了，你才姗姗归来。"叶将白狐眸里有些委屈，又小声补充一句，"还是同别人一起归来的。"

大夫说过，人一发高热，情绪就会变得敏感，需要人照顾。

但是，赵长念神色复杂地看着面前这位仁兄，心想他也太敏感了点吧？平时多霸道阴险的一个人啊，现在竟跟病西施似的倚在床头，眼角轻轻瞥她一眼便挪开，顾盼间千般委屈万般可怜，偏还要装作不在意的模样，只轻声怨她两句。

她捂了捂心口，又掐了掐大腿，确定自己不是在做梦之后，叹了口气："我不是有意归迟。"

"殿下忙，在下明白。"掩唇咳嗽两声，叶将白怅惋地道，"只要能回来便是好的。"

"嗯。"长念挺愧疚，"下次我回来早些。"

顺口答完，她一个激灵反应过来，瞪眼看着面前这人："您还要在这儿住？"

叶将白的狐眸里满是无辜，他理所当然地问她："不然在下住哪儿？"

"您是辅国公！有国公府的！"长念跳了起来，鼻子都皱成了一团，“住在我的王府里像什么话？”

薄唇轻抿，叶将白低声道：“殿下养伤时曾住在国公府，在下觉得十分妥当。如今在下病了，殿下竟觉得这王府住不得吗？”

长念：“……”

她竟一时不知道该怎么反驳，仔细想想，还有点忘恩负义的羞耻感。

“随您高兴吧。”长念无法了，“您只要不怕惹事端，我自然是也不怕的。”

“多谢殿下。”叶将白勾唇，又柔柔弱弱地咳上几声，然后才道，“北堂将军似是很喜欢殿下。”

“国公多虑。”长念别开头，“朋友罢了。”

“是吗？”叶将白垂眸，“在下听闻北堂家有意替北堂缪立正室，奈何北堂将军不配合，以不归府为要挟，势要驳婚。”

“他那个人，不爱别人替他做主。”长念撇嘴，“若是他自己遇见那姑娘，说不定还能入眼，可偏巧是家里叔伯逼他娶的，他自然不待见。”

眯了眯眼，叶将白道：“殿下还真是了解他。”

“毕竟相识多年了。”长念算了算，“比认识您早十年呢。”

叶将白：“……”

认识得早了不起？

还真的挺了不起的。发着高热的国公凄凄凉凉地想，十年啊，十年的光阴，两人会一起经历很多事，有很多他不知道的秘密，也有很多只有他们两人才能听懂的话。若是别的，他都还能补救，可偏生岁月这个东西是不让插队的。

“明日我还要出门，就不多陪国公了。”长念起身道，“您吃了药就早些休息。”

叶将白目送她离开，抱着枕头一脸哀怨。

等屋子里没别的动静了，良策才小心翼翼地上前问：“主子，要喝药吗？”

“不喝。”哀怨的国公凶恶地回答，“去，找一趟霍许。”

自从上回霍家那不长眼的公子得罪了叶将白，霍许的日子便一直不太好过，骤然接到国公的差遣，他二话没说飞快地去办了。

于是第二天清晨，长念刚睁开眼，就听得红提焦急地道：“主子，三皇子差人过来了。”

一个鲤鱼打挺……没能坐起来，长念龇牙咧嘴地捂着腰，扒拉着床沿道：“扶我一把。”

红提连忙上去将她扶坐起来，又将要换的袍子递到她手边。

长念自己更衣洗漱，然后急急忙忙地去了前厅。

“七殿下安好。”霍许笑眯眯地朝她行礼，“卑职奉三殿下之命，特来与七殿下商议。”

“何事？”长念请他坐下，正色问。

“修建行宫之事，想必殿下也已知晓。陛下器重，将此事交由三殿下督管，但殿下事务繁忙，难免分身乏术，便想请殿下帮忙验工。”

长念皱眉，她要是没记错的话，因着上次江西粮饷之事，三哥对她积怨颇深，这次怎么会又让她帮忙？

“殿下放心，三殿下也绝无自己揽功之意。”霍许道，“三殿下说了，殿下一旦应允，便上禀工部，待到行宫完工之后，一并报与陛下论功。”

长念迟疑：“不瞒大人，刚开春，各处事务都多，我这里也……”

“七殿下。”霍许语重心长地道，“三殿下之意，您还看不明白吗？”

“嗯？”

霍许长叹一口气，摇头道：“太子暴戾，三皇子心知与他为伍不能保全性命，故而想放下芥蒂，与七殿下同归一心。此次监工，不过就是个台阶，殿下只管担个名头，连行宫都不用过去的。”

长念抿唇：“若要我监工，那我必定是要过去看着才对得起皇兄的信任。”

“七殿下实诚，也好。”霍许笑道，“只要殿下应允，今日便可随三殿下一起去往行宫。”

天上掉下来的差事，又是三皇兄的要求，长念思忖了一阵，还是点头应了。霍许便起身吩咐随从去知会三皇子，然后拱手朝她道：“殿下准备好了就可动身。”

“现在？”长念皱眉，“匆忙了些。”

“行宫离京都有些距离，三皇子五日去一次，今日刚好要去。”霍许道，“若是过了今日，便又要等五日了。”

“好吧。”长念道，“容我带些护卫。”

霍许颔首应下。

长念出门，找来红提，叮嘱她去给沐疏芳传话，今日她是去不了三镇了，让他们见机行事吧。

于是，北堂缪乘车到半路，上来的便只有一个沐疏芳。

“殿下何在？”他皱眉。

沐疏芳朝他颔首行礼，笑道：“殿下今日遇到些麻烦，无法同行，便托小女来知会将军一声。”

她着一身天青对襟长裙，黄色的宽腰带束出纤腰，再裹一串玉带，和着头上三支玉簪，端庄又潇洒。她说话不卑不亢，竟敢抬眸与他对视。

北堂缪面无表情地打量她两眼，觉得第一印象不坏。

沐疏芳脸上笑着回视他，心想这人真是跟传闻里的一样，跟个冰块似的无趣得紧，要不是长念的托付，她才不跟冰块一起出门。

马车前行，车厢里一点声音也没有。沐疏芳眼观鼻口观心，实在觉得憋闷，便小声问：“将军，我能出去骑马吗？”

她想的是，老娘哪怕对着马的后脑勺，也不想对着你这张死人脸。好看有什么用，连笑一下都欠奉，还不如马毛瞧着舒服。

然而，北堂缪听了她的话，皱了皱眉，目光落在她的裙摆上，问：“骑马？”

“有何不妥？”

“……无妨。”北堂缪移开目光，道，“沐小姐想去便去。”

“多谢！”沐疏芳大大地松了口气，喊了一声“停车”，便逃也似的下去，将北堂缪的随从飞沙的马抢了。

飞沙坐在车辕上，见沐疏芳干净利落地翻身上马，忍不住感叹一句：“京都少有闺秀善骑马，这位倒是不同。”

坐在车里看不见外头情形，北堂缪想了想，实在有些好奇，便低声问：“她着罗裙，如何骑得？”

飞沙小声禀告：“那罗裙……裙摆裁剪不似寻常，小姐下着马绔，很是轻松。”

竟有这样的？北堂缪抿唇，沉默许久，还是轻轻撩开旁边的小帘子，往外看了看。

沐疏芳骑着马“嗒嗒”地在车前三步远的地方走着，背影挺直，情绪比方才高涨许多，还与后头跟着的随从玩笑道：“我这般，像不像迎亲的新郎官？”

随从奉承：“像，大小姐英勇，跟别家娇弱的女儿大不一样。”

北堂缪低头看了看“娇弱”地坐着马车的自己，心生不悦，掀开车帘道：“再牵一匹马来。”

“将军？”

“时候不早了，也不好慢悠悠地坐车叫人久等。”北堂缪下车，牵了另一匹马，身影如风，卷上马背便扬鞭飞奔出去。

马蹄扬起的灰尘扑了沐疏芳一脸。

沐疏芳愕然，心想这什么毛病啊，一言不合就飚马，谁还不会骑马了怎么的？

怒意一起，她也扬鞭追上，把身后一群随从护卫吓了个半死。

“将军，小姐！不可疾驰啊！”

没人听他们的话，北堂缪跑得极快，沐疏芳也不甘示弱，两匹马一前一后飞驰在去往怀渠的路上，惊得行人连连避让。

本来嘛，这样的情形之下，接下来就应该是两人风风火火地跑出十几里，然后沐疏芳疲惫坠马，北堂缪英雄救美，两人冰释前嫌，一起去怀渠见武亲王。

完美，和谐。

但很不巧的是，北堂缪一年没回京都，京郊外的路改修了，他不知道。这一狂奔出去，半个时辰后，他就尴尬地停在了一个陌生的路口。

沐疏芳气喘吁吁地追上来，抬头一看也傻眼了："这哪儿啊？"

北堂缪沉声答："不知道。"

"不知道你还跑那么快？"沐疏芳愕然。

"……原先这边是可以走去怀渠的。"北堂缪皱眉，"现在好像变了。"

"那怎么办？"沐疏芳回头看了看，随从已经被他们甩得不见了影子，想求救，四下也无人。

北堂缪沉默，一张脸冰冷冰冷的——实在不是他在这个关头还要端架子，而是他不知道该用什么表情来面对被自己带偏了路的沐疏芳。尴尬，太尴尬了！

"原路返回吧。"看看天色，沐疏芳道，"来时咱们经过了一个小村，若是现在回去，还能在村里用午膳。"

北堂缪"嗯"了一声，掉转马头跟着她走。

来时意气风发，返回却是垂头丧气的，沐疏芳觉得有些好笑，余光打量旁边这人，觉得他其实也有人味，任性起来还会同她拼骑术，只是话少，实在难以亲近。

北堂缪垂眸捏着缰绳，心想这姑娘性格也还不错，走错这么远的路都没抱怨，那将来也必定不会欺负长念。真要成亲，他就不拦着了。

"今日殿下有说去忙什么事吗？"行至半路，他问了一句。

沐疏芳吓了一跳，回头左右看了看，瞪大了眼："您在问我？"

北堂缪眯眼看了看四周，抬了抬下巴，意思是你看看这里还有别人吗？

沐疏芳"哦"了一声，道："殿下说是要去行宫看看，三皇子那边似是有意要殿下帮忙。”

北堂缪向来不涉争斗，也不清楚那些个皇子的心思，只问：“周全吗？”

沐疏芳想了想，说：“她带了不少护卫，应该是周全的。”说完又挑眉，“将军很关心殿下。”

“殿下与我交情甚笃。”北堂缪道，“若有人欲对殿下不利，我必拔剑先斩之。”

这话他是故意说给沐疏芳的，想吓唬吓唬她，叫她以后老实些。

然而，沐疏芳丝毫没有害怕的意思，反而深深地看了他一眼，然后别开头小声喃喃了一句：“远看冷清，近看怎么傻里傻气的？”

北堂缪：“……”

这人是不是不知道习武之人耳力好？

“有将军这样的人守着殿下，那我也就放心了。”沐疏芳回头笑道，“往后若是殿下有难，小女便去找将军求助。”

“……嗯。”

两匹马“嗒嗒”地朝小村庄走去，马蹄声声，和几十里之外的容华道上响起的声音一样。

长念坐在马车上，羡慕地看着叶良骑马，然后沉着脸问他：“你怎么也来了？”

“奉主子之命，护殿下周全。”

长念左右看了看，勾手示意叶良靠近些，然后道：“你已经有了官职，是朝臣了，却还称国公为主子，这是有犯上之嫌的。”

叶良一愣，继而摆手：“无论在下身居何职，他永远是主子。”

长念不明白了，叶将白这人除了有钱，还哪儿好了？怎么身边的人一个个忠诚得都跟亲生的似的？

容华道通往东迎山，山上行宫是在一个老寺庙的基础上改修的，地基早已打好，修建起来十分迅速，在山脚下都已经隐隐能看见轮廓。

经过一片林子，叶良的神色凝重起来，长念都能感觉到他全身的戒备，手放在剑鞘上，指节发白，行了一炷香的工夫都没松开。

“这里是官道，又是去东迎山的必经之路，你不必如此惊慌。”长念笑道，“就算有刺客，前头不远处也有岗哨，能搬救兵的。”

叶良不答她，眼神凌厉地盯着前头某一处。

风过树动，日蔽进云，有什么细微的声音，自远处轻轻一响。

说时迟那时快，叶良勒马扬蹄，立刻大喝：“护驾！”

长念被他吓得一个激灵，直接跌坐在了马车里。

周围护卫齐动，刀剑出鞘，围着马车，可半晌，外头也没见着人。

长念扒拉着窗沿露出一双圆溜溜的眼，小声道：“是不是听错了什么？”

叶良没答，安静地等着。

倏地，一支短箭破空而来，速度之快，像疾鹰掠过，“锵”地打在了叶良的剑刃上。

或者说，是叶良拔剑精准地打下了那短箭，力道之猛，隔着五步远都能听见剑刃的嗡鸣声。

长念看傻了眼。

四周的护卫有一半是她从王府里带出来的，另一半是叶良带过来的。她带出来的护卫个个一脸茫然，叶良麾下的人却是井然有序，四个围在车边，另外四个飞快地往短箭射来的方向而去。

“殿下小心。”叶良低声嘱咐，哪怕已经拦下一支短箭，他的神色也不轻松，更是没有要邀功的意思。他下马回到她身边，便道，“已经派人去求援了，殿下若是实在害怕，便跟紧在下，莫要乱走。”

本来没看见什么人，还不觉得是大问题，但一看叶良这表情，长念腿肚子都跟着抖起来，点头道：“我听你的。”

叶良赶下车夫，自己去驾车，掉转马头就往另一条大路走。车厢剧烈颠簸，长念就跟个球似的在里头弹来撞去，撞得眼前全是小星星。半晌之后，不知道是遇见了什么，叶良急急勒马，马车骤停，长念骨碌碌地滚向了车厢口，堪堪被叶良拦住。

“殿下坐好。”叶良声音紧绷，“别露面。”

长念闻言，立马坐回了位置上。

外头响起打斗声，刀剑入肉，惨叫不断，偏生没人说话。长念抱着胳膊想，这个时候要是跟戏台子上唱的那样，来个人自报家门，扬言要取她性命什么的也好啊，她也不会觉得窒息一般的恐惧。

叶良不让她露面，她也就不敢看，但长剑碰撞声离她越来越近了，马车门口发生了推搡打斗。她听见叶良一声闷哼，接着就有一只血淋淋的手抓上了车帘，狠狠掀开。

长念吓得脸都白了，抬眼看向门口那张陌生的脸，下意识地摸着袖子里的匕首便要拿出来。

不过，叶良的反应比她更快，长剑一送，从背后直接贯穿那人的胸膛。

刺客双目圆睁，不甘心地看着长念，倒了下去。血腥味冲进整个车厢，长念没忍住，爬出车厢“哇”地吐了。

吐完抬头她才发现，护卫死伤过半，剩下的人还在与刺客搏斗。她一下车，那些个刺客瞬间转了目标，齐齐冲她而来。

“殿下后退。”叶良身上也负了伤，长剑横在她身前，却是气势十足，“莫要溅着血了。”

长念连连后退，贴着马车站着，有护卫护到她身前，低声道：“已经去岗哨求援，殿下莫慌。”

她不是没见过死人的场面，但死这么多人的还是头一次见，尤其地上倒着的几个人中有她亲近的护卫。长念心里堵得难受，想去探探他们还有没有气，却无法靠近。

叶良以一敌三，身上一道道地添着新伤，长念看得着急，问：“援兵怎么还没来？”

护卫摇头，又放了一个信号弹，再等了一炷香，近在小半里之外的岗哨还是没有任何反应。

看见叶良身上飞出血花，长念恍然明白了。

三哥没有要与她冰释前嫌的意思，今日引她来，就是为了置她于死地。在这荒郊野外遇了刺，谁也无法怪罪到别人身上去，只能算她这个七皇子不得人心。

她从未想过手足相残，但她的哥哥们一个比一个狠。没有人考虑过皇子若是凋敝殆尽，大恭江山会如何，他们心里最重要的都是自己。

长念气极反笑，拔出匕首，对护卫道："去帮叶大人，这里我自己站着便是。"

"可……"

"快去！"

叶良武艺很好，但要护她，那些全冲着她的刀剑他就不能躲，只能接下，于是节节后退，负伤累累。护卫上前帮忙分担，他才得空喘一口气，飞快地扯了腰带将自己流血不止的手臂捆起来。

场面混乱，好在刺客死伤较多。半个时辰之后，刺客见实在拿不下来，便齐齐拖着同伙的尸体撤退。

叶良转身问："殿下可安好？"

长念手背挨了一刀，皮肉翻开，形状可怖，但比起叶良身上的伤来说，实在不算什么。她摇头，扶他上车，让护卫立马回府。

"殿下伤着了？"叶良自责不已，"是卑职护驾不力。"

"我还活着，全靠你们，说什么护驾不力？"长念替他包扎着身上的大伤口，眼眶红得厉害，"若没有你们，现在躺在外头马背上的就是我了。"

八个王府亲卫，三个咽了气，四个重伤，一个轻伤。长念实在难过，捏着碎布喃喃道："我的命就这么值钱，要那么多条命来换？"

"殿下是皇子。"

"皇子又如何？"长念恼道，"都是爹生娘养的，都是人，那外头马背上的，又是谁家的丈夫，谁家的儿子？"

叶良一怔。

长念低头，神色黯淡，轻声道："人缺自信而信仰他人，天子便是利用人性，以区区凡身居万人之上。大恭历朝七十二载，在位之人究竟有几个对得起天下人的？他们苟活在皇位上，还要踩着别人的尸骨，不觉得荒唐？”

“殿下……”叶良喉头微动，看着她道，“若有一日殿下能登基，必定是一方明主。”

“非也。”长念抹了把脸，“我太懦弱，撑不起龙袍。”

“可殿下比谁都心善。”叶良微笑，“心有天下人，天下人心也必定有殿下。”

长念古怪地看他一眼，道：“你是国公的人，国公难道没有野心吗？你如此奉承于我，对国公又是何等看法？”

叶良拱手告罪，然后直言：“殿下，安世明主也；国公，乱世枭雄也。像今日这般的场面，国公自入朝开始，每月都会遇到几次，他不会为人命难过，只会杀尽欲杀他之人，是为枭雄。”

长念呆了呆。

像今天这样的事情，叶将白每个月都会遇到好几次吗？

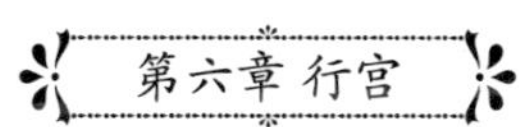

第六章 行宫

“主子。”

国公府里，良策低声回禀了容华道上之事，叶将白很是冷静地道：“让风停云进宫禀告陛下，容华道岗哨拒不出兵，谋害皇子。再给定国公府去个信，让定国公也进宫一趟。”

“是。”

安排妥当了，叶将白才问：“人伤着了吗？”

良策答：“叶良伤得重，死了几个人，殿下轻伤。”

遇刺嘛，谁都少不得受点伤的，他自己也受过不少，命还在就行，叶将白觉得没有心疼的必要。

然而，当人回来坐在他面前，手上伤口翻着皮，血丝丝地往外渗的时候，叶将白还是没忍住沉了脸。

“你怎么护驾的？”他斥叶良。

长念跳起来就护在了叶良跟前，瞪眼道：“我这点伤算什么？

你看看他，他手上这一刀再深点，胳膊都没了！”

说着，生怕叶将白看不见似的，扶着叶良的胳膊举到他眼前，脸上气愤难平。

叶良失笑，轻声道：“殿下莫急，护殿下周全是在下分内之事，分内之事没做好，自然是要挨骂的。”

“可你都做到这个份上了，没道理还怪你。”

“主子也只是嘴上说说。”

他就一句话，面前这两人还自顾自地聊起来了？叶将白气不打一处来，扫了叶良一眼，吩咐良策带他去看大夫，然后自己下床，将柜子里的药箱拿出来，摆在长念面前。

长念皱眉道：“这伤已经处理过了，等会儿让红提再包扎一二便是。”

“殿下信红提，不信在下？”叶将白轻咳两声，挑眉。

说实话，那肯定是信红提不信他啊，红提跟了她多年，一直忠心耿耿的，他心里却是千窍百门，叫人拿捏不准。

然而，在这人沉沉的目光下，长念还是没出息地撒谎了：“自然是信国公的。”

叶将白很满意，选了半天的药瓶子，找到金疮药，细细地洒在她伤口上，又扯了白缎轻柔地包好。白缎结尾处，他想了想，笨手笨脚地给她系了个蝴蝶结。

赵长念：“……”

“怎么？不喜欢吗？”叶将白瞥了瞥她，小声道，“在下见得京中女子大多喜欢这种样式。”说着，他又拨弄两下，“只是在下手艺有限，弄不得太好看。”

长念心口突然有些发软，别开头道：“国公自是不必拿我当女儿家对待。”

房间里没别人，叶将白伸手欲拉她入怀，长念挣扎，反手推他，却不想这人烧未退，身子软，一退就要往后倒。

“国公！”她吓了一跳，连忙伸手将人拉住，一只手力道不够，便两只手上去抱。

于是叶将白顺势扑了她个满怀，直接将人半压在枕头上。

长念微恼地瞪他。

叶将白身上滚烫，呼吸都带着热气，鼻尖蹭着她的脖颈，舒坦地哼哼两声。

“我许久未曾这般抱你。”他道，“就像你许久不曾唤我将白。”

长念喉咙微紧，张口欲言，最后还是沉默了。

“念儿。”叶将白却是不停，蹭着她，半撒娇半怨念地道，“你为何不能同我好好的？像之前一样陪在我身边，只属于我。”

长念歪了歪脑袋，问他：“那国公可愿放弃如今的身份地位，与我归隐山林？”

“……”嗔怪地看她一眼，叶将白轻轻吻上她的鼻尖，没有回答。

自然是不愿的，他知道答案，她也知道。

“你想要什么，我都拿来给你。”摩挲着她的唇瓣，他低声叹息，“别为难我，念儿，别为难我。”

谁为难谁呢？道不同，自是不相为谋，如今的片刻温存，也不过是他强求。长念垂眸，也跟着叹了一口气，然后放下浑身的戒备，乖顺地躺在他身侧：“国公大病未愈，该好生休息。”

“病着才好呢。”他也躺下来，一双眼眨也不眨地盯着她，“病着，你便不会赶我走。”

“我不赶你。”长念闭眼，“国公会自己想走的。”

“怎会。”叶将白轻笑，“我恨不得与你生作一处，永世不离。”

“……”

情话是好听的，听得人很开心，但究竟是再不敢让人相信了。

“念儿，你想要定国公的助力，其实也不是非要娶沐疏芳。”他轻咳两声，道，“定国公极其疼爱沐疏芳，你与她交好即可，成亲之事儿戏不得。”

长念低声道：“父皇赐婚，婚期已经定下，就在下月初。”

“你若……你若真的不想娶，我能想法子。”叶将白握着她的手，眼里有星星点点的渴望，“殿下成全我一回可好？”

“疏芳是女子。”

“我知道。”叶将白垂眸，神色恹恹，“是女子我也不喜。”

“国公太过霸道。”长念皱眉，“霸道得让人觉得是被占有，而不是被喜欢。”

叶将白微微一顿，揽过她，让她贴在自己心口。

“你听。”他说，“我心悦殿下，这做不得假。”

清晰的跳动声透过衣料传进耳里，长念睫毛颤了颤，不作声了。

屋子里的气氛好起来，叶将白的心情也就舒畅了。他伸手抱着她，假装忘记松开，就这样迷迷糊糊地睡了过去。

长念却没睡着，等他熟睡之后，她起身，招来红提低声问：“有什么动静吗？”

红提脸上有些怒意，沉声道：“宫里传来消息，陛下已经知晓殿下遇刺一事，怪罪于容华道岗哨，整个岗哨的士兵悉数入狱，由林茂林大人带人暂时接管。”

长念不解：“这不挺好的，你气什么？”

“殿下看不明白吗？”红提恼道，“您刚出事，国公这边就让人进宫禀告陛下，接着岗哨便换了林统领的人，速度之快，像是一早就安排好的一样。”

长念一愣。

“您去行宫之事，总共几个人知道？怎的就这么巧遇了刺？”

“国公住在这里养病，带的人却不少，府里内外都有他的人，咱们的动向，他再清楚不过了。殿下，您哪能真的信他？”

外头落起了小雨，淅淅沥沥的，将风都变凉了。长念沉默地听完红提的话，半晌，轻轻颔首：“我知道了。”

王府不大，因着是旧址翻修，也不见得多气派，但阆苑回转，亭台错落，还是有一番情致。

长念走过小桥，隐进一丛竹林，就听得外头响起雪松的声音。

“那北堂将军与殿下到底是什么关系？怎的来这王府都不用以客道相迎？”

她顿住步子，侧头。

对面的屋檐下，王府里的小丫鬟站在雪松身侧，含羞带怯地道：“奴婢不知，但在别处是难见着北堂将军的，在王府里倒是见过一两次了。”

雪松若有所思，复又笑道：“好姐姐与我见外，这一包点心送与姐姐，还望姐姐多来与我说话。这地方我不熟悉，孤独得很。”

“好呀。”丫鬟高兴地收下，又一脸娇羞。

安静地看了一会儿，长念扭头，继续往前走。

她带的奴仆不多。按照规制，王府里总共二十个丫鬟奴才，有十个都是新招的，嘴巴不严。叶将白来她这里带了十二个人。之前她没注意，如今仔细看，那十二个人当真是遍布整个王府，随意走两步，就能看见熟面孔在与人说话。

长念眸光闪了闪，停在一座六角亭里，拂去身上细雨，撑着下巴看着外头的雨幕出神。

她与叶将白不是一路人，可换个角度来看，两人又的的确确是一样的人——事事都要捏在自己手里才放心。

这样的人，说什么情爱呢？

叶将白雷厉风行，说让她不必娶沐疏芳，就开始进宫去御前说话，哪怕烧还未退下去，叫人抬着也去了。

“他可真是……”沐疏芳气得直吹额前的碎发，“陛下钦赐的婚事，他也敢有怨言！”

长念给她倒了杯茶，微笑道：“毕竟是辅国公，三省六部无一不在他掌握之中，这样的地位，自然敢去驳父皇的颜面。”

“他想得美！”沐疏芳撇嘴，“还有我爹在呢，陛下的旨意是不会收回的，除非……”

美眸一转，她低头看她：“除非殿下与他同心，那我便大方一点，放弃这婚事。”

长念摩挲着茶杯的手指一顿，又恢复动作，问她："要不要看看宫里送来的喜服？"

"呀，你的已经做好了？"知道她的意思，沐疏芳弯了眉眼，"既然都来了，便是要看看的。"

长念颔首，引她去内室，指给她那架子上挂着的鸾凤和鸣宽襟大袖袍。

"真好看！"沐疏芳上前摸了摸，感叹道，"我也终于要成亲了！"

"对了！"想起点什么，沐疏芳又招手叫来随身丫鬟，从丫鬟手里捧过一双喜靴来，神色复杂地道，"这个是北堂将军要我带来给你的。"

长念有点意外，接过靴子看了看："怎的会给到你那儿去？"

"谁知道呢？我在来的路上就遇见北堂将军了，他似是也想来，但走到半路不知为何又掉转了马头，只让我转交。"

瞧着那靴子的尺寸，沐疏芳眨眼道："他……也知道殿下的身份？"

"嗯。"长念颔首，抱着靴子笑，"宫里给我的靴子尺寸总是不对的，北堂家的姨娘手巧，总会偷偷做给我。"

沐疏芳一脸恍然，又觉得有点好笑："原先觉得北堂家世代贵胄，心气定然高得很，没想到前两日与将军同行去边镇，倒发觉他那个人甚是低调沉稳。"

"哦？"长念问，"发生何事了？"

"武亲王与老臣叙旧，一个劲地喝酒谈往事，我这样的晚辈是没法插话的，但也担心将军耐不住脾性。谁知道北堂将军一句话没说，硬是听他们聊了一整天。到晚上该让亲王就寝的时候，亲王不肯，他直接拿了一坛子酒和武亲王对饮……然后亲王就昏睡过去了。"沐疏芳唏嘘，"我从没见过他那样直接果断的人，场面话不会说，可做起事来，让人打心眼里佩服。"

长念笑道："他自是有能力，才能让那么多人忠心跟随。不过……武亲王那边如何了？我这两日忙，还未回宫去请安。"

“亲王很高兴，也与旧部说好，若京都有异动，便见信物勤王。”沐疏芳道，“但……他的信物，竟直接给了北堂将军。”

“挺好。”长念点头，“亲王出不得宫，信得过北堂才将信物给他，我也信北堂将军。”

沐疏芳眼神飘忽，想起昨日回京路上的事了。

她昨日也是起了小性子，想赛马，便与北堂缪扬鞭狂奔，谁知道她落后半里路，又误闯入森林失了方向，怕得不知如何是好。在森林里从晌午等到了日暮，远处响起狼嚎的时候，她抱着马脖子就哭了。

她再厉害也是个姑娘啊，打不过野狼的！

从小到大头一次这么害怕恐慌，她爬上树，抱着树枝继续哭，哭着哭着就听见远处响起了马蹄声。

夕阳的最后一丝光也被山尖吞没，那人却带着满身霞光而来，身姿矫健，眉目凌厉。他策马过来看见树下她的坐骑，抬头就对上了她的眼睛。

京中人常以宝剑喻北堂缪，可那一瞬间，沐疏芳觉得，他更像一张沉香木的软榻，踏实而令人安心。

“我也信他。”她低声喃喃。

长念已经发了许久的呆了，骤然听见她说话，茫然地抬头问：“嗯？信什么？”

“没什么没什么。”沐疏芳笑道，“殿下得空再去宫里吧，武亲王回宫就病了一场，听闻是不太想见客的。”

“好。”长念颔首，六神归位，“时候不早了，你也先回去吧，等会儿我还要去一趟行宫。”

沐疏芳挑眉：“行宫？上回不是才在那边遇了刺，怎的还要去？”

“遇刺之事闹到父皇跟前，三皇兄进宫说让我负责验收宫殿，父皇也允了。”长念道，“所以还要过去。”

“那……也行。”沐疏芳起身，俏皮地朝她眨眼，“小女这便告退，殿下也莫太操劳，咱们大婚在即，总要留些力气。”

长念失笑，低声应着，亲自送她出门。

马车骨碌碌地走了，长念捏着袖口在门口站了一会儿，刚准备回去，就听见一声略微沙哑却欣喜的呼唤。

“念儿！”

脚步一顿，长念回头，就见叶将白撩开帘子，很是愉悦地勾起嘴角：“竟还会来迎我？”

长念很想说，您误会了。

但一看他那灼灼的眼神，她还是很没用地改口：“您回来了。”

叶将白听着那叫一个舒坦啊，眉眼都亮了起来，下车便上前去拉了她的手，看了看伤口问：“还疼吗？”

“不是什么大伤，没大碍。”

“陛下方才已经下旨，要刑部彻查容华道刺杀之事。殿下再去行宫，也有二十御林军专程护送。”叶将白引着她往里走，愉悦地道，“殿下可以高枕无忧了。”

看着他的背影，长念轻声问：“刺客会查到谁头上去呢？”

叶将白骤然一顿，复又前行：“殿下怎么会这样问？”

“那群刺客走的时候连同伙的尸体都带走了，要追查应该很困难。”长念道，“但栽赃很容易。”

停下步子，叶将白转身，眼神幽暗地问：“谁同殿下说过什么了？”

“没有。”长念摇头，“我只是好奇，好奇这回倒霉的会是谁。”

“殿下多想了。”别开头，叶将白温柔地握着她的手，“此事，在下没有参与。”

“当真没有？”她抬眼，眼神认真而执拗。

叶将白只笑：“当真没有。”

长念点头，也只是点了点头，然后同他进屋，再按着人让大夫来复诊。

“哎，在下已经康复，着实不用再劳烦府里的老大夫。”叶将白皱眉，神色严峻，“老大夫一大把年纪了，外头风大雨大的……”

晴日当空，阳光从雕花窗的缝隙里落进来，照在他们两人身上。

叶将白轻咳一声就改了口："这么远，走过来也不容易，就不用……"

冰凉的小手放到了他的额头上，然后就被烫得缩了回去。

"国公也不怕将脑子烧坏了？"长念皱眉，"都已经反复发烧好几日了。"

叶将白抿唇，低声嘀咕："谁知道它怎么就这么难痊愈了。"

之前想多病两日却总是很快就好了，如今折腾够了想退烧，却是难了。

"药可按时吃了？"

"……"

"昨日的复诊呢？"

"……"

看着面前心虚得闭上了眼的人，长念气不打一处来，低喝一声："良策！"

"奴才在！"

"去熬药！"她咬牙，"熬最苦的那种！"

叶将白慌忙睁眼："殿下。"

长念垂眸看他，秀气的小脸板了起来，眼神里带着怒意。

于是叶将白就把话咽回去了，只小声嘀咕："怎的这么凶？我也不是故意不喝，只是太忙，所以一时忘记了。"

"无妨。"长念道，"这会儿有空，我来给国公侍药。"

大夫来了，长念捏着叶将白的胳膊过去让大夫诊脉，大夫连连叹息："几日没见，怎的还加重了？方子不管用吗？"

长念眯眼。

叶将白别开头，望着床帐上的花纹没吭声，假装什么也没听见。

药送来了，药味老远就闻得见。叶将白斜眼看着旁边的长念，见她有些走神，立马蹑手蹑脚地走到窗边，意图开溜。

"出去就别回来了。"长念头也不回地道，"免得在我王府上一病不起，父皇还要怪罪。"

动作一僵，叶将白回眸，甚是委屈地叹了口气，然后走到她身后，将她拥住："你怎么这般无情？"

长念抬了抬下巴，端起了药。

叶将白脸都皱作一团，用下巴蹭了蹭她的耳朵，柔声道："这个真的太苦了，喝着叫人想吐。"

长念舀了药，吹了两口，侧眸看他。

"……唉，良药苦口，我知道。"叶将白耷拉着脑袋，凑过去含了勺子，喉咙里咕噜两声，将药吞了。

长念的眉目终于微微舒展。

"你这人，之前分明还是软绵绵的小羔羊，怎么突然就变成凶巴巴的大灰狼了？"他抱着她亲昵，"不能温柔些吗？"

长念又舀了药，看着他。

叶将白无法，只得继续往下吞，俊眉紧皱，小声撒娇："真的好苦呀。"

定定地看了他一会儿，长念眨眼，放了勺子，伸手捏着他的下巴，侧头轻轻吻了吻他的嘴角，伸出一点舌尖尝了尝，然后想了想，满意地点头："良策是个听话的。"

说苦，还真是够苦的。

叶将白愣了愣，眼眸里掠过一道暗色："你……"

"喝完。"她将头扭回去，继续舀药。

心里一股子甜泛上来，叶将白勾唇，"啊呜"一口吞了药，咂咂嘴，然后又将唇凑到她面前。

"……怎、怎么？"

"苦。"他皱眉，然后点了点自己的嘴角。

长念微恼："您是小孩子吗？"

"在下与小孩子自是不同。"他一本正经地道，"孩子爱吃糖，而在下只爱……"

眼神灼灼地盯着她，后半句话都不必说。

长念觉得，上位者就是厉害啊，说起这些话来都是脸不红心不跳的。而她，就算心知是惑人情话，脸上也忍不住烧得厉害。

“殿下想要个王爷的头衔吗？”他蹭着她的侧脸，细细痒痒的。

长念迟钝地想了半晌才明白他这话是什么意思，皱眉道：“我身上功绩远不如三皇兄，他都尚未封王，我何德何能？”

“在下只问殿下想要还是不想要？”

“那自然是想的。”长念垂眸，“当世皇子，谁不想留京封王？”

叶将白莞尔，轻轻吻了吻她的唇，眉目温柔地道：“若在下能成全殿下，殿下可愿也成全在下？”

他的狐眸很漂亮，哪怕里头全是算计，看起来也动人得很。

长念明白了他的意思，手指有点发凉。

“要如何……才算成全国公？”她明知故问，但还是抱着最后一点希望。

叶将白夺了她手里的药碗放在旁边，欺身将她半压在软榻上，轻笑：“在下所愿，不过殿下只属于在下一人。”

从身到心，从里到外，全是他一个人的。

从答应他“一年之约”开始，长念就料到会有这么一天，所以她不意外，也早有准备，但没想到的是，叶将白会跟她绕这么大一个圈子，绕到她都开始怀疑他眼瞎。

自己只是个有把柄在别人手里的无能的皇子，他想要她，怎样都可以，偏还加条件来诱惑她，与她温存，与她撒娇，让她恍然觉得自己是真的在儿女情长。

没必要的呀，他要的成全，拿秘密威胁着她就能得到了，多个甜枣也是浪费。

不过，至少他还给甜枣了，那她也不能太矫情。

长念微笑，笑得比蜜饯还甜，伸手勾了他的脖子，颤着睫毛就吻了上去。

叶将白自认是不好女色的，但不知道为什么，每回她一主动，他就会控制不住情绪，她给一点，他就想要全部，直到将她化在自己身体里，完完全全属于他。

反守为攻，叶将白深吻下去，嘴里苦涩的药味全部化开，变成了蜜一般的甜。他睁眼想看她，却见身下这人紧紧闭着眼。

眼神微黯，他轻叹一口气，摸了摸她柔软的头发，也不再动作，就这样抱着她。

赵长念紧绷着身子等了好一会儿，却没见动静，眼睛睁开一条缝，就看见身边这人近乎贪恋地看着她，嘴角带笑。

心头莫名一动，她皱眉："国公？"

"困不困？"他没理她的疑惑，伸手扯了被子给她盖好。

长念满脸茫然，方才竖起来的刺也一根根软下去："国公困了？"

"嗯，睡上一觉吧。"他想伸手揽住她，手在离她一寸的地方顿了一下，接着试探性地放上她的肩，看她没什么抵触情绪，才加了力道。

"……"

一会儿蛮横得不近人情，一会儿又温柔得小心翼翼，赵长念觉得，她从来看不透叶将白，不管是感情，还是手段。

拥着她，叶将白闭上了眼。

他从来没觉得心里这么踏实，抱着这人，比去金库里看金山银山还踏实。长念乖乖地闭着眼，似乎也入了睡。他不敢动，就这么看着她，等她呼吸变得均匀，他才伸手，小心翼翼地碰了碰她的睫毛。

真可爱，他想。

这么可爱的人，很适合母仪天下。

赵恒旭坐在自己的宫殿里，觉得有点不太对劲。

他已经有十天没看见叶将白了，传信过去要见面，国公府也只说国公重病，不见客。的确，叶将白连上朝也是称病告假，说他故意躲他吧，也不像。

可赵长念在容华道遇刺，风停云怎么也去告状了呢？父皇方才将他叫去训诫一顿，言辞颇为严厉，他心里有些没底。

"殿下，风大人来了。"有宫人禀告。

赵恒旭回神，让人请他进来。

风停云是叶将白的心腹，他一向能传达叶将白的意愿，只是这个人……赵恒旭很不喜欢。

进了门，风停云笑着请安，然后问："殿下传唤微臣，可是有什么要紧事？"

"我听人说，国公最近与七弟来往甚密。"他笑着开口。

风停云一脸莫名其妙："您从哪儿听来的？国公一直在府上养病，七殿下又自立了府邸，两人已是半个月未见了。"

他表情诚恳，不像撒谎。赵恒旭顿了一下，垂眸："那便是有人误传了。"

谁敢传啊？风停云暗笑，叶将白做事滴水不漏，至今无一个外人知道他在王府里蹭吃蹭喝，这位殿下想诈他的话，还嫩了点。

"殿下如今怎的还将心思放在七殿下身上？"风停云摇头道，"陛下病重，太子又涉兵权，您就不担心吗？"

"太子？"赵恒旭哼笑，"他很快就要自身难保了。"

"哦？"风停云很意外，"微臣所见，太子殿下如今过得很是滋润哪，还准备纳侧妃。"

赵恒旭抬眼："大人可知他那侧妃是怎么得来的？"

"微臣不解，还请殿下明示。"

赵恒旭拂袖起身，道："他新抢的侧妃是富商刘凌云之妻，传闻乃江南第一美人。为了这个美人，咱们的太子殿下屠杀了半个刘家，还将刘凌云冤枉入狱。这等行径，配得上他东宫牌匾上的'贤德'二字吗？"

风停云一惊："这，外头怎么半点风声也没有？"

"太子一手遮天，这么不光彩的事，能有多少风声？"赵恒旭笑。他现在说出来，也不过是为了借着风停云的耳朵说给叶将白听。

借刀杀人，朝中也就叶将白这把刀最锋利了。

……

锋利的叶将白正抱着长念，给她穿衣裳。

长念羞红了脸，咬牙道："我能自己来。"

"别动。"叶将白勾唇，"再闹就得赶不上早朝了。"

谁在闹啊！长念挣扎："束胸这种东西，就是要捆紧才好，你这捆得松松垮垮的，还不如我自己来呢！"

叶将白不悦地瞪她，道："好好的身子，束坏了怎么办？"

"天大的秘密被人发现了怎么办！"

"……"叶将白摸着下巴想了想，眼眸一亮，"就说七殿下最近强身健体，练出了胸肌！"

"出去！"

雕花门开了又合，叶将白被人推了出来，趔趄好几步才站稳。不过他不但没怒，反而爽朗地笑开了，那笑容明亮得活像是后羿射漏了的太阳。

良策咽了口唾沫，给他递了上朝要奏的折子，然后跟在他身后往外走，小声将风停云传来的消息禀了。

叶将白听完，依旧笑眯眯的，上了车才道："三殿下想借咱们的手斗太子，未尝不可。只是，在那之前……"

他没说完，良策却明白他的意思，轻轻点了点头。

春猎之日将近，行宫修建也到了尾声。皇帝病情有所好转，坐在御书房里对叶将白道："爱卿，叶爱卿说东迎山风水好，上头有熬炼丹药最好的药材，朕有意于三日之后前往，去行宫住上两日。"

叶将白笑道："臣自当陪驾。"

"看你的气色，似也是好全了。"皇帝拍着膝盖欣慰地道，"叶爱卿的丹药真是有用，宫里的庸医没能治好朕，他的药只吃了几日就让朕有力气了。"

"陛下。"叶将白正色道，"家父虽然炼丹多年，但究竟不是御医出身。他擅自给陛下用药，已经受言官弹劾，还望陛下莫要太过信赖丹药。"

"这是什么话？"帝王不悦地皱眉，"朝中言官都是一群老古董，病的不是他们，就想着按规矩来。在朕看来，谁能将朕的身子治好，朕就信谁。”

“陛下……”叶将白张口，似是还想再劝。

皇帝却摆手，转头笑道：“此回春猎，让念儿也去吧。旭儿说，这回行宫验收，念儿很是仔细。朕寻思着，再立这一功，便封她做郡王，一来给定国公府颜面，二来也算对他的补偿。”

叶将白轻叹一声，而后低头拱手：“全凭陛下安排。”

眉目垂下，却是一番浅笑。

皇帝是看不见的，犹自絮叨着朝廷中事。叶将白垂手听着，时不时应上一声。

离宫的时候，良策来禀告：“三皇子就在崇阳门外等您。”

叶将白二话没说，扭头就换了怀东门出宫。

赵恒旭左右见不着人，倒也没多想，只当国公最近事忙。不过他落的网要收上来了，总得多准备准备，因而还是送了信去国公府，试探叶将白的态度。

不久收到回信，就五个字：如殿下所愿。

赵恒旭放心了，很是高兴地继续去准备。

出发去东迎山那天，长念眼神古怪地看着面前站着的人：“国公，必须穿这个吗？”

叶将白心情甚好地抚了抚身上的流彩暗花宝蓝锦袍，道：“不是很好看吗？”

“您是挺好看的。”长念点头，“但我……”

她被他套了一件金银丝朱红朝凤锦袍，显得十分花哨。

“殿下唇红齿白，穿什么都好看。”叶将白一本正经地揽了她的腰，低声道，“您还信不过在下吗？”

长念叹了口气，别开头道：“走吧。”

这人霸道到连衣裳都必须穿他喜欢的，真的十分无耻。不过一点小事，她也没必要同他争，心有不满，也自个儿压下便是了。

皇帝大病初愈，春猎的阵仗搞得很是盛大，所有当宠的臣子、妃嫔和皇子都去了，浩浩荡荡的一行人，在容华道上蜿蜒成了一条长龙。

皇帝兴致很高，一路都在与妃嫔说笑，到了行宫门口，更是将长念和赵恒旭叫到跟前夸奖了一番。

“差事办得好，回宫有赏。”

“谢父皇。”

长念低头，余光瞥见旁边的三哥，正好他也瞥过来，眼神有些古怪地冲她一笑。

莫名地，长念有点不好的预感。她退到人群后，招来监工的副手廖山，问他：“验收时，各处都看仔细了吗？”

廖山拍着胸脯道：“殿下放心，下官挨处查过的，用料没有问题。您也看过两回了，真有什么毛病，也定能扛过这小半个月。”

长念放不下心，众人休息之时，她又去找了风停云。

风停云还是那副吊儿郎当的模样，听她说了担忧，笑着便道：“殿下多虑了，这行宫可是在那么多人眼皮子底下建起来的，能出什么问题？”

这人都说没问题，那就是说，叶将白也没有收到什么消息。那三哥方才的表情，许只是她眼花？

长念摇头，嘴里叨咕了两声，拜别风停云，自己回殿里去歇着了。

风停云看着她的背影消失在月门外，低声问：“真的不告诉她？”

叶将白从后头的屏风外绕出，拢袖道：“告诉她，事就成不了了，她多喜爱她那父皇，你又不是不知道。”

“真是狠心的男人啊。”风停云啧啧摇头，“别怪兄弟没提醒你，女人可是很记仇的，而且报复起来很让人难受。”

“知道了。”叶将白应下，却没往心里去。

什么时候该做什么事，他很清楚，有些取舍该做就做，人哄哄还是能好的。况且，也不会出什么大事。

长念心神不宁，与皇帝和众臣一起用膳之后便去了猎场。春猎头一天，皇帝亲自上马打了三十二只野味，群臣欢呼，妃嫔谄媚，三个皇子也作陪。太子打了三十一只，三皇子打了二十九只，而长念的箩筐里只有十九只，其中十八只还是别人强塞给她的。

皇帝也没说什么，给了太子奖赏，便叮嘱长念好生练武。

众人乘兴而来，满兴而归，一路上都能听见皇帝的笑声。

日头落下，行宫各处安排妥当，众人便准备休息了。长念坐在自己的屋子里发了许久的呆，正打算洗漱的时候，却听得不远处传来“轰”的一声巨响。

这声音在夜色里显得尤其突兀，长念倏地站起来，推开门就往外跑。

“红提！”

“殿下，殿下小心！”红提迎上来，慌忙道，“主殿那边出事了！”

心里一沉，长念抓着她问：“出什么事了？”

“陛下身边的大宫女点灯，结果那宫灯突然炸开，火光冲梁，好端端的横梁突然就砸下来，将那宫女砸死了！”红提道，“奴婢刚从厨房那边过来，也是听人说的，但八九不离十。”

主殿是给帝王住的，她验收的时候特地爬过房梁，确定无误才上禀的工部。原以为怎么都不会出事，结果不仅出了，还出得这么快。

松开红提，长念拎起袍子就往前跑。

皇帝毫发无损，但主殿里死了人，他自是不会还站在里头，一群太监宫娥拥着他站在门口，正在对三皇子破口大骂。

“这就是你修的行宫？你安的什么心！若进去的不是大宫女，而是朕，你是打算谋害于朕吗！”

“父皇息怒！”赵恒旭脸色苍白，“儿臣着实不知会发生这样的事，这主殿是百余人反复推敲好几日才定下的图纸，修建途中没有任何问题啊！之后，七弟还验收了。”

皇帝抬头，目光正好扫过长念，脸色分外阴沉：“念儿？”

“父皇！”长念大步上前，行了礼便问，“父皇可有伤到哪里？”

“朕无碍。”皇帝怒指身后，“可朕也是在鬼门关走了一遭！你们说说，你们办的是什么差事！”

“父皇，工部几位大人都可以作证，儿臣督工过程之中没有任何问题！”赵恒旭接着道，“主殿的工匠也是最好的，按理说不是修建的纰漏。”

长念哑口无言，三皇兄有人证，她没有，他这话说出来，就是把锅都甩到了她头上。

皇帝余怒难平地瞪着他，身后有刑部的人走出来，拱手道：“禀陛下，主梁和宫灯内都有机巧。宫灯一点即炸，房梁上涂有白磷，遇热即燃，梁中机关遇火便折，以上几点，足以说明是有人蓄意为之。”

皇帝一顿，将目光从赵恒旭身上移开，看向长念：“这就是你验收的主殿？”

长念跪正，皱眉道：“儿臣验收之时没有问题。”

“好个没有问题，你们都没有问题，那是朕的问题了？！”皇帝拂袖，恨声道，“来人，先将两位皇子押下，等回京发落！”

“是！”

旁边的定国公看了看长念，很想劝皇帝，但皇帝正在气头上，谁去劝都是找死。旁边的叶将白拉了他一把，定国公抿抿唇，也就住了嘴。

长念被押住的时候，抬头看了一眼叶将白。

他就站在皇帝的身边，脸上是应和气氛的严肃，可那双眸子里轻轻松松的，像是什么事也没发生一般。察觉到她的目光，他还回她一眼，用口形道：少安毋躁。

好个少安毋躁！长念眯眼，这人一早就知道主殿有问题，定是又在算计谁，不惜将她也拖下水！

从典狱史的事到现在，叶将白一直在利用她，偏生他温柔地说上两句话，就可以把这种利用抹掉，换上情爱的帽子。

闭了闭眼，她不再看她，跟着御林军离开御前，被囚于自己的居所。

第七章 杀戮

“殿下。”红提替她收拾好屋子，安抚道，“您还是歇息吧，总归已经如此了，也不能熬坏了身子。”

长念点头：“你下去吧，我待会儿。”

外头的月亮不圆，可亮得很，照得人无法安睡。长念就站在窗口看着，一双眼忽明忽暗，情绪翻涌。

子时，叶将白踏月而来，翻窗入户，将她抱住。

“怎么站在这里？”他怨她，“手都凉了。”

长念看了看他，淡笑。

“你生我的气了？”叶将白敏锐地察觉到了，搂着她道，“三皇子要对付你，我在想法子救你，只不过要委屈你几日，怎的就气上了？”

“我问过国公。”长念道，“您说，您没有参与其中。”

叶将白移开目光，给她倒了杯茶：“先润润，你看你的唇……”

“骗人好玩吗？”她喃喃垂眸，“好玩的话，我也试试。”

“念儿。”他无奈，“成大事者不拘小节，你何必同我计较这些？”

“若今日我父皇真的丧命主殿，你打算怎么办？”她看向他，“是跟我撒娇道歉，还是说……还是说觉得挺好的？”

叶将白皱眉：“殿下如何会这样想？”

“不然国公叫我如何想？”长念指着主殿的方向，“那种我父皇一定会去的地方，你竟然动手脚？”

“不是我。”叶将白抿唇，“是你三哥。”

长念噎了噎，难以置信：“三哥？”

“他故意让你验收，就是在这儿等着你。”叶将白道，“早在一个月之前，他便来同我说，想给个机会，让殿下外放出京。”

这便是他给的机会。

长念退后两步，似笑似怒：“为了让我离开京都，他竟然谋害父皇？”

“不是每个人都如同殿下一般喜爱陛下。”叶将白道，“在太子眼里，陛下是坐着他龙椅的人；在三皇子眼里，陛下是偏爱太子、委屈于他的人。”

对这两个人而言，皇帝的生死没那么重要。

长念气得抓了抓袖子，道：“大恭的江山，会毁在他们手上！”

“……是啊。”叶将白别开头看了看窗外，低声道，“主不明，天下倾。”

长念神色复杂地看着他。

主不明，天下倾，群雄起，而明主再立。这是《帝王策》里的话，他是在暗示吗？

“殿下等我两日可好？”转过头来，叶将白温柔地道，“离开京都的不会是殿下。”

若是以前，长念一定会拉着他，叫他不要残害自己的皇兄。可见识过三皇兄的手段能到这样的地步之后，长念不想劝了，她只好奇地问：“国公您不是一直扶持三哥的吗？”

怎么一转头要拉下他，也拉得这么狠？

叶将白半抱住她，将下巴抵着她的脑袋，轻笑着道：“三皇子失德，微臣改投七皇子麾下，如何？”

这种开玩笑似的话，长念自是不会接的，只沉默地看向窗外的残月。

残月弯弯，像极了屠戮的镰刀。

行宫里出了这等事，皇帝兴致全无，晚上歇在妃嫔的侧殿里也未曾睡好，第二日起身便下令提早回宫。

往年的春猎都有小半个月的时间，今年却只三天。三天之后，来时浩浩荡荡的长龙萎靡成了几条小蛇，匆忙回京。

一在养心殿落座，皇帝便旧疾复发。太子大怒，以三皇子、七皇子失职为由，将两人落下宗人府。

长念气定神闲地坐在牢房里，给来探监的沐疏芳递了一杯茶。

“你怎的不生气呢？”沐疏芳跺脚，“我都听人说了，殿下验收之时分外仔细，那些手脚肯定是在验收之后动的。”

“我知道。”长念颔首，“但太子殿下抓了机会，要将我与三哥一网打尽，父皇又卧病，理是没处说的。”

“我能帮上什么忙？”

长念勾唇，拍了拍她的手背：“帮忙筹备婚事即可。”

沐疏芳一愣，歪了歪脑袋看她，见她神色依旧从容，吊着的心便也跟着放了下来。

早朝开朝的第一天，工部两位侍郎替三皇子作证，证监工过程无任何纰漏，三皇子无责。两个侍郎口才甚好，说了半个时辰，几乎将皇帝的疑虑都打消了，也给三皇子脱了罪。

然而，他们说完之后，风停云站了出来。

“陛下，微臣有异议。”

“哦？”帝王转过目光，“你讲。”

“工部张、郑两位侍郎大人是由三皇子破格提拔的，户部记录仍在，两位之言，不足为信。”风停云拱手，“工部去往行宫的大人，也不止张、郑二位。”

此话一出，朝堂上的三皇子党心里都是一沉，微微侧目。

风停云是同辅国公一条心的，辅国公向来帮着三皇子，他今日为何出来唱反调？难不成是与辅国公闹翻了？

很快，他们发现闹翻的好像不是风停云和辅国公，因为下一刻，辅国公站了出来。

“关于行宫修建一事，朝野之上便不再议论了，待朝后，微臣自有铁证呈禀陛下。”

什么样的铁证不可以在朝堂上放出来，只能在朝后呈呢？皇帝皱了皱眉头，却还是应了，先处理其余事务。

下朝之后，大太监便引着叶将白去了御书房。

“这一份，是三皇子禀呈工部的图纸。”叶将白从袖袋里拿出东西，交到大太监手里，“大体构造的确没什么问题，但实际建造另有一份图纸。”

拿出另一份，叶将白直接展开：“请陛下细看。”

这一张图上画的是榫卯结构，修的是主殿的主梁。但奇特的是，一根柱子不曾用完整的，偏生用几截拼凑，以一截短木卡住枢纽，这截短木一旦没了，整个主梁就会往下垮。

“修主梁的匠人是三皇子特招的，修完之后，那些匠人被赶到后山土坑，全部活埋。”叶将白道，“可不巧，此事被工部尚书吴储行撞见了，他起先以为是修了暗道，就没太放心上。但行宫出事，吴大人觉得不对劲了，便来禀了微臣。微臣昨日派人去查，的确在坑里挖出二十余匠人尸身。”

皇帝一震，捏紧了龙椅扶手。

叶将白叹息：“匠人身死，无人知道横梁秘密。横梁上涂了漆，外表看不出问题，哪怕七皇子验收之时亲自爬上去，也未能发觉不对，这才造成了后来的惨剧。此事不好在朝上明说，微臣只能禀于朝后，请陛下定夺。”

行宫修建，少不得因为修些暗室密道而需要坑杀匠人的，但这回的东迎山行宫，赵恒旭压根没有禀暗道，更没禀他这主梁图纸。

好歹坐了龙椅这么多年，皇帝要是再想不到是怎么回事，那他就白活了。

他气得指尖发抖，猛地咳嗽了两声，问叶将白：“都说子若不孝，其父有责，旭儿如此，难道是朕哪里做得不好吗？”

“陛下疼爱皇子，已经是尽力。”叶将白拱手，“但三皇子功绩加身，难免想要更多，是他贪婪之过，不是陛下之责。”

“孽障啊！孽障！”帝王咳嗽不止，连连摇头。

于是，觉得自己很快就可以离开宗人府的三皇子，迟迟不见外头的动静。

“怎么回事？”他皱眉，“父皇没有接见工部的人吗？还是说，证据如此之多，他都不信？”

外头传来响动，赵恒旭连忙去门口看，却见御林军带着赵长念往外走。

“你们站住！”他喊，“是不是带错人了？”

御林军停下。赵长念转过头来看了看他，朝他走近两步。

“三哥没听说外头的消息吗？”她眨了眨眼，“父皇下旨，剥夺您一切职务，外放出京，去往汴州。”

赵恒旭的第一反应就是摇头：“不可能的。”

他身上职务何其多，御林军督军、内阁学士，还监管礼部，怎么可能说剥夺就全部剥夺呢？他又没犯什么大错。

“三哥不惜以父皇之安危来陷害于我，便早该想到这样的后果。”长念皱眉，语气里带了些怒意，“你真以为自己的计划天衣无缝？叶将白再帮你，他也不姓赵，他能为了利益帮你，也能为了利益出卖你。”

赵恒旭犹自不信，黑着脸看着她道：“你敢恐吓我！”

长念深深地看他一眼，起身对御林军道：“走吧。”

御林军拱手，引着她出了宗人府，身后赵恒旭犹自咆哮：“你给我回来！回来！把话说清楚！”

声音渐行渐远，最后终是听不见了。长念看向外头，冯静贤和红提正在等她，一见她出来，红提立马在她脚下放了个火盆。

“殿下，跨过这个。”

长念微笑，按照她的意思跨过火盆，然后道：“回府吧。”

冯静贤拱手：“现在还回不了，宫里传话，让您去一趟御书房。”

身子一顿，长念问：“定国公是不是也在？”

冯静贤点头。

长念淡笑，接过红提递来的新袍子去马车上换了，便进宫去了。

她知道这一遭是要去干什么。

叶将白劝说皇帝收回成命，行宫之事她有过错正是个好机会，定国公之女完全可以许给更好的皇子。

他也说过，只要她点头，这桩已成的婚事就能收回。

叶将白这个人喜欢将所有事一步步安排妥当，也喜欢事情按照他的想法发展。

然而，这一次，他不能得愿。

圣上赐婚的日子是在二月初，就是三日之后，本来准备得热火朝天的王府和定国公府突然就安静了一天。

叶将白拢袖站在城楼上，满意地俯瞰着整个京都，笑道：“得意春风过吾家，一日开尽京都花。”

风停云听着，翻了个白眼：“你就差站在这儿朝下头吼，告诉全京都你高兴得很了。”

“我不该高兴吗？”叶将白扫他一眼，“三皇子落马，太子的把柄他已经交到了我手里，七殿下又拒了婚，我官场情场都得意，没有大笑三声，已经是端行儒雅。”

“上回的事，七殿下原谅你了？”风停云很意外。

叶将白笑道：“自然，我没伤着她，还替她除掉了三皇子，她为何还要生我的气？再者，我这么好的男人，她拥之为幸，哪里还能气呢？”

风停云唏嘘：“国公有没有听过一句话？”

“什么？”

“感情之中的姑娘向来不看重对错，而最看重心上人的态度。”风停云道，“你做的是对的，但若没顾及她的感受，她便不会觉得你对，只会心寒。”

叶将白一愣，皱眉：“你瞎说什么？她可未曾心寒。”

“若说姑娘不曾心寒，要么是她心寒了你不知道，要么……她压根没将你放在心上。”

“荒谬。”叶将白轻哼一声，“你谈何女儿心思？”

风停云瞪他：“不听好人言。”

“行了，你有这闲工夫，不如去收拾收拾三皇子的旧部。”叶将白伸了个懒腰，慵懒地道，“那么大一块肉扔在你脸上，你总不能还让它掉了。”

“我知道。”风停云侧头，看了看街上熙熙攘攘的百姓，“只要你不出岔子，我们下头的人是不会有问题的。”

他能出什么岔子？叶将白笑着摇头。

京都的花都开了，王府里的开得尤其好。叶将白抱着长念在窗口看花，笑道：“在下受皇命，要离开京都三日，殿下可会想我？”

长念看着外头的花，淡淡地道：“想。”

叶将白愉悦地勾唇，吻了吻她的脸，犹嫌不够，便再吻上她的唇。

长念没挣扎，也没配合，平静地接纳他，身子与他纠缠，表情却始终不咸不淡。

叶将白瞧着，觉得她可能是失掉了婚事心情不佳，自己静两日就好了，于是也没多问。他收拾好行李，再留下雪松“照顾”她，便出了门。

长念去了门口相送，微笑着看叶将白的马车消失不见，然后转头，高兴地对雪松道："府里来了新茶，你要不要尝尝呀？"

对别人雪松是有戒心的，可七皇子嘛，谁都知道她软弱无能，天真没心机，雪松十分放心地就跟她去喝茶了。

然后喝完茶，他就安静地睡了过去。

王府里发生了一场打斗。叶将白留下来的人突然统统被关进了柴房，有人想反抗，但打得过府里的护卫，却没能防住秦大成。

秦大成蒙着脸挨个将人收拾老实，捆了扔成一堆，然后去找长念，担忧地道："三皇子与国公作对，下场尚且如此，殿下难道不怕吗？"

"怕。"长念微笑，笑出两个小梨涡，"可我比三哥知道的东西多，他想送我离开京都，以前可以，如今可没那么容易了。"

叶将白此人收受贿赂甚多，三哥是防备不及就被他掀落马下，连反咬一口的机会都没有。她不一样，在国公府待了那么久，也认识了那么多叶将白麾下的人，他若与她撕破脸，自己也会掉几层皮。

就一桩婚事而已，他不会付出那么大代价的。

自古多说红颜祸水，红颜能祸，未必是以情害人。两人相处，本就容易了解对方，而对上位者而言，这种了解是致命的。

就比如，她清楚叶将白的消息来源，将风停云和雪松掐了，她要成亲的事，他便不会知道。

定国公府和王府同时恢复了准备婚事的热闹。婚礼当日，长念的请帖才送到了风停云的手里。

"到底相识一场，也不能不请大人。"

风停云震惊地看着她，捏着手里的喜帖反复看了两遍，才苦笑："我就知道你定会生他的气，可他偏不信。"

掐在这个时候给他帖子，叶将白远在乌行，想赶回来阻止也是来不及了。婚事没有取消，这位七殿下是从一开始就打算好了，还特意让皇帝将叶将白支出了京都。

"他会气死的。"摇了摇喜帖，风停云道，"殿下可有准备？"

长念抬头看他："国公每次算计我，不都是准备充分？他教会了我很多东西，若无准备，这帖子，我便不会送到大人手里。”

眼前的这个人，双眸明亮而坚定，脸上多了以前没有的冷静和从容。风停云恍然间想起第一次在锁梧宫看见的七殿下，那时的她怯懦得像一只小兔子，而现在，兔子有了底气，会咬人了。

这定是在叶将白算计之外的事情，不知道他回来后，会是怎般恼怒。

叶将白刚从乌行的军营里出来，就看见了街上摆着摊叫卖的老妇人，那老妇人很眼熟，之前在京都许是见过。

“呀。”一看他过来，老妇人像是也想起来了，笑眯眯地道，“老身回家乡来卖些杂货，不想也能碰见俏郎呢，俏郎夫人呢？这回还要梅花吗？”

想起那热闹的街道，以及“白手起家”的那枝蜡梅，叶将白莞尔。他看了看她摊上的发簪，挑了一支木头的，给了她银子。

“夫人这回没跟着出来，我买这个回去哄她开心便是。”

“用不着这么多银子呢。”老妇人连忙摆手，“上回俏郎已经给过多的了。”

“无妨。”将簪子揣回怀里，叶将白拂袖，心情甚好地往回走。

走到半路，却不想有人策马而来，卷起一股子烟尘，并着急切的呼声：“国公！”

定国公府与皇子的婚事是大事，民间没什么动静，朝野中人却是倾巢出动，甭管是想巴结定国公的，还是想巴结七皇子的，今日都挤在了一处，看着十里红妆迎新娘的架势，起哄的起哄，恭维的恭维。

长念穿着喜袍坐在马背上，后头的花轿里已经坐了沐疏芳，目及之处全是笑脸，一声声“恭喜”回荡了半条街。她捏着缰绳，先去宫里给皇帝皇后见礼，再回王府行拜堂礼。

“好紧张呀。”沐疏芳小声同她道，“我……我没同姑娘成过亲。”

长念哭笑不得地道：“巧了，我也没有。”

“我还有盖头，可以挡着脸。”她问，“殿下您还好吗？”

“别的都行，就是脸要笑僵了。”长念低声道，“我方才看门口的贺礼，收得是真不少，等晚上咱俩算算，一人五成。”

长念伸出五个手指，在沐疏芳盖头下晃了晃。

沐疏芳失笑，心情顿时轻松起来，捏着同心结，与她一道跨进喜堂。

鞭炮噼里啪啦地炸响，锣鼓声声，众人喝彩，这是长念长这么大见过的最热闹的场面了。她很高兴，虽然这高兴里没有多少激动的成分，但总归是好的。

喜宴从王府里一直摆到府外，因着是流水席，宾客来来往往，从晌午到傍晚，一直闹腾不歇。

“好了好了，殿下该去洞房了。”喝高了的几个大臣咋咋呼呼地道，“春宵一刻值千金，哪儿能耽误呢？”

“是啊是啊，殿下快往洞房那边请，冯大人几个还等着赏钱呢。”

长念微醺，起身笑道：“那我就先失陪了。”

“殿下好走！”

一路丫鬟搀扶，护卫相送，长念笑嘻嘻又跌跌撞撞地走回新房，半搂着红提道：“等会儿也给你个大红包！”又扭头，指着管家道，“也给你一个。”

再转头，她咧嘴看着家奴挨个点：“还有你、你，还有……”

视线一转，她瞧见洞房的屋檐下头站着个人，那人长身玉立，满怀风尘，眉目凌厉得跟刀子似的。

眼前看不清东西，长念嬉笑，朝人招手道：“那边的兄弟，大喜之日与卿同乐，等会儿也给你一个可好？”

红提僵住了身子，管家和家奴抬头一看见那人，也齐齐停下步子，再不敢动。

长念觉得不对，松开红提往前走了两步，仔细看了看。

叶将白似笑非笑地看着她，上前便抓着了她的手腕：“大喜吗？殿下大喜，怎的也不告诉在下呢？”

长念眨眨眼，想挣扎，却没能挣开他的桎梏，忍不住冷了脸：“劳烦国公松手。”

“为什么要松手呢？”叶将白眯眼，眼中含着痛色，语气却很温柔，“上回是谁同我说不娶他人的？不是还拉钩了吗？”

长念沉默，睫毛垂下来，在脸上落下些阴影。

叶将白定定地看着她，手上越来越用力：“你骗我？我拿真心待你，你却骗我？”

叶将白咆哮出声，吓得红提等人连忙想上前，奈何旁边的叶良和雪松反应极快，上前便将他们统统赶出了月门。

长念抬眼，平静地望进他怒意滔天的眸子里：“承蒙国公教导，我学会了很多东西。就连这骗人的手段，也学了个十成。”

叶将白一窒，微微后退半步，轻轻地摇头：“我何时骗过你？我……”

“诱我入典狱史丧命之案，不算骗；以一盒珍珠诈我贺礼，不算骗；假意要护我，却一心为三哥，不算骗；就连行宫之事，说没参与，也不算骗。”长念笑了，笑起来眼波潋滟，梨涡盈盈，“国公每一次骗我，都是为了大局，有苦衷，所以算不得骗。”

叶将白身子一震，难以置信地看着她：“这些事，你都记恨在心里？”

“谈不上记恨，国公没有太伤及我，甚至还帮了我不少。”长念淡笑，“只是，您如此的做派，为何非要同我说什么情爱呢？”

“在您心里，权力地位可比儿女情长重要多了，就连自己口口声声心爱的人，也可以放在棋盘上算计。您对我，与其说喜欢，不如说是一种占有罢了。”长念掰着指头，俏皮地算，“我是您的所有物，要穿您喜欢的衣裳，做您喜欢的事情，这样才能得您宠爱，从您这儿获得好处。”

“您说得对，与我约期一年，能省了去青楼的麻烦，毕竟我与青楼女子没什么两样，只是接的客，只您一位罢了。”

长念朝他拱手作礼，礼数很是周全：“今日我大婚，暂不接客，还请客官休息几日，容我婚后再议。”

叶将白恼怒不已，抓了她的肩膀，指节都泛白：“我把你当什么，你心里不清楚吗？非要说这些话来伤人？”

长念认真地摇头，道：“您真是不爱听实话。”

实话？这怎么能叫实话？叶将白沉着脸，见她想挣扎，固执地不松手。

“北堂将军待会儿就过来了。”长念问他，“国公今日还想活动活动手脚吗？”

叶将白眼眸发红，咬牙道：“殿下不就是想成亲吗？与我成亲如何？”

“好啊。”长念想也不想就点头，“父皇今日歇息得晚，国公若想与我成亲，只管进宫去禀明父皇，我在这儿等着，一步也不往前走。”

叶将白一顿，皱紧了眉。

“好听的话谁都会说。”长念弯了眼，“但听多了，又总落不到实处，后来你再说什么，傻姑娘也就不会信了。”

“我曾问国公要不要与我归隐山林，国公当时没有回答，现在却来拦我。那好，我再问一遍。”长念拍手，认真地看着他道，“国公现在愿意抛弃这荣华富贵，与我归隐山林吗？”

叶将白艰涩地开口：“我说过，你别为难我。”

他走到这一步，已经不是自己想放弃就能放弃的了，身后那么多人都等着他成事，他若归隐山林，拿什么与那些人交代？

长念点头，可惜地耸肩：“既然如此，拦我做什么呢？你不肯为我放弃荣华富贵，我凭什么要为你放弃唾手可得的助力？就凭你不高兴？叶将白，辅国公大人，如此自私的行径放在友人之间尚要断绝关系，你凭什么用来与我谈情说爱呢？”

红烛燃在灯笼里，映出喜气洋洋的光，远处宾客未散，还有热闹的推杯换盏之声。

可这处屋檐下实在是太安静了，安静得连呼吸声都没有。叶将白面色如纸，眼里暗潮汹涌，似恨似无奈，最后也没能再吐出半个字。他抬了抬衣袖，上头还有一小块泥，扑簌簌地落在地上，溅起点灰。

一向养尊处优的辅国公鲜少有这么狼狈的时候，可最狼狈的还不是外表，这才令人最恼火。

他转身想走，又有些舍不得，可停下来，委实无法再看她那双眼睛。

女人怎么可以这么不讲道理？他想同她在一起，就必须放弃自己的大业吗？她能放下现有的东西，就必须要他也放下？

风停云与他共谋多少年，殚精竭虑，甚至于未婚妻被人暗杀；姚阁老三个儿子都在他麾下，两个死于非命，一个断了双腿；还有叶良、许智……这些人，哪个不是赌上身家性命在追随他？他若与她走……他怎么可能与她走！

袖子里的手紧握得没了知觉，叶将白摇头，终是退后两步，朝月门外去了。

长念安静地看着他的背影，没有难过，也没有挽留，只觉得是情理之中的事情。

这才是叶将白。

他一步步走得沉重，却没回头，修长的身影很快隐入夜色，只有风还留住两缕他身上的龙涎香，吹到她的怀里。

长念勾唇，收回目光，冷静地推开了门。

她关上门，走去沐疏芳坐着的喜床边，蹲下来拉着她的裙角，突然“哇”的一声哭了。

沐疏芳坐得很端正，任由她抓着裙角，斜眼从盖头下面看她：“我方才还想夸殿下口齿伶俐、行事果断，怎的这就哭起来了？”

屋子里的喜娘丫鬟已经统统被人赶走，长念哭得肆无忌惮，眼泪鼻涕齐齐往下掉：“果断……归果断，该哭……还是得哭。”

沐疏芳哭笑不得，轻轻摸了摸她的脑袋：“有什么好哭的？”

“我……”长念睁大一双眼，眼里满是泪水，可怜巴巴地抬头看沐疏芳，抽搭着道，“我不该……不该动乱七八糟的心思，他那个人……迟早会是我的仇人。”

“可是，我就算知道，也控制不了。”抓着沐疏芳的裙摆擦了擦鼻涕，长念呜咽，“我怎么这么没出息啊？”

这小模样，哭得人心都软了。沐疏芳伸手拉起长念，轻声哄：“感情这东西若是能控制，世上哪儿还会有人说‘多情自古空余恨’？殿下已经做得很好了。”

长念抱着沐疏芳的腰哽咽，眼泪蹭了她满怀，哭了整整一炷香，犹自难停。

沐疏芳温柔地拍着长念的背，时不时给她递一杯茶，叫她润了嗓子接着哭。

叶将白那个人啊，沐疏芳是知道的，野心极大，并且势必会与皇室起冲突。七殿下比她想象中聪明很多，这么早就看明白了形势，往后也不至于太过痛苦。

别人家的婚事，新婚燕尔少不得缠绵，她们这对“夫妇”倒好，“新郎”直接在新娘子怀里哭睡着了，小脸红扑扑的，眼睛肿得核桃大。新娘自个儿掀了盖头，温柔地照顾“新郎”睡下，又给她眼睛上敷了热鸡蛋。

于是第二天长念醒来的时候，虽然眼睛不是很疼，却一下下地打嗝。

“殿下还难过吗？”梳起发髻的沐疏芳温柔地问她。

“难……嗝。”长念心口一抽，话都说不齐全。

沐疏芳失笑，给长念端来厨房里刚做好的点心，桃心酥、绿豆饼，香气怡人。

长念瞬间就觉得难过算什么啊？这世上还有那么多好吃的东西和要做的事，哪儿能沉浸在悲伤里？于是她飞快地用了早膳，更了衣，就领着沐疏芳进宫去谢恩了。

进宫的路上，有引路的老宫人与她们寒暄，唏嘘地道：“殿下小心些，宫里今日不太好。”

“怎的了？”

老宫人左右看看，低声道：“国公似是心情不佳，今日刑部问及三皇子具体处置，一众大臣在御书房里求情，被国公一句‘王子犯法与庶民同罪’压了下来，陛下都觉得有些过了，国公还是执意发配三皇子去汴州。陛下现在也有些恼怒呢。”

长念抿唇，扭头看向沐疏芳：“要不咱们行过礼就告退吧。”

沐疏芳掩唇低笑：“殿下害怕？”

“……这怎么能说是害怕呢？君子不立危墙之下，听这情形，万一咱们被殃及池鱼就不好了。”

沐疏芳恍然点头，意味深长地看着她。

长念尴尬地垂眸，抓着她的手指弱弱地道：“我这个人就是胆子小，但是直说多没面子啊，要委婉一点。”

“妾身明白了。”疏芳打趣地笑，到了御前行过礼，很是委婉地道，“殿下体虚，还在养身子，请父皇容许儿臣先行告退。”

长念嘴角抽了抽。

皇帝闻言，一时都顾不上生气了，将长念单独召到御花园，皱眉问：“你身子还没养好？”

“回父皇，儿臣……身子尚可。”

“不行啊，你看你二皇兄孩子都十岁了，你们这些年纪小的，要抓紧才是。”见左右无人，皇帝的脸上露出疲态来，“你三哥不争气，朕也护不住他。太子暴戾成性，将来登基，必定是要为难你的。趁着朕还在，你赶紧生个孩子，朕好赐你亲王位，也好让你后半生安稳。”

原来不管是百姓家还是皇家，父母都是会这般担心子女的。长念很动容，朝着皇帝深深鞠躬：“多谢父皇！”

“你这孩子，其实比你几个皇兄都更懂事，也更孝顺。”皇帝长叹一口气，“是朕这些年亏待你了。”

“父皇对儿臣恩重如山，没有亏待。”长念认真地道。

皇帝叹息，拍了拍她的肩膀，又看看她的眉眼，突然神情恍惚地道："你与你母妃，倒是不太相似。"

长念一愣，不明所以地抬头。

"秦妃那个人，是个刚烈要强的性子。"忆起往事，皇帝的眼神迷茫起来，透过她看向远处，喃喃道，"那么美丽的一个人，偏生不懂过刚易折。她若是还在，后位上也不一定坐的是别人。"

长念被吓着了，后退小半步，满脸震惊地看着皇帝。

"怎么？不信吗？"皇帝轻笑，"十九年前，朕的确想过力排众议，立她为后，可惜……她为了维护当时宫里的贤妃，连累自己未能升上妃位。再后来，她又多次触怒朕——若非如此，她死后定是在宗庙里供奉，不会尸骨辗转回乡。"

十九年前，那都是长念出生之前的事了，宫里向来无人同她说这些，她不知道也是正常。

只是，长念很意外，她那个看起来冷冷凄凄的母妃，竟也有过问鼎后位的机会吗？贤妃？宫里的确曾有过一个贤妃，但在她三岁那年，贤妃生的儿子被人毒害，她也随之投井，后来再也无人提起那人。她偶然听见，也不过是母妃与故人闲聊的只言片语。

皇帝陷入回忆，表情分外复杂，再回神，已经没了与长念闲话的兴致，只挥手让她退下，然后扶着大太监回了养心殿。

他的背影看起来有些佝偻，旧病未愈加上年事已高，帝王也终究是迟暮了。

长念有些心酸，垂眸出宫，路上忍不住拉着引路的老宫人问："您知道贤妃娘娘吗？"

老宫人是个多话的，听她问起，虽然为难，但到底是答了："贤妃是北堂家的表小姐，入宫即是妃位，心高气傲，与人多有争端。生下皇子那年，她得封四妃之一，深得陛下恩宠。但后来……那皇子被害，贤妃也就自尽了，还连累秦妃娘娘入了冷宫。"

北堂家的人？长念怔忪。

沐疏芳看她愁眉不解，低声劝道："老一辈的恩怨了，殿下打听那么多做什么？"

想想也是，长念回神，笑着握了沐疏芳的手，与她一同出宫，去往礼部。

赵恒旭被贬谪出京，他麾下的人七零八落，留出了甚多官位。看叶将白的动作，似是想自己提拔一批官员上来，但他忙，无法事事躬亲，那长念就有空子可钻了。

自古提拔官员，一靠选试，二靠举荐，三靠提拔，前两者流程甚多，而第三者只需同礼部尚书吃个饭，再打点打点，便妥了。

长念对这种做法颇有微词，但特殊情况，也容不得她多选。盛世余温之中，人已经讲不清道义，财物人情是最快的成事之法。以她现在的力量，既然无法改变，那随流而达自己想成之事，也总比愤世嫉俗地空谈来得好。

京都之中不知为何笼罩了一层压抑的气氛，街上行人匆匆，太阳也总透不过云彩。

叶将白面无表情地站在养心殿里，低声道："三皇子出京，太子殿下似乎是高兴得过了头，不顾陛下龙体有恙，竟在东宫大摆宴席，奏响丝竹钟鼓。"

帝王沉默，眼里虽有怒色，却没给什么反应。

叶将白也不指望这两句话能让他有什么反应，他之后，还有刑部、礼部的人，会挨个来禀告太子的错漏。

站在龙榻边，叶将白看着自己的父亲进来行礼，双手给皇帝奉上新出炉的丹药，心里无波无澜。

"陛下。"穿着道袍的叶老爷子满脸严肃地道，"陛下龙体有恙，还是当看御医才是。"

"御医有何用？"帝王恼道，"朕食三日苦药，病情反而加重，不若爱卿一粒仙丹有用。"说着，接过大太监递来的茶，径直将丹药吞了。

吞完，他抬头道："爱卿，朕昨晚梦见秦妃了。"

叶老爷子身子狠狠一震，捏着拂尘的手也颤了一瞬。

“故人入梦，想必是得陛下惦念了。”他轻抚道袍，声音尚算平稳。

皇帝叹了口气，低笑：“朕以为她在梦里一定会怨朕，可是没有，她连多看朕一眼也没有，只看着远处，像是在等谁。”

“爱卿，你说，秦妃在等谁呢？”

“梦中景象，哪里能当得真呢？”叶老爷子垂眸，“秦妃一生深爱陛下，怎么会等别人。”

“深爱朕……”皇帝喃喃，眉头渐皱。

叶将白懒得多听，拱手告退。

跨出养心殿时，他还听见帝王的叹息声，像沉重的暮鼓，夹杂了几声苍老的咳嗽。

“主子。”有宫人过来，低声禀告，“太子杀人夺妻之事已经在民间传开，户部和刑部几位大人已经在去养心殿的路上。”

“好。”叶将白淡声道，“那便可以寻个座，喝茶看戏了。”

如今的京都之中，只剩下太子和七皇子。七皇子默默无闻，卷不起多大风浪，而太子，积怨甚多，还在自取灭亡。

叶将白觉得，幸亏啊，幸亏有他，不然这大恭江山迎来的就不是改朝换代，而是天下大乱。

出了宫，叶将白刚上车，就听得良策小声道：“主子，老宅传话，让您回去等着见老爷一面。”

叶将白面露不悦，道：“有什么事，让他们来传话即可。”

“老爷说了，必须要您亲自回去。”良策缩了缩脖子。

低咒一声，叶将白捏碎了手里的薄胎茶杯。

他不喜欢叶家，叶府从上到下的每一个人，他都不喜欢，唯一亲近的生母在他十二岁那年被叶家长辈逼得上吊，叶老爷子更是对他不闻不问，毫无亲情可言。

不过，不谈亲情，还有合作。

扔掉碎瓷片，叶将白低声道：“走吧。”

叶老爷子比他晚出宫，叶将白不耐烦地站在大堂里许久，才见他姗姗来迟。

“你过来。”老爷子冷硬地道。

叶将白面无表情地跟着他去书房，门合上，里头就他们两人。

“那药只能维持七天。”叶老爷子道，“七天之内，我要你想法子安置好我叶家上下。”

叶将白讥讽地勾唇，又强自压下情绪，淡声道：“叶大人放心，外头都拿你们当我的亲人，自是好安置的。”

叶老爷子冷冷地看他一眼，道：“希望你说到做到，最后之时，让我见陛下一面。”

“叶大人客气，在下一向说话算话。”叶将白垂眸，“还有别的事吗？若是没了，在下就先告退了。”

“你走吧。”叶老爷子摆手。

叶将白转身，走得分外快，径直穿过侧门上了马车。

“主子，方才有人来传话，说东街有流窜的难民作乱，咱们得绕着走了。”良策道，“从南街绕回去，会多花半个时辰。”

叶将白浑身戾气难消：“走东街。”

“嗯？可东街的难民……”

“衙门的人是死了吗？”叶将白冷声道，“每年花大笔银子添购的兵器，是摆着好看的？”

“……”

每回从叶家出来，主子的杀心都会很重，良策很清楚，若是不让他发泄，这口气怕是要憋坏他。

偏巧，叶将白的发泄方式只有杀人。

半个时辰之后，东街被衙差封锁，十丈之内不允许人靠近。叶将白提了刀，只身一人走进去，劈手便取下正在打砸店铺的难民的人头。

“噗”的一声，血溅三尺，头颅滚落了半丈远。

三五成群的难民大惊，有气愤的，上前便动手。叶将白不惧反笑，提刀便砍。一开始这街上还有怒骂声和打砸声，到后来，都变成了恐惧的尖叫。

热血溅上脸的时候，叶将白终于开心了些，他看着脚下瑟瑟发抖的几个人，低声问："你们有母亲吗？"

那些人哪里还敢与他说话，一张张脸上都满是惊恐，不少人跪地求饶，想留条性命。哪怕他们在作恶，也罪不至死啊！

然而，叶将白从街头走到街尾，越杀越高兴，若不是秦大成冲出来拦着，他怕是要连普通百姓都一起杀了。

"你疯了吗？"秦大成制住他，看着他眼里的血红，大声斥责，"人命关天，岂由得你任性取之？"

叶将白这才慢慢地冷静下来，看了看自己满手的鲜血，沉默。

"你骨子里天生就有戾气，我早说过的，你为文臣便好，不要碰刀剑。"秦大成急道，"怎的还当街杀人？"

"京都之中，天子脚下，他们尚敢打砸劫掠，若不镇之，京都只会越来越乱。"叶将白抿唇，"徒儿取这百余性命，能换京都万余百姓安居，何错之有？"

"强词夺理！"秦大成怒道，"我就不该收你为徒！"

"师父。"叶将白抬眼，轻声问他，"连您也不想要我？"

秦大成一怔。

认识多年，他少见这样的叶将白，拢袖站在这里，分明还是平时的姿态，可眉目之间满是脆弱，像一碰就会碎下来似的。

秦大成心软了，将叶将白带去旁边的客栈，打了热水给他擦了脸洗了手，问他："是叶家人又惹你不高兴了？"

秦大成是知道些叶家情况的。叶家老爷子当年还只是叶家少爷，有个心爱的女人，结果硬生生被人拆散。之后家里人把叶将白的母亲硬许给了他，为了让他繁衍子嗣，下药促成洞房，直到叶将白的母亲怀上叶将白，叶少爷才被放出去。

坦白说，同是男人，秦大成很理解叶老爷子，没有人会喜欢这样生出来的儿子，更何况他对他的心上人用情至深，心里从来不曾有过别人。只是可怜了叶将白，这个从小就聪明伶俐受人喜爱的小孩，从来没被自己的父亲当成儿子看待。

叶母死后，叶将白搬出了叶家老宅，怀着满腔的仇恨，读书习武，踏上仕途。谁都不知道他想干什么，或许有一天会找叶家的人报仇？可都是他的亲人，这仇该怎么算呢？

秦大成叹了口气，抬头间听得叶将白回答他：“没有。”

“嗯？”

“他们没有惹我不高兴。”叶将白淡声道，“除了合作，我与他们没有别的话好说，从何惹怒呢？”

秦大成皱眉，想拍拍他的背，又觉得身份有别，还是放下了手。

这孩子一身霜冷，但没人能救他啊，只能他自己走出来。

不过……看了看水盆里的血迹，秦大成很担忧，他觉得叶将白的杀心实在太重，若有朝一日无人控制，怕是会草菅人命，屠戮一方。

第八章 弑君

然而，这场发生在京都里惨无人道的杀戮，在几天后却变成了震慑各方难民的功绩。

长念站在朝堂上，听姚阁老语气喜悦地道："年前便有难民四处为非作歹，朝廷一直没有好的解决之法，最近一场倒春寒，难民更多了。臣等正在商议办法，左右为难呢，没想到国公雷厉风行，杀一儆百，吓得各地难民都安分了。近三日来，与难民有关的案件少了一半。"

帝王咳嗽着道："此事国公有功劳，当赏。"

姚阁老笑着站回自己的队列，看了旁边的刑部尚书李释庆一眼。

李释庆出列，道："陛下，今日有万人血书一份禀呈到了刑部，事关重大，微臣不敢擅自决断。"

"万人血书"这样的字眼，一向是不会有人在朝上提起的，李释庆这么一说，满朝哗然。皇帝也微微皱眉，犹豫许久才问："所为何事？”

“宫中有皇子强占人妻，使得富商刘凌云一家上下百余口人冤死狱中，引起民愤。官府出兵镇压，伤及百姓，民怨不减，反而更加沸腾。臣等无奈，只能上禀于陛下，请陛下裁夺。”

朝上议论声渐大，帝王的脸色很难看。

李释庆说得委婉，没点名是谁，可在宫中的皇子，如今只太子一人。先前就一直有人上禀太子的恶行，他没当回事，没想到这事突然就闹这么大了。

但闹得大归大，如今他最疼爱的孩子也就剩个太子了，总不能为些平民，把太子法办了吧？

“此事，退朝后再议。”

“陛下……”

“若无别的事，就先退朝。”帝王起身，晃悠一二，被大太监堪堪扶住，颇有些狼狈地离开了朝堂。

风停云唏嘘：“咱们陛下护太子是护得真紧。”

“没用。”叶将白转身往外走，“只要东宫受罚，太子便不会领陛下这份情。”说话间不经意抬头，正好撞上赵长念的目光。

心口一紧，叶将白抿唇，面无表情地看着她。

风停云一顿，顺着他的目光看过去，笑道：“殿下。”

长念与他颔首，又看向叶将白：“国公意欲为何？”

“殿下的话，在下听不明白。”叶将白下颌微抬，“在下身为臣子，意欲之事，自然是山河稳固、国泰民安。”

长念看着他，眼里波澜欲起，又硬生生压了回去，捏着拳头道：“太子夺人妻之事发生在一个月前，国公当时为何没有提出，反倒是在三哥离开京都之后，才将此事闹得沸沸扬扬？”

还能是为什么呢？自然是逐个击破，才能掌控全局。

叶将白淡笑，上前半步，轻轻理了理长念的衣襟：“殿下还是在王府里待着，陪陪王妃为好。朝野之事，自有他人操心。”说完，越过她就要往外走。

叶将白刚跨过两步，赵长念的声音就从后头传来，冷冷的：“若国公所求，当真只是山河稳固、国泰民安，念必助之。若不是，那即便要付诸性命，我也定会阻你。”

心头火起，叶将白转身，冷眼看她：“殿下真以为自己很厉害？”

长念朝他拱手，唇瓣紧抿，眼神执拗。

叶将白大怒，抬步想回到她面前，旁边的风停云却伸手拦住了他。

“国公。”风停云看了一眼旁边的御林军，道，“殿下年轻气盛，您跟着冲什么？”

微微一顿，叶将白压下火气，眯眼看了看长念，拂袖便走。

风停云转头，笑着朝长念拱手：“殿下莫怪。”然后慌忙追上去。

长念看着他走远，想了想，便去了御书房。

李释庆正在跟皇帝禀告万人血书之事，皇帝听得脸色难看，见太监传话，招手就让她进去。

“念儿也有事？”

长念捞着衣袍跪下，拱手道：“父皇，儿臣在巡卫营听闻太子奔波于三镇招募新兵已有半个月，以往春季招兵，一月不过三万，可太子亲自出马，这短短半个月招募的兵马已有三万余。”

原以为她也是来落井下石的，没想到却是来给太子说好话。皇帝眉头松开，颔首道：“你起来说。”

“谢父皇。”长念起身，看了李释庆一眼，接着道，“眼下正值新兵入伍训练之际，因这等后院之事而罚前庭之将，实在有失妥当，不若令太子归妻于人，再散家财以偿。”

“殿下。”李释庆皱眉，“上百口人，在狱中被折磨致死者过半，太子殿下散家财要偿给谁？”

赵长念侧头，勃然发怒，横眉道：“刑部乃大人管辖之地也，所囚之人无罪而枉死，大人该当何罪？”

李释庆一惊，被她这突然而来的气势吓得眨了眨眼。

长念高抬下巴，双手拢袖，厉色道：“太子强夺人妻，刑部不但不阻止，还帮着将受害之人下狱，如今反过来责怪太子让人冤死狱中，是何居心？陛下龙体有恙，尔等不为君分忧，反倒用自己的失职来为难陛下，又是何居心？”

众人印象里的七皇子都是低着头唯唯诺诺的，什么时候变得这么厉害了？李释庆震惊，皇帝也很震惊，两人齐刷刷地看着她，都忍不住揉了揉眼睛。

“此事因刑部而起，自然该刑部先分好罪责。”长念皱眉道，“至于太子的处置，由父皇私下定夺，不必抬上朝堂。”

说罢，她回头，朝皇帝拱手：“请父皇裁夺。”

御书房里安静了好一会儿。

皇帝怔怔地看着她，突然就笑了，甚是欣慰地颔首，然后道：“李爱卿先退下吧。”

有七殿下出来挡着，太子的罪怕是轻易落不下来。李释庆脸色难看，往长念的方向轻瞪一眼，拱手退了出去。

“你能来说这些，朕很高兴。”皇帝道，“所有的皇子当中，只你一人知道手足可贵。”

长念低头，心想说实话，这些手足真的都不太可贵，除了远在外头的二哥，其余的皇子没一个好相处的，是手足，也是相互打架的手足，半点也不可爱。要不是朝中只剩了太子，今日她无论如何也不会违背良心来说这些话。

“唉，宁儿这次做得也的确过分。”帝王叹息，“夺人妻为妃，传出去脸上也无光，不知他是怎么想的。”

“父皇打算如何处置皇兄？”长念问。

皇帝想了想，道：“按照你说的来，好歹先压一压外头的民愤。”

把妻子还给人家，家财也全用去补偿人家，这听起来不算什么重罚，毕竟太子表面上的家财还不及暗地里的十分之一。

然而，长念和皇帝无论如何也没想到，这个决定招来了太子的强烈反抗。

“人本宫是不会还的。”赵抚宁站在东宫，冷声道，“他要美人，我还他别的美人，十个、一百个都行，但香慈是本宫的人。”

长念很头疼：“皇兄，外头闹大了，父皇已经是扛着众臣给的压力在轻饶您，您总不能半步不让。”

“轻饶我？”赵抚宁侧头，眼神不善地看着她，“是你故意想让本宫还人吧？整个东宫都知道本宫有多宠爱香慈，你却想让本宫割爱？”

不愧是从小被皇帝娇惯长大的，半点委屈也不肯受。长念急得抓了抓耳朵，问他：“美色与江山，孰轻孰重？”

太子桀骜一笑：“庸君才需要二择其一。”

他两样都要。

长念劝不动了，她觉得心很累，旁边本就有个叶将白在虎视眈眈了，偏生皇兄还是个目光短浅美色熏心的，她能怎么办啊？

太子不肯还人，刑部不断上奏，皇帝听得也恼了，躺在病床上怒道：“他实在不肯让人，就让他把太子之位让出来！”

“父皇，言重了！”长念摇头如拨浪鼓。

“不肖子！不肖子！朕若还惯着他，百年之后，他必败光赵家江山！”皇帝猛烈地咳嗽，咳出一丝血，吓得脸色白了白，看向赵长念，“念儿，那太子之位，你可想坐？”

长念想也不想地摇头：“不。”

在这个节骨眼上改立太子是最不明智的，更何况，她的命可没赵抚宁那么硬，叶将白想弄死她，比弄死太子轻巧多了。

皇帝咳嗽不止，想说什么也说不出来了，只能闭眼休息。

长念出宫之前，认真地叮嘱了养心殿里的宫人：“今日陛下所言，切不可传出去。”

说完，可能觉得威慑力不够，长念还瞪了瞪眼，鼓了鼓腮帮子，装出一副凶恶的模样。

看着宫人们一动也不敢动的模样，她觉得，应该没问题了。

然而，“帝王有废太子之心”，这消息还是跟长了翅膀一般，扑棱棱地飞出去了，穿过大街小巷，最后落在了太子的耳朵里。

彼时赵抚宁正在点兵，一听这消息，旁边的副将当即道：“殿下鞠躬尽瘁至此，奈何陛下却有眼无珠，此等君主，拥之何为？”

赵抚宁一听，觉得很有道理，父皇不让他要美人，还企图不让他要江山，他若不反抗，岂不是什么都没了？

于是，本该上朝的这天，太子请了病假，留在屯兵镇里继续操练新兵。

叶将白拱手在御前哀叹：“太子不遵圣命，已是不忠不孝，若还不加以惩戒，恐怕会出大事。”

皇帝咳嗽不已，病恹恹地问：“爱卿有何良策？”

“收太子兵权。如今陛下龙体有恙，不能留兵权于太子之手。”

听着很有道理，帝王点头：“那就让太子先回东宫来休息两日吧。”

叶将白得令，拿了圣旨带了人直奔太子所在的乌行镇，二话不说就硬闯军营，让叶良将太子硬扣下，然后阴阳怪气地念了圣旨。

“殿下，圣命不可违。”念完，他垂眸笑道，“还望殿下三思。”

赵抚宁的脸色白里透青，青里透绿。

父皇这是要强夺他兵权了，他若就这么认了，岂不是要回宫眼睁睁地看着太子之位被拿走？赵抚宁摇头，这旨意不能听。

“来人啊！”他反手掀开叶良，振臂一呼，“护驾！”

卫兵像洪水一般涌上来，叶将白狐眸一闪，惶恐地跟着叶良往外退，一边退一边喊：“殿下这可是抗旨！”

赵抚宁冷笑，心想老子想揍你很久了，碍着各种关系，一直没能动手，如今圣旨都不听了，那可得趁机多揍你两下。

于是，一众士兵追出去老远，太子混迹其中，趁乱拔剑，砍伤了叶将白的手臂。

叶将白逃出乌行镇，看了看手上那道浅浅的口子，嫌弃地撇嘴：“拿纱布来。”

良策就站在旁边，眼睁睁地看着自家主子用纱布将自己从头裹到脚，然后让人将他抬回京都——走正门，一边抬一边安排两队士兵在旁边哭。

于是，长念正在给皇帝侍药的时候，就听得外头有人慌慌张张地喊："不好啦！不好啦！辅国公命丧太子之手，尸身已经抬到崇阳门啦！"

"啪"的一声，长念手里的药碗摔在地上砸了个粉碎。

她白着脸抬头，就见皇帝身边的大太监喝止了那咋咋呼呼的小太监，厉声问："怎么回事？"

小太监哆哆嗦嗦地道："辅国公奉命去乌行镇宣旨，太子拒不接旨，反而拔剑伤了国公，现在国公被抬回来了，瞧着已经没气……"

皇帝气得坐了起来，大骂："那孽障！"

大太监慌忙来劝皇帝，嘴里连声说着好话，替他顺气。

长念只觉得脑子里有什么东西炸开，光芒一闪，带着尖锐刺耳的声响，然后就什么也看不见，什么也听不见了。

叶将白死了？

她一个字一个字地在心里念这句话，念完觉得不明白，又多念了两遍，睫毛才颤抖起来。

"殿下？"旁边有人唤她，长念听不见，双腿自己动作，站起来走了出去。

护卫队站成了两行，抬着一个人正朝养心殿走来，叶良神色落寞地走在最前头，后面的士兵都满脸是泪。

长念怔忪。

叶良抬头看见了她，小声对叶将白道："七殿下在。"

叶将白本是想到了养心殿就让人扶着下去请安的，一听这话，直接倒在担架上不起来了。

长念缓步走过去，眼神有些呆滞地问："人死了？"

叶良神色复杂，心想这要我怎么回答啊？答死了？那他可能会被主子打死。可要是答没死，殿下转头就走，那主子起来也得把他打死。

沉默半晌，叶良直接让开身子，叫她自己看。

长念愣怔地看着担架上那包裹得脸都瞧不见的人，嘴巴撇了撇，眼泪“唰”地掉了下来。

“殿下……”叶良偷瞥着担架上的人，轻声道，“您别哭。”

您一哭，主子心里暗爽，等会儿装不出重伤了，可怎么是好？

叶将白一动不动地躺着，心里哼了哼。老子死了，你知道哭了，老子没死的时候，你就想着怎么气死老子，哭，哭死你！

然而，真的听见耳边响起这人的抽泣声，叶将白又忍不住皱眉。

这人可真爱哭，那么软懦的一个人，做什么要来掺和朝堂？

要不，他动动手，示意自己没死？叶良也真是的，就看着人哭，也不知道劝？

叶将白正想着呢，叶良的声音就响起来了：“殿下，您不必太伤心。”

“我没有伤心。”长念抹着眼泪，抽抽搭搭地道，“我只是生气，他怎么能在这个时候死呢？他要的国泰民安、山河稳固呢？他这个时候死了，朝野不大乱才怪。”

叶将白：“……”竟是在哭这个？

他气得拍了拍担架，咬牙道：“停在这里做什么？进去面圣！”

长念正哭得起劲呢，被这突然出声的尸体吓得打了个嗝，蒙了。

叶良干笑，朝她一拱手，担架绕过她，继续往养心殿里去。长念瞪着叶将白，跟着转身，追上他们问：“国公没死？”

“劳殿下惦记。”叶将白冷声道，“在下命大，暂时死不了。”

长念迈着小碎步跟在旁边，担架却跟生风似的越抬越快，最后长念跟不上了，只能看着养心殿的门在自己眼前合上。

他没死，挺好的，长念松了一大口气，可接着，心里又吊了起来。

他没死，为什么弄出这么大的阵仗？

还能为什么？叶将白心里有气，情绪十分到位地对皇帝禀告：“太子抗旨不遵，臣好言相劝，殿下竟想杀臣。臣不敢反抗，只能回来复命。”

帝王气得满脸通红，捶床大喊：“让北堂爱卿出马，把人给朕抓回来，关进宗人府！”

“是。”大太监应了，急匆匆地往外跑去。

长念走在出宫的路上，突然就觉得乌云遮顶，整个皇城都阴暗了下来。

停住步子，她皱眉，回头远远地看了一眼养心殿。

太子赵抚宁毫无预兆地就反了，皇帝下旨捉拿，他却带着三镇士兵往西逃了两座城。皇帝欲改立太子，但病情突然加重，躺在床上连话都说不清楚。

“立……立……”

长念拉着帝王的手，感觉拉着的是一副骨头，忍不住责问御医：“这究竟是怎么回事？一开始不是普通的风寒吗？”

御医跪地不起：“陛下不用御药房的药已久，微臣实在不知……”

不用御药房的药，那吃的都是什么？长念让大太监翻找，把帝王素日里吃的丹药盒子翻出来，打开，里头恰好还剩一丸。

“这个，拿去看看。”

御医看了看，摇头：“这是叶大人给的药，咱们不敢查的，陛下也下过旨意不许御药房过问。”

长念急了：“这都什么时候了还不过问？快去查！父皇有任何责怪，我替你们担着！”

御医看了看帝王的脸色，再看看七殿下的脸色，没有办法，还是捧着丹药去查了。

不查不知道，一查才发现，丹药里头竟有飞燕草的残渣。

飞燕草，剧毒，少量长期服用，夺人性命也。

长念抖着手将那丹药捏着，轻声唤：“疏芳。”

沐疏芳上前，低声应：“妾身在。”

“你拿我的信物，去一趟北堂府。”长念稳住手，眼神陡然变得凌厉，“叶家上下，暂扣府中，不许进出。”

“……是。”

要是别人，定是不敢去围国公府的，但北堂缪不一样，一接到传话，他点了兵就包围了叶家老宅。

然而，里头除了下人，一个主子都没剩了。

叶将白跨进养心殿的时候，宫殿里十分安静，侍药的大太监都站在外头，里面阴沉沉的。

他微微眯眼，跨了进去，刚撩开隔断处的纱帘，就看见了赵长念。

长念坐在红木雕龙的方椅里，目光沉沉地看着他。

叶将白挑眉，似笑非笑地朝她一拱手："给殿下请安了，不知陛下今日病情如何？"

长念眼里有痛色，她起身，捏着那丸药递到他眼前："父皇的病情，你不是该比御医更清楚吗？"

叶将白手指一僵，缓缓放下袖子，淡声道："殿下在说什么，在下听不明白。"

胸口微微起伏，长念上前半步，抓了他的衣襟，仰头看他："不管国公听不听得明白，我要解药。"

叶将白冷静地回视她："都说不明白了，何处来的解药？"

"你爹给我父皇下的毒，你会没有解药？！"长念咆哮，小脸都涨红了，眼里满是血丝，恨声道，"我父皇器重你、信任你，给你荣华富贵，让你位高于人，你凭什么害他性命？！"

她力气不大，哪怕十分努力地抓着他，也没能将他的身子拉低。

叶将白淡声道："丹药既是叶老爷子给的，殿下便该去找他算账。"

"你早将他藏起来了，不止他，整个叶家的人，你都早就迁走了！"长念咬牙，"你一早就知道丹药有问题，一早就知道我父皇会变成这样，你却没告诉过我半个字，还说什么要我陪着你？叶将白，你有人性吗？"

她死命地捏着他的衣襟，指节发白，身子也发抖："我早该知道你想要这大恭江山，你要就拿啊，凭本事打下来啊，害我父皇算什么？算什么！"

"殿下。"叶将白垂眸看她，"您自己也同叶良说过，这大恭江山要毁在这些人手里了，既是如此，在下为何不能来救一把？”

长念点头，很用力地点头：“你要救一把，可以，哪怕你要龙位，尽管凭本事去拿，把解药交出来！”

她气得嘴唇都发白，叶将白别开头，望着旁边香炉里飘出来的烟，轻声道：“在下说过了，丹药是叶老爷子炼的，是否有解药，只有他清楚，在下当真不知。”

“好……好！”长念气极反笑，一双眼红得跟兔子似的，咬牙道，“你以为把人藏起来，我就找不到了？”

叶将白勾唇：“这点自信，在下还是有的。”

“很好。国公总是无所不能的，一切都在您的算计之中，您想如何，便是如何。”她侧眼冷笑，“只是不知这一遭，国公可曾算到过？”

锋芒显于袖口，叶将白瞳孔一缩，想后退，却不知为何迟疑了一瞬。

就这一瞬，长念手里的匕首抵在了他的胸口。

泛着寒光的刀刃抵住衣裳，没刺破，但他感觉到疼了，疼得凉气四溢，从胸口蔓延到全身。他低头，还能从刃上隐约看见自己那张满是难以置信的脸。

“你……”叶将白失笑，“想杀我？”

长念的脸色十分难看，眼神却坚定万分：“你若不给解药，我必会杀你。”

“好……真好。”伸手捏住她的匕首，叶将白边笑边点头，“在下从未对殿下狠过心，殿下却从未对在下软过心，在你眼里，谁都比我重要，我随时都可以死，是吗？”

长念皱眉看着他。

“那您看见在下被人抬回来，怎么还会哭呢？”叶将白匪夷所思地吸了一口气，又笑，“难不成，只是在演戏吗？”

长念不耐烦听他说这些，将手伸到他面前：“解药。”

“你做梦。”叶将白勾唇，眼里像是湖面结了冰，“有本事，匕首再进三寸。”

“叶将白！”长念咬牙。

听她这么喊他名字，叶将白反倒笑了：“在下在，殿下有何吩咐？”

长念气得头皮都发麻，真的想将匕首送进他心口，一了百了。可手上紧了又松，松了又紧，她还是没下得去手。

“你与我，从一开始就不是一路人。”长念沙哑着声音，低声喃喃，“既然如此，国公何至于来招惹我？”

叶将白下颌收紧，捏着拳头道：“殿下以为在下想招惹吗？”

他向来不把儿女情长当回事，可偏生遇见她了，泥足深陷，不可自拔，他有什么办法？她恨，他就不恨吗？

“把匕首放了吧。”叶将白冷声道，“您这样没扣死人，抓不住在下，很多事是必须发生的，您也阻止不了。”

长念最讨厌的就是他这种全盘在握的模样，冷笑道：“国公真以为我打算用这一把匕首制住您？”

叶将白一怔。

“您教会了我很多东西，也让我明白，想对付您，没那么简单。”长念松手，匕首落在地上，“哐当”一声响。

响声起，门外动，北堂缪带人进来，将门口和窗边都堵死。

“又是你。”叶将白脸色阴沉道，“北堂将军还真是爱听殿下的话。”

北堂缪面无表情地站到长念身边，道：“在下只听从自己的意愿。”

而他的意愿告诉他，赵长念想如何，便如何。

叶将白“嗤”了一声，环顾四周，暗暗准备突围。然而，一运功，他就发现了不对。

身子太沉重了，内劲也提不上来。

“国公与北堂将军师出一门，擅长内功，那么最怕的，应该就是软筋散。”长念半合了眼看着他，指了指旁边燃着东西的香炉，“您还是束手就擒的好。”

叶将白低咒一声，道：“抓在下没有好处，只有害处，殿下也要执意抓人吗？”

“押住他。”长念抬手。

御林军蜂拥而上，将叶将白制住，长念扭头便吩咐：“放消息出去，陛下和国公同患病，求天下人赐圣药，有药者赏。”

“是！”

叶将白听得好笑，勾唇道：“你以为这样叶老爷子就会拿着解药来救我？不会的，就算我死在宫里，他也不会出面。”

这等话长念是不信的，她吩咐人送来囚笼，将叶将白关进去，囚笼就放在养心殿，由她和北堂缪亲自看管。

囚禁辅国公这种事，莫说做，寻常人是想也不敢想，谁都知道这人背后有多少东西，他死不得。

可不死，囚他的人就必定会求生不得、求死不能。

所以，整个养心殿里的人神色都十分严肃，包括北堂缪，他盯着囚笼，眉头紧锁。

长念的神色却是如常，她泡了茶递到北堂缪手里，轻声道：“兄长去休息一会儿，夜间我来守。”

北堂缪侧头，目光深深地看着她：“我不用休息。”

“铁打铜铸的不成？”长念轻笑，指了指旁边的黄宁忠，“大人也在，兄长不必太担心，只管去旁边的侧殿里睡一觉，明日一早再来替我。”

拗不过她，北堂缪叹息，起身出去，又叮嘱门口的守卫两句。

长念的目光跟着他，直到他消失在殿门外，才转回了头。

“殿下真是厉害。”叶将白慵懒地坐在那囚笼里，眼含讥讽，“旁人千金万银都哄不得北堂将军青眼以待，殿下只一声‘兄长’，堂堂护国大将军便为殿下鞍前马后。”

这话说得刺耳，长念装作没听见，转身去内殿看了看龙榻上的皇帝。

皇帝脸色青紫，已经说不出话来，眼眸半睁，里头也没什么光，只嘴唇还在不停地嚅动，像是想说什么。

长念看得心疼，握住他的手，低声道："父皇放心，儿臣正在想法子给您找解药。"说着，又忍不住怨他，"父皇怎么能这般不防人？入口的东西，哪能不让御医查呢？"

旁边的大太监想了想，还是小声替皇帝辩护了一句："那叶大人是打小跟着陛下的，曾多次救过陛下的性命，陛下为表感激和信任，向来是不防他的。叶大人退朝多年，潜心丹药之术，谁也未曾想过他会突然起了弑君之心。"

一个救过皇帝性命的人，突然要杀皇帝，是为什么呢？

长念沉了脸，扭头看向外面的叶将白。

他若无其事地坐在囚笼里，举手投足间依旧优雅从容，完全不像是被囚禁，反倒像是自己坐在里头玩的。

她起身，大步走过去，伸手抓了木栅栏，眼带恨意地看着他。

叶将白抬眼回视，嗤笑："陛下自己不得人心，为人所害，殿下也要算在我的头上？"

"若无国公指使，令尊怎么会以毒药弑君？"长念合眼，"是家里养老不舒坦了，还是嫌九族人太多了？"

叶将白张了张嘴，想辩解，又咽回去，一双狐眸冷冷地垂下："这话，殿下该去问叶老爷子才是。"

长念一拳砸在栅栏上，恼道："等我抓着他，我定会叫国公尝尝现在我心里的滋味。"

面前这个口口声声说喜欢她，说想一直和她在一起的人，却在背后谋害她的父皇。他明知道她有多喜欢自己的父皇！他都知道的！可他偏生半点也不考虑她，还是这样做了。

情爱这东西，在家国天下面前真是比鸿毛还轻。

她再也不会相信他了！

"殿下心里的滋味……"叶将白轻笑，伸手抚了抚自己心口被匕首尖勾破的小口子，又抬眼看了看这坚固的囚笼，勾唇道，"有多苦呢？比被心爱之人背叛还苦吗？"说罢，他又摇摇头，"现在没有什么心爱之人了，你我逢场作戏，到此为止。”

“是啊。”长念收回手，轻轻拍了拍，“逢场作戏而已，谁把谁真放在心上？国公没有，我亦没有。从此以后，你我势不两立，不共戴天！”

“那殿下可要看好在下了。”叶将白扫了一眼四周，“若是让在下出去了，殿下的命，在下也是不会怜惜的。”

“国公放心。”长念咬牙，“您会好好待在这里，我父皇若生，你便生，我父皇若死……”

她话没说完，眼里却满是狠戾，足以让人明白她的意思。

叶将白笑出了声。

他到底在干什么啊？他自己都觉得荒唐，喜欢上假装男人的女人也就罢了，竟还执迷不悟，落得今日这样的下场。

面前这人哪里好？心机深沉，远不如最初看见的那般纯真。没心没肺，不管对她多好也养不熟，还对他拔刀相向，以他性命相挟……这样一个人，早该在他手下死了千次万次，凭什么还放在他心上？

头一次涉足情爱的人，都会分外在意自己的得失感受，打着算盘算自己的盈亏，然后争执不让。尖锐的棱角磨得两厢都是煎熬，最后一拍两散。所以真命之人相遇越早，越不容易到白头。

反正现在这两位是完全没有白头的想法了，不仅没有，还有点想砍对方的头。

长念狠踹了囚笼一脚，然后咬牙切齿地吩咐大太监：“明日张贴皇榜，就说辅国公命在旦夕，请高人赐药。”

“是！”

叶将白倚在栅栏上，嘲讽地看着她。长念不甘示弱，杀气四溢地回视他。两人就这么相互瞪着，足足过了半炷香，才各自回头揉揉眼睛，然后接着瞪。

外头晨光熹微的时候，长念困得坐在椅子上睡着了。

她眼睛闭上的时候，就仿佛变回了最初的模样，小小的一团，纯良又无害，嘴唇粉嘟嘟的，脸颊也红扑扑的，瞧着令人心软。

叶将白冷眼看着，心想谁爱心软谁心软好了，他反正绝对不会再容忍她。

殿门开了一条缝，有人走了进来，脚步很轻。

叶将白侧头，就看见北堂缪双目盯着赵长念，连往他这边看一眼也不曾，径直走到椅子边，动作极轻地将手伸到她的脑袋下头垫好，然后身子一躬，缓缓地将人抱起来。

赵长念没醒，只动了动，乖乖地躺在他怀里。

旁边的大太监似是想说话，北堂缪皱眉摇头，他连忙住了嘴，退到旁边。

于是，这人就这么抱着赵长念，脚步无声地出了门。

叶将白眯眼。

没一会儿，北堂缪又回来了，看样子是接赵长念的岗，继续看着他。

叶将白很想闭眼休息，但他忍不住，非要讥讽道："没想到北堂将军也有断袖之癖。"

北堂缪倒了杯茶捧着，漫不经心地道："与国公何干？"

这等毫无羞耻之意的语气，听得叶将白脸色难看，瞧向他的目光也越发不友善。

北堂缪起身，站到囚笼跟前，上下打量他两圈，轻声道："事到如今，国公莫非还对殿下有非分之想？"

叶将白勾唇，抬了抬下巴："谁会对她那样的人有非分之想？嫌命太长？"

"那甚好。"北堂缪颔首，似是松了口气，转身回到了椅子上。

那模样看得人无端心头火气，叶将白抿唇，强自压了火气，在心里反复劝自己，犯不着的，他再不必为赵长念的事烦心，那人已经跟他没关系了。

长念虽然睡了一觉，但是不甚安稳，醒来也不过午时，看了看外头，她招来红提问："皇榜有动静了吗？"

红提摇头："在外面求见陛下的老臣甚多，但无人送药来。"

许是叶家人还没听到消息？长念想了想，决定再等等。

然而，一等两日，帝王仅剩一口气，国公病重的消息也传遍了整个京都，还是没有人送药来。

长念急了，抓着栅栏瞪着叶将白：“你真不怕我以弑君之名，送你上断头台？”

“送得上去吗？”叶将白和善地笑问。

长念咬牙。

她送不上去，光是将人囚禁在养心殿，就已经引起了朝中众多大臣的不满，光凭她几句话，众臣是不可能信辅国公要弑君的。

可父皇命在旦夕，该如何是好？

“殿下，巡卫营的叶良在外头求见辅国公。”

“拦住他。”

“是。”

“殿下，姚阁老带了众多老臣，扬言今日见不到陛下便不走了，他们都一把年纪了，就那么站在外头，怕是……”

“给他们搭个棚子，让他们站。”

“殿下，中宫发难，说殿下您囚禁陛下，意图篡位……”

“殿下，忠武宫的人来信说，武亲王不见了。”

殿下……殿下……殿下……

第九章 往事

长念忙得晕头转向，连喝口水的时间也没有，压着各处的暴动，又亲自去劝了各位老臣，终于得空停下来的时候，她长出一口气，让御医给帝王诊脉。

御医收回诊脉的手，朝她艰难地摇了摇头。

长念觉得天“轰”的一声塌下来了。

叶将白冷眼看着她狼狈的模样，勾唇笑道：“殿下不如早些放我出去，反正至多到明日，总是要放人的。”

“你妄想！”长念咬牙，扶着桌角撑着身子，恨声道，“我死也要拉你陪葬！”

皇帝毒入膏肓，傍晚的时候，却突然坐了起来。

“念儿。”他开口。

长念大喜，连忙往内殿跑，一个踉跄直接狠跌在了床边，磕得膝盖一声闷响，她也像完全没感觉一般，抓着皇帝的手就喊：“父皇！”

“朕要下遗旨，你且让人进来听好。”皇帝摸了摸她的脑袋，“太子不堪为君，朕薨之后，这帝位由你来坐。三省六部，悉数听旨，不得谋逆。”

长念愣怔，旁边的大太监反应快些，连忙让人传史官进宫。

然而，皇帝刚说完，身子就陡然委顿了下去。

长念还握着他的手，只感觉凉意突然袭骨，怎么握也握不暖。

“父皇？”她喊了一声。

皇帝眼眸合上，脑袋耷拉下去，干枯的脸上透出一股子青黑色，手也渐渐僵硬。

长念抿唇，固执地替他搓手，喊他：“父皇。”

“父皇、父皇。”

喊着喊着，她傻傻地咧了咧嘴，声音轻柔地道：“第一眼见着父皇的时候，儿臣只有五岁，儿臣听宫人说别的皇子都有父皇，可儿臣没有，儿臣也很想有个父皇，所以那一回，儿臣扑到父皇脚边，像这样喊了很多声。”

“可那之后，我被宫人责备了，宫人说宫里的规矩，皇子是不可以这么连声唤父皇的，只能喊一声，要语带敬意，要将头磕到地上。”

“现在好啦，没人责备儿臣啦，儿臣可以一直喊父皇。”

“父皇……您能不能应我一声？”

滚烫的眼泪从咧着的嘴角边滑落下来，砸在龙纹的锦被上，长念使劲搓着他的手，哽咽着道：“是儿臣没出息，儿臣没能保护好您，儿臣没能找到解药……父皇，您再等等，就再等一会儿好不好？”

她放下皇帝的手，将他扶着放回被窝，给他盖上被子：“儿臣亲自去找，一定能找回来，您再坚持一会儿。”

“殿下……”旁边的宫人看得不忍心，想提醒她一句什么，长念摇头，不打算听他说话，一扭身就往外跑。

膝盖撞伤了，跑起来腿跟不上速度，一个趔趄，她又摔在门口。

“殿下！”红提惊呼着去扶，长念摆手，自己爬起来，一瘸一拐地往外走。

叶将白冷眼看着她，眼里波澜微起，又被他压了下去。

与他无关，他想。

殿门推开，外头都是人，有大臣，有武将，长念径直从他们当中穿过，有人想伸手来拉，看了看她身后，又将手收了回去。

北堂缪跟在她身后，面无表情。

“护城军的消息说，叶家人是没有离京的。”他道，“一定还在京都之中。”

长念点头，与他一同去巡卫营点兵，然后带人搜查京都各处。

太阳一点点偏西，叶将白坐在囚笼里，伸了个懒腰。

“没时间了啊，我的殿下。”他低笑。

夜幕落下，宫里响起丧钟，长念抓着缰绳在大街上策马狂奔，恍若未闻。几经波折，她终于找到一处有官差看守的宅院，欲闯，门口的官差不让，哪怕是北堂缪过来，给他们看了信物，那些人依旧不让。

“封锁此处。”长念沉声下令，“任何人不得进出。”说罢下马，想亲自进去看看。

然而，她刚跨出一步，后头就有急马驶来，有人高声道：“殿下！”

长念一顿，回头看去，就见唐太师和文阁老等人带着人马过来，一见她就下马拱手：“请殿下速速回宫，有要事相商！”

长念皱眉，不甘心地看了看那宅院，问：“可否给我半个时辰？”

唐太师摇头：“半炷香也不能再耽误了殿下！三镇传来急讯，太子殿下拥兵往京都来了！”

长念怔了怔。

皇帝下的遗旨没有史官在场，无法作数，赵抚宁的太子头衔仍在，这个时候他杀个回马枪，为的是什么，不言而喻。

北堂缪将她抱上马，沉声道：“殿下先行回宫，在下领兵护城。”

“兄长……”

“耽误不得。”北堂缪摇头。

长念抿唇，不再多说，抓着缰绳一夹马腹，急急地往宫里赶。

“殿下，武亲王不在，三镇之兵无人可调。”

“殿下，陛下薨逝，理应设灵招高僧超度。”

“殿下，朝中人心不稳，暴乱时有发生，不如先放辅国公出来，以定大局……”

长念侧头，看向囚笼里的叶将白。

他平和地微笑着，眼里有尖锐的东西一闪而过，似嘲似讽。

“我若不放他呢？”长念低声问。

冯静贤皱眉摇头：“不放不行了，再不放，整个朝野将大乱，届时太子回京，内忧外患齐下，殿下回天乏术。”

宫漏一点点地流着，长念握紧了拳头，嘴唇发白。

外头的天黑了又亮，在太阳升起的那一瞬间，长念捂着皇帝的手，颓然低头，道：“放了他吧。”

冯静贤大松一口气，跨步上去将囚笼打开，拱手道：“国公请。”

叶将白好整以暇地坐在里头，慵懒地道：“这里挺舒服的，能欣赏咱们殿下手忙脚乱无所适从的模样，我不想出去。”

冯静贤觉得这人有毛病，谁喜欢被关在囚笼里？但看看他的目光，再顺着那目光看向后头的七殿下，冯静贤沉默了。

国公这是生了殿下的气，不肯下台阶了。

“殿下。”黄宁忠皱着眉禀告，“群臣至今不得见陛下，听得丧钟，群情激愤，再关着这养心殿的门，怕是不妥。”

长念睫毛颤了颤，起身，走到囚笼跟前：“宫门欲开，国公打算委身囚笼见群臣？”

“有何不可？”叶将白挑眉。

“国公。”冯静贤躬身行礼，“这几日委屈您了，但陛下尸骨未寒，您总不好在灵前如此。”

叶将白勾唇：“在下饿得走不动路，实在并非有意冒犯仙灵。”

睁着眼睛说瞎话，这几日分明给他送的都是瞿厨子做的膳食，他每每吃得挺多，哪里会饿？

长念垂眸，知道他是有意刁难，转身便去提了长刀来。

“殿下，不可啊！”冯静贤吓得连忙拦住她。

“让开。”长念皱眉，“耽误不得了。”

冯静贤不敢后退，只能低头抱着她的腰试图拦住她。长念冷着脸，将他一并带到囚笼前，然后提刀，“哐”地砍向栅栏。

木屑飞溅，叶将白嫌弃地皱了皱眉。

长念不管，砍得一下比一下用力，七八刀下去，栅栏应声而断。

“殿下与在下也相处过一些时候，不知道很多事是不靠武力解决的吗？”叶将白嗤笑。

长念抬刀继续砍下一根：“不知道，也无妨，等这囚笼被砍碎了，让人收拾干净，国公也能见群臣。”

“……”她这是宁肯自己费劲，也不肯向他低头。

叶将白觉得没意思，自己起身出了囚笼。长念停下手里的刀，让宫人来收拾。

“殿下可想好了。”他整理着袖袍，漫声道，“在下一旦出了这大殿的门，殿下会多很多的麻烦。”

甚至会死也不一定。

朝阳升起来，照在他的侧脸上，端的是精雕细琢的好轮廓。然而长念没看，转身径直回到了内殿。

她还要怎么想呢？已经想了一晚上，但凡有别的办法，她都不可能放他出来。

这一遭她的确是输了，叶将白笃定自己不会死，叶老爷子也就不会拿解药来救他。父皇没了，她什么也做不了，只能眼睁睁地看着凶手继续逍遥。

一开始最害怕的事统统成了现实，大恭的江山，怕是要完了。

握着帝王冰冷的手，长念有些恍惚。她该怎么办呢？父皇没了，她还要继续挣扎吗？还是安身一隅，放任这江山换代？

沐疏芳焦急地打算进宫去见长念，刚到宫门口，就被北堂缪拦下了。

“殿下的意思，是让皇妃同定国公府的人一起避一避风头。”北堂缪淡声道，“正是春日好时节，可以去三圣山上烧香祈福。”

沐疏芳皱眉，提着烦琐的宫装长裙，颇为焦躁地道：“说好了荣辱与共、同生共死，她现在一个人在宫里受苦，我怎么能躲得远远的？”

北堂缪看了她一眼。

沐疏芳眯眼：“将军别看不起人，我好歹是定国公的女儿，那宫里乱糟糟的一团人里，也有我能说动的人，我进去，总比在山上祈福有用得多。再者，就算我躲开了，她若出事，我也逃不掉的。”

北堂缪道：“我接到的命令，是让您去三圣山，至于您到底想不想去，我也做不得主。”

沐疏芳眼眸一亮，朝他行礼，带着人便往宫里走。

北堂缪想了想，还是送了她一程。宫里很乱，不少大臣甚至带了草席睡在养心殿外，乍然看见七殿下的身边人，他们会做什么还真不一定。

沐疏芳穿着一身繁复的宫装，踩了厚底的宫鞋，一路从宫门走到崇阳门，实在累得很。她想了想，趁着前头走着的北堂缪没注意，赶紧让宫女拿出软底的绣花鞋来，飞快地换上。

北堂缪回头的时候，她已经端着手走得十分稳重大气了。

扫了她一眼，北堂缪：“……”

“怎么了？”沐疏芳一脸无辜地问。

“没什么。”移开视线，他淡声道。

这人还是这样冷冷清清的，像不食人间烟火的神仙。沐疏芳忍不住想，这样的人，以后会娶个什么样的媳妇才压得住呢？

到了养心殿附近，远远地就看见了许多人，沐疏芳踮脚一看，好家伙，长念站在门口呢，正被一群老臣围着，不知道在说什么，但看情况不太妙。

她心里一急，提着裙子就想过去，然而身边这人反应比她快多了，只见得眼前一花，北堂缪就进了人群。

这人是个不喜欢与人推搡拥挤的，可眼下，他将朝臣一个个推开，眉头紧皱，艰难地往长念所在的地方走，被推得不高兴了，便低斥一声“让开”，复又前行。

沐疏芳怔了怔。

人群之中的北堂缪更显得高大，到了长念身边，他一把将她护在身后，冷眼对上前头的朝臣，沉声问：“各位这是做什么？”

一见他来，众人气势都弱了些，唐太师皱眉道：“太子本就是储君，陛下薨逝之前并未废除，照例说陛下驾崩，就该迎太子回宫继位，老夫实在不明白突然守住京都是何意思？”

“陛下临终前曾改遗旨，要传位于七殿下。”帝王身边的大太监躬身道，“七殿下守住京都，无可厚非。”

“可当时养心殿不许进出，陛下这遗旨是口头传下的，只有殿下和公公听见了，还有谁能作证？”

大太监迟疑，冯静贤连忙出列道：“辅国公当时也在，定也听见了。”

众人一顿，低头七嘴八舌地议论一番，有人去请了叶将白来，正好他也没出宫，不一会儿就站在了赵长念的对面。

“遗旨？”他满脸茫然，“陛下何时下过遗旨？”

长念抬头看他。

叶将白微笑，目光落在她脸上，半点温度也没有：“殿下的意思是，陛下有过遗旨，要改立您为帝吗？”

此话一出，众人都恍然，七殿下果然心怀不轨，居然趁着太子不在、陛下病危，封锁养心殿，然后假传遗旨！

“国公，您怎可信口雌黄？”冯静贤急了，“当时您明明也在殿内，陛下开口，您怎么会听不见？”

“所以，冯大人是听见了？”叶将白侧头看他，“您也在殿内？”

“……下官没有。”

“那您说这些做什么呢？”叶将白失笑，“在下总归是没听见的，殿下若非要说她听见了什么，那便听见了吧。”

长念捏紧了手，刚想开口，却见北堂缪挡在了她面前。

“那国公的意思，也是支持太子继位？”北堂缪面无表情地道，“太子抗旨在先，拥兵逃窜在后，行为不端，不忠不孝——这些罪名，一开始不也是国公扣给太子的吗？如今是打算自打嘴巴？”

叶将白一顿，侧眸平视他，冷笑：“太子的罪名，该由陛下定夺，北堂将军这是打算代替陛下给太子定罪？”

“不敢，只是觉得难以置信。”北堂缪扫了四周一眼，坚定地护着长念，“陛下尸骨未寒，各位就在门口为难京中仅剩下的皇子，意欲何为？莫非……是辅国太久，觉得无聊，想当国吗？”

这话说得严重，在场大臣都唏嘘出声。叶将白轻笑：“北堂将军言重了。”

看他一眼，北堂缪道：“若没有这样的想法，自然是最好。如今太子大军压城，各位与其在这里争论遗旨真假，不如各司其职，守陛下英灵七日安生。”

“北堂将军的意思，是不让太子归都？”

“城门只出不进，唐太师若是觉得太子才是良主，大可奔之。”北堂缪颔首，护着长念，让她退回养心殿。

唐太师恼了：“篡位非正，不得人心。将军竟以此言为胁，老夫宁可告老还乡！”说罢，摘下乌纱，往地上一掷便走。

群臣震惊，情绪上来，有跟着掷乌纱走的，也有留在原地观望的。

“奔贼便说奔贼，说什么告老还乡呢？”宫门方向响起女子之声。

众人转头去看，就见沐疏芳提着宫装款步而来，眉目凌厉地道：“太师三日之前就已经将府中姬妾子女迁移出都，一早就有了逃窜之心，如今却在这里装出一副大义凛然的模样，对得起这些信您为人，跟着掷帽的大人吗？”

此话一出，冯静贤等人齐齐发出嘘声。

唐太师面上挂不住，恼道：“休得胡言！老夫府中家眷不过上山祈福，怎说是逃窜？”

“是去三圣山祈福对吧？”沐疏芳笑，“说来也巧，今日也有人要我去三圣山祈福，只为了避开这京都里的暴乱，保全自身。但太师觉得，这与逃窜有何区别？”

“陛下恩泽一方，安世之时，各位捞油水、拿俸禄，无人愿意离开京都，一旦有人被外放，都是哭天抢地。如今是怎么的？一出事，个个抱头鼠窜？生怕留在京都连累族人？”沐疏芳扫过众人，嗤笑，“枉为男儿。”

铿锵有力的四个字，像一个响亮的巴掌，打得唐太师等人脸上一阵发红。后头有晚生觉得气不过，张口道：“这是什么地方？也容得女子大放厥词？”

长念看了说话那人一眼，沉声道：“徐大人，你若能像这位女子一般外驳番邦使臣，内得帝王赏识，今日这地方，也让您敞开了说！”

姓徐的官员一噎，犹自愤然，不敢与长念直面呛声，只得小声喃喃：“女儿家能成什么事？不过是凭着几分姿色得人捧着，遇见事，还不是得靠男人。”

北堂缪冷声道：“靠男人，不靠懦夫。”

徐大人：“……”

旁人说他们是懦夫，都还有得争，北堂将军开口，那还真的辩无可辩。在他面前，文官都是懦夫。

“罢了。”叶将白拢了袖口道，“在这里打嘴仗有甚意思？该走的走，该留的留吧。”

他侧头，朝着长念一笑：“殿下保重。”

长念握拳，看着他动身，一大片人跟着他动，齐齐地往外走。

冯静贤说得没错，这个人手中的权力委实太过厚重，想削已经来不及，只能任由他扼住这朝野的咽喉。

但，她突然不想认输了。就这么拱手让他人占据江山，父皇在九泉之下也不会安生，更何况，她身边还有这么多人，她若让了，他们该如何是好？

长念眼神一点点变得坚定，她走过去，拉住沐疏芳的手：“去侧殿休息会儿。”

沐疏芳很是着急：“殿下，当真放任辅国公如此，朝野必定四分五裂。”

“我知道。”长念温和地笑了笑，“可你该去休息啦，剩下的事，交给我即可。”

沐疏芳眨眼，再眨眼。

面前的人笑得很可爱，但不知道为什么，她觉得这样的笑容像极了叶将白。

百官罢朝，朝野分成两边，一大部分人去往国公府汇报事务，另一部分人则去往赵长念处，大恭的政权两分局面慢慢变得明晰。

而长念，也在帝王的头七这天，迎来了自己的第二场生死挣扎。

皇宫之中守卫何其森严，但那群刺客就是有办法悄无声息地过了崇阳门，在午夜时分，挑剑刺向正在看文书的赵长念。

这两日宫中非常忙，身边的武将都在轮流值岗，长念看他们实在太累，今晚便让他们都去休息，只留了普通侍卫在门外。没想到杀机突然而至，她侧头，一枚银针堪堪擦过她的脸，钉在旁边的书柜上，接着就是长剑横扫而来。

长念翻身而起，皱眉看向突然出现的五个黑衣人，低声道：“想杀我？”

那不然这大晚上的穿成这样是来唱戏的吗？领头的人十分不屑，挥剑便砍。

按照常理来说，这个时候赵长念应该以一打五，潇洒漂亮地解决五个刺客，然后出去，云淡风轻地让人进来收尸——必定被后世传为一段佳话。

然而，长念看了看他们的路数，做了一个十分明智的决定。

“来人啊——有刺客——”

突如其来的一声尖叫，声音之大，吓得刺客握剑的手哆嗦了一下。接着，殿门就被人撞开，外头的侍卫统统冲了进来。

刺客的脸色有点发绿，但反应还是快的，别的都不管，一剑直刺长念面门。长念侧身欲躲，却不甚被伤了胳膊。

侍卫赶上来护驾，将刺客逼出了书房。长念看了看伤口，觉得有点不对劲，拎起旁边桌上的温茶就先冲了冲。

亏得她机灵，这茶一冲，剑刃上的毒被冲掉不少，御医来看的时候长松一口气，说还好毒素不多，至多一场高热，好生养护，性命无虞。

长念捏着胳膊，皱眉问："这是什么毒？"

御医答："飞燕草和蛇毒混淬的。"

又是飞燕草？长念觉得这东西很熟悉，总觉得好像在哪里见过，但一时半会儿又想不起来。

第二天，她让人去查了宫中的药材记录，御药房的人翻了许久，才回禀道："飞燕草，全名大花飞燕，草和种子都可入药，但因为有毒，故而各处流通都不多，淬毒需要几斤花叶，宫里自是不可能有的。"

大花飞燕？大花飞燕！

长念想起点什么，颤声问："这东西，可曾去过忠武宫？"

翻了翻册子，御药房的人答道："有的，去年开始，武亲王咳痰甚多，拿过飞燕草种子。"

"……"

脏兮兮的花圃边，像宫人一样挖着土被她误会了的武亲王，朝着天号着嗓子的王爷，当时在种的，可不就是大花飞燕？

可……怎么可能呢？父皇说过，他最看重的就是兄弟之情，因为当年他登上皇位，全靠几个亲王支持，他待武亲王也一直极好，武亲王怎么可能反手害他？

一定还有别的地方有飞燕草，一定还有的。

长念扭头，让冯静贤去查。冯静贤走访了整个京都的药铺，带回来的答案是："大花飞燕在大恭产量极少，多供宫中药房，别的地方都以荀草代之。"

长念沉默。

叶将白在府里走神的时候，听得许智在他耳边禀告：“叶家人落狱了，七殿下亲自去了那处宅院，将叶老爷子提审入宫。”

“嗯。”他淡应一声，接着走神，似是完全不在意。

许智叹了口气：“无论如何也是您的亲人，不救一把吗？”

“用不着我救。”叶将白无波无澜地道，“顶着我爹的名头，不少人会赶着去捞的。”

这话没错，自从国公府开设议事堂，正式处理朝中事务以来，朝中各位大臣都想方设法地讨好叶将白。酒席上他多看过一眼的菜，第二天食材就会堆满厨房。路上他多看了一眼的人，也都会被送到他府上。

只是，主子看起来依旧不太开心，或者说……有点孤独。

许智也不明白这种孤独之感从何而来，可在他身边站着，许智总觉得离他很远。

屋子里安静了一会儿，叶将白突然侧头问：“叶老爷子是进宫了？”

“是。”

叶将白起身，垂眸道：“那咱们也去看看吧。”

嗯？刚刚不是还说不管吗？许智一脸茫然地跟着他往外走。

长念有些低烧，裹着厚衣裳坐在椅子里，小脸苍白。但这丝毫不妨碍她眼神的凌厉，看着面前跪着的叶老爷子，她恨不得在他脸上看出个洞。

“七殿下。”叶老爷子对她竟还挺和蔼，“传唤老夫，可是有何吩咐？”

“太多事不解，想问你拿个答案。”长念哑声道，“这里并无外人，还请实话实说。”

叶老爷子笑了笑，挺和蔼地道：“殿下请讲。”

捏紧拳头，长念问：“为何毒害我父皇？”

叶老爷子抬头，轻笑：“殿下只记得父皇，不记得自己的母妃了吗？”

母妃？长念一愣，皱眉：“此话何意？”

“外头要下雨了，殿下不如看盏茶，听老夫说个故事。”叶老爷子神色柔和，花白的头发看起来竟有两分慈祥。

若不是杀父仇人，长念是会让他起来喝茶的，然而现在，她端了茶起身，只放在他身前的地上：“讲吧。”

对于她这态度，叶老爷子倒也挺理解，捧了热茶掀开盖子，呼了一口热气。

“二十多年前，京中有个远近闻名的美人，心系一位当世豪杰，愿红妆以嫁。可惜，那豪杰心中另有所属，两人未能成事。之后，美人应召入宫，成了秀女。美人有个发小，与她是青梅竹马的情谊，为了不让她被选上，买通了宫人——他以为这样就能让她远离宫闱。”

“谁知道事与愿违，那美人最后还是被选上了，封了嫔，得了皇帝的盛宠。”

“按理说这样过一辈子也不错，可很不幸的是，豪杰的心上人也入宫了，成了皇帝的妃子，为了护住自己的心上人，豪杰求于美人，让美人多帮他的心上人。”

“美人实在太喜欢那豪杰了，依言照做，谁承想那位心上人贪得无厌，一心想往上爬，连累美人成为众矢之的。”

“美人心灰意冷了，不再仰慕豪杰，而是一心一意待君王。君王也待她极好，万千宠爱，甚至有立她为后的想法。”

“谁知道，那年春天，美人和那位心上人同时有孕了。”

眼里泛上些血丝，叶老爷子抬眼看向长念。长念微微一怔，觉得那目光里有迁怒，也有怜悯。

“怀孕之时，那位心上人借肚子铲除了不少异己，但同时也树下了更多的敌人，因而她必须生个皇子，若是公主，便会死无葬身之地，故而临盆之时，豪杰特意安排，让心上人和美人同时生产。”

叶老爷子垂眸：“命运弄人啊，两人同时生产，美人生了儿子，心上人生了女儿，豪杰跪在美人面前，求她将孩子让给自己的心上人，美人恨他入骨，却还是答应了他这最后一个要求。”

“这样一来他的心上人保住了，美人却会死无葬身之地，为了补偿她，豪杰使了手段，让美人的孩子以皇子的名义活在宫中，以求自保。”

听到这里，长念已经反应过来美人是谁，脸色有些发白。

“如此说。”她轻声道，“该恨那豪杰不是吗？为什么会怪罪到父皇头上？”

叶老爷子脸色一沉，眯眼道：“故事到这里，安安稳稳地继续下去，也能过一辈子，可后来，美人全心依托帝王，帝王却狠心负她，杀她族人，贬她入冷宫，更是在她怀上第二个孩子的时候，纵容皇后发配她去皇陵，使得孩子小产。”

“诊出喜脉的那天，竹马进宫去看了美人，他问美人，心里还有恨吗？美人捂着肚子，面容十分平静。她说，等这个孩子生下来，她就会忘却前尘往事，予帝王一心一意。然而，那孩子没能生下来。”

“美人是自断而亡的。”叶老爷子眼睛发红，“经历了十年挫折都没有选择去死的人，最后死在了帝王给的绝望里。殿下可知道，美人死的时候也是极好看的，面泛桃花，像只是睡着了一般。”

“可是她再也没能醒过来！”

长念愣怔，目光飘忽到旁边窗上的雕花上。

锁梧宫里也有这样的雕花窗，秦妃经常站在窗边看着外头，像是在等谁来。可日复一日，谁也没有来。她姣好的面容渐渐黯淡下去，她转过身来抱起她，放到床榻上，低声叫她快睡。

长念以前心里是有委屈的，她觉得自己的母妃没有别人的母妃那么好，甚至都不给她亲手做个香囊。

可现在她才发现，秦妃真的是一个十分温柔的人，哪怕遭遇了如此不公正的事情，被迫与自己的孩子分开，也没迁怒于她，还是将她抚养成人了。

她的确是个很好的美人，可那狠心的豪杰……是北堂华吗？

第一次见北堂华，是他在秦妃的坟上大哭之时，他哭得太惨了，导致这么多年长念一直没有忘记。那样撕心裂肺的哭法，哪里像个负心人？

总觉得有哪里是不对的，可……想了一圈，长念白着脸问："豪杰的心上人，是指贤妃吗？"

叶老爷子点头："贤妃出身高贵，北堂家的表小姐，生来就傲气，什么都要，要不了就抢，自己的女儿从未去看过一眼。她抢来的皇子病死之时，倒是哭得昏天黑地，最后一病不起，跟着命丧黄泉。"

所以，她的生母心里眼里也是都没有她的。

长念心里发酸，可有外人在，她也不好表露情绪，只能板着脸继续道："竹马想必就是阁下了。"

叶老爷子怅然一笑："她救过我的命，我说过这辈子非她不娶。"

可后来，他还是被迫娶了妻，甚至被人用肮脏的手段强迫洞房。

"我对不起她，她死的时候，我说过，等我给她报了仇，便去找她，下辈子，我迎她为妻，只待她一人好。"捏着茶盏的手颤了颤，叶老爷子抿唇，"可仇在帝王，哪里是那么好报的？这么多年……这么多年了，也不知道她等得着不着急，是不是已经先走了。"

长念沉默半晌，道："所以，炼制毒药不是辅国公的主意，是你本来就想弑君？"

"将白那孩子……"叶老爷子脸上出现了很复杂的神情，顿了一下，才道，"是个好孩子。"

"这算什么话？"长念站了起来，"他是你的亲生儿子。"

"老夫这一生无愧于人，唯一对不住的，只有他。"叶老爷子轻笑，"之前宫里下皇令，说他病危，老夫是知道的，也明白殿下是什么意思，但老夫没有进宫。"

长念脸色一沉："你们这些为人父母的，竟是不把骨肉的性命当回事吗？"

"皇帝必须要死，至于将白，他若也跟着死了，就只能怪他命不好。"叶老爷子垂眸，"不该生在叶家，成了我的儿子。"

"你……"长念咬牙，不知道是在替自己委屈，还是替叶将白委屈，红着眼道，“你和贤妃，眼里都只有自己，一样的自私，一样的残忍，你压根没资格说她什么！”

“是。”叶老爷子大大方方地承认，拿出身上备着的药，就着茶水咽下，平静地继续道，“贤妃眼里只有地位，而老夫的眼里，只有秦妃娘娘，其余任何人，与老夫都不相干。”

放下茶盏，他跪坐好，笑道：“现在好了，秦妃不再，贤妃已死，皇帝也薨了，这场雨过后，天地间干干净净的，就留下一个北堂华，在痛苦中度过余生。”

不是还有你吗？长念刚想这么问，随即就察觉到哪里不对，大步走到他面前抓了他的衣襟：“你刚刚吃的是什么？”

叶老爷子哈哈大笑，道：“不知殿下知不知道，武亲王最会种花，种过很多大花飞燕，那些花送到叶府，被我炼成了毒性不同的丹药，有的吃上半个月才会暴毙，有的吃一颗即会毒发。”

“发”字一落音，他的嘴角就涌出一串黑血，滴上长念的手。

长念瞳孔微缩，慌忙松开他，就见这人整个委顿在地，脸色渐渐青紫，最后透出与帝王一样的绿色。

“凝烟。”他朝空中伸出手，脸上露出十分满足的笑容，喃喃道，“我就知道，你会来接我。”

长念抬头，空中看不见任何东西，再低头，面前的叶老爷子已经闭上了眼，呼吸全断。

“来人！”长念皱眉，朝外喊，“快来人！”

叶将白进宫的时候，就见养心殿侧殿里一片混乱，太监宫女进进出出，一看见他来，吓得跟见了鬼一样，不顾体统地尖叫连连。

“怎么？”看了看里头，叶将白皱眉，“出事了？”

“没……没！”宫女连忙摇头，“殿下……殿下正忙，您可要去旁边的茶室坐坐？”

这气氛，怎么看怎么不对劲，叶将白拂开宫女，径直往里走。

“殿下！辅国公来了！”宫女无法，只得大声喊。

长念听得浑身一震，抬头就见外头的侍卫都被人推着进来，盔甲踉跄，阻拦不住地跌到两边。

叶将白大步跨进侧殿，抬眼一扫殿内情形，身子一僵。

御医半跪在地上，旁边是散乱的药箱，他手里还捏着个药瓶在往叶老爷子的嘴里灌。叶老爷子脸色青黑，嘴角溢血，血凝结成块，一半挂在脸上，一半凝在赵长念的手上。

赵长念跌坐在旁边，满眼茫然地看向他。

“你在做什么？”叶将白眯眼。

长念有点蒙，心想这是不是不太好解释啊？她若说她在救人的话，叶将白信吗？

显然不信，都不用她开口，叶将白大步走上来探过叶老爷子的鼻息，脸色直接就沉了下去。

“殿下还真是……有仇必报。”他抬头看她，眼里卷着惊涛骇浪。

长念沉默。

叶将白指尖发颤，勉强收回来，又忍不住伸手探了探。

没了，叶老爷子半点脉象也没了，身体已经开始僵硬冰冷，再无活过来的可能。

这个从未给过他一丝关爱、从未正眼看过他，甚至间接害死了他生母的人，现在死在了赵长念的手里，连句遗言也没给他留下。

叶将白一时竟不知道自己心里是恨还是痛。

“叶良。”他低唤一声。

叶良冲破守卫进来，半跪在他身前：“主子。”

“把尸体带回去。”

“是。”

御医不敢吱声，连忙退到旁边，长念撑着地站起来，看着叶良将叶老爷子带走，也没让人拦。

“殿下心里舒坦了吗？”叶将白眼里一丝感情也不剩，冷冷地盯着她，“大仇得报，如愿以偿。”

长念看了看他的模样，觉得解释也无用，便反问他：“国公看着我父皇殒命的时候，是不是也是这样的心情？”

叶将白笑出了声："是啊，凡事都要有个公平，我杀你父皇，你杀我父亲，两厢的不共戴天，好，公平得很！"

笑过，他往前半步，俯身看着她，沉声道："那接下来，就看殿下与在下，哪个先死，叫对方报仇了。"

他眼里赤裸裸的杀意，看得长念心尖颤了颤，倒是也笑了。

"恭候国公动手。"她拱手，朝他作礼。

大殿里除了这两人，再无人敢出声，众人连呼吸都放缓了，眼睁睁看着这一场剑拔弩张。

要是叶将白再上头些，他可以直接对长念动手，长念打不过他。可他理智仍在，也要几分风度，狠话放下，转身就走。

出门的时候，他看了一眼在门口守着的黄宁忠，阴森森地道："你这点本事，护不住她项上人头。"

黄宁忠一惊，手按在佩刀上，皱眉看着他。

当天晚上，宫里就加强了戒备，北堂缪亲自带人守在长念身边，寸步不离。见长念心情低落，他还将郑姨娘请进了宫里。

"这双鞋做好呀，殿下夏季就有得穿了。"郑姨娘坐在长念身边，温柔地纳着鞋底，"这次偷偷给殿下绣了荷花，远看看不出来，近看可好看啦。"

长念跪坐在先帝灵前，看着郑姨娘翻飞的巧手，低声问："姨娘知道北堂老将军年轻时的故事吗？"

郑姨娘一愣，将针插在鞋底上，轻轻挠了挠鬓发："殿下怎么问起这个了？"

长念撇嘴，眼眶发红地看着她。

郑姨娘是最心疼她的了，见状不忍心，低下身来轻轻抱住她："好孩子，你长大了，定会听见各种各样的故事，可说故事的人啊，就算掺和在故事里，看到的也未必就是真相，所以听听便罢，不必往心里去。"

长念眼眸微亮，抱着她，抬头问："那……其实我是有人疼爱的对不对？是叶老爷子不知道，他瞎说。"

郑姨娘抿唇，拍了拍她的背：“姨娘疼爱殿下，殿下想要什么，姨娘都给殿下做。”

“我……想要父皇，还有母妃。”长念撇嘴，沙哑着嗓子道，“想要母妃做的香囊，想要父皇的夸奖，想被父皇举起来，想像太子那样被疼着宠着……”说完她抬头，小心翼翼地问，“可以吗？”

郑姨娘听得难受，忍不住酸着鼻子斥了一句：“这些当长辈的不像话，苦全让晚辈吃了，你们什么也没做错，却被他们的过错惩罚着。”

抱着长念，她低声喃喃：“最错的是老爷，他若一开始就明白自己心属凝烟，就不会发生后来那么多事。他错过了，让那么多人跟着错，到头来自己在边关守一座衣冠冢，花白了头也没脸再喊她的名字。”

长念一愣，喃喃地问：“北堂老将军，心属秦妃娘娘？”

“都是前尘往事，断不该在先帝灵前提起。”郑姨娘皱眉，“可这些男人哪个不荒唐？得到的人不珍惜，失去了又后悔莫及，老爷是，先帝何尝不是？咱们女人要的未必是荣华富贵，能与爱人厮守，儿女康健，便是大福气了，他们却偏偏不懂。”

“如今殿下肩上担着江山呢，莫要再去想长辈的事了。”郑姨娘轻声道，“您有自己的事要做，先帝在天上看着呢，您只要做得好，他依旧会夸奖您的。”

长念鼻子酸得厉害，抓着郑姨娘的衣裳喃喃问：“我可以哭会儿吗？就一小会儿。”

郑姨娘颔首，怀抱温暖。

长念“哇”地哭出了声，哭得上气不接下气，喉咙连着胸口一起抽疼。

郑姨娘跟着抹泪，轻轻拍着她，目光落在先帝的灵位上，忍不住长叹一口气。

不知道在九泉之下重逢，这些个故人会是何种心情。

第十章 追兵

沐疏芳知道长念心情不佳，第二天一早就准备好早膳，打算哄她吃两口。

然而，长念醒来，神色如常，不用她多说就吃了两碗饭，然后笑道："我去御书房与朝臣议事。"

她这么正常，沐疏芳反而有些慌张，出门去逮了北堂缪就拉到墙角。

"殿下这样可怎么办啊？"她急得挠墙，"哭也好喊也罢，都能发泄，她倒好，一句话不同我说，十分精神地就去上朝了。"

"精神些不好吗？"北堂缪不解。

"你们男人懂什么！"沐疏芳跺脚，"女人是受不得气的，有气最好就发出来，不然憋在心里会越来越气，最后伤了身子！"

这么一说，北堂缪也有些紧张了，皱眉问："那怎么办？"

沐疏芳瞪眼："是你问我还是我问你？"

北堂缪沉默，一张英气十足的脸上满是茫然。

沐疏芳翻了个白眼，小声嘀咕："我就知道你这人远看着厉害，近瞧就是个傻子。"

"什么？"

"没什么。"沐疏芳清了清嗓子，正色道，"为了让殿下开心些，咱们一起想想办法吧。"

"比如？"

"比如那唐太师不是还闹着要告老还乡吗？闹得殿下不甚舒心。"捋了捋袖口，沐疏芳浅笑盈盈，"收拾他！"

收拾唐太师？北堂缪皱眉道："唐太师手段得了，人脉也宽广，殿下尚且不能动他，你我能如何收拾？"

沐疏芳眯着眼睛朝他勾勾手，小声嘀咕一阵。

唐太师站在御书房里，满脸都是不屈："这是请辞书，还请殿下过目。"

旁边几个老臣一阵窃窃私语，长念在上头坐着，只笑："太师正值壮年，何来'老'之说？告老还乡到底是言重了，先回府休息几日吧。"

唐太师不满，直言道："如今先帝薨逝，皇位无人，殿下与国公两分朝政，百官不安，民间也是议论纷纷。这乱局老夫无法平正，不如辞官归去，眼不见心不烦。"

说来说去，依旧是主张迎太子回来继位。

长念微笑，抬手示意旁边的黄宁忠："送太师回府。"

"是。"

"殿下想做什么？"唐太师警觉，"我可是太师，两朝的元老！当着这些大人的面对我动手，不怕寒了众人之心吗？"

"太师言重，我如何会对太师动手？"长念道，"太师累了，我让黄大人送您一程而已。"

这表面功夫都是叶将白教她的，面上过得去，其余的事暗地里再做。唐太师与季国柱家是姻亲，断不能放出京都，先把人扣在府上，再另想办法就是。

唐太师被黄宁忠“扶”着出了大殿，赵长念神色平静地扭头，问：“还有什么事？”

“先帝陵寝已经安排妥当，钦天监择了吉日出殡。另外……叶家老爷子也仙逝了，国公府的消息称，叶老爷子是为殿下所害。”冯静贤抿唇，“此等谣言不利于殿下树立威望，但起源在国公府，一时也难平。”

“叶老爷子是自己吃毒药而亡，并非我所害。”长念淡声道，“他死前招认自己毒害先帝，按照律法，叶家当抄九族。”

群臣一惊，有不相信的直接开口：“当真？”

“千真万确。”长念起身，“武亲王于宫中种大花飞燕，叶氏以大花飞燕炼丹，制成毒药，宫里御医查过叶氏送进宫的丹药，铁证如山。即刻传令刑部，缉拿叶家余孽和武亲王，一并归案受审。”

原本是被指残暴的七殿下，反手一张牌打在叶将白的脸上，直接将叶家人都扣成了弑君谋逆的乱臣贼子。

长念有优势，那便是皇室血统，在天下人看来，她始终是正统，哪怕如今权势不及叶将白，也总能一点点翻身。

传旨的人飞快地走了，长念侧头看向还留着的礼部之人，打起精神问：“礼部有何事？”

礼部侍郎王兴和是冯静贤举荐上来的人，对长念甚为恭敬，他行礼道：“先帝薨逝之前曾给过礼部旨意，要封殿下为郡王，礼数已经准备妥当，就等殿下接印了。”

长念不解：“封我为郡王？什么时候的事？”

“行宫落成之时就下了旨意，后来行宫之事查清，陛下维持原旨不变，只是未曾发邸报。”

“……”

微微一晃神，长念想起了床笫之间温柔抱着她的那个人，低声在她耳边说过：“你许我，我便许你王爷之位，可好？”

她都忘记这件事了，也以为他定是忘记了，没想到……

眼底微微有些戾气，长念抿唇："父皇丧期未过，封赏都押后。"说罢起身，去窗口吹了吹风。

春意浓了，没了寒冬的彻骨霜冷，枝头绽了桃花，摇摇曳曳的，像那人眼角眉梢里融着情意一般动人。

长念心口微疼，喃喃低语："逢场作戏，都说过了恩断义绝，哪有还念着的道理？"

国公府。

叶将白看着桌上的沙盘走神，风停云犹自安排着人："届时你们在这里等着，尽量活捉，若是不能活捉……"

他一顿，看了看叶将白。

叶将白双目无神，却还是冷静地替他接上："死要见尸。"

"是。"叶良和林茂应下。

风停云看了看京都的地图，笑道："咱们的七殿下还真是了不得，也不知哪儿藏着的本事，朝中竟有这么多人愿意帮她。民间也是，也不知哪里放出去的消息，说叶家弑君，闹得沸沸扬扬。"

"低估了她。"叶将白垂眸，再睁眼，眼里已是一片清明，"往后行事，都不必留情面。"

"有人不心疼了？"风停云挑眉。

"家国大业，哪有余力说其他。"叶将白道，"尽力而为便是。"

安排好的人都走了，院子里只剩下两个人的时候，风停云突然问了叶将白一句："你到底为何想拿这江山？"

叶将白没答。

他看向外头高挂的白幡，白幡吹落之处是叶老爷子的灵堂，一副厚重的棺材停在那里，安安静静的，终于是一个字也不能再说出来指责他。

幼年时的叶将白其实没这么横，而是个知书达理的温柔孩子，送去官家子弟的学府里念书，他常能以小几岁的年纪考到全府第一。

可惜叶老爷子一次也没有夸过他。

起先叶将白以为是自己做得不够，所以他考学府第一不算，还中举、考进士、考状元。喜报发到叶家，全家上下高兴得不得了，围着他将他夸得天上有地上无。

小叶将白期盼地看向主位上的父亲，可叶老爷子别说夸了，脸上半点喜色也没有，仿佛面前的是别人家的孩子。

小孩子努力了却得不到父母的夸奖，会很委屈，努力到极致了还得不到夸奖，那就会生恨。在生母仙逝那天，叶将白搬出了老宅，自立门户，立誓要站在最高的地方，让叶老爷子给他认错，让他真心实意地夸他，以平心头之恨！

这么多年的运筹帷幄，他离成事只剩一步，可就这一步，叶老爷子也没再等他。

哼笑一声，叶将白关上了窗户，低声喃喃："不夸便不夸，这天下有的是人会夸我，不缺你一个。"

风停云看着他，眼里有几分不忍，却没开口说什么。

骄傲如叶将白，是不需要别人的怜悯的，与其怜悯他，不如陪他共成大业。

唐太师气闷地坐在自己的府邸里，旁边的姬妾哭着道："老爷，不是说咱们能走的吗？结果刚到三圣山脚下，就全给送回来了。眼看着太子大军压城了，咱们这些人可怎么办呀？"

"是啊，几个少爷还小呢，哪能磕碰。"

"那外头怎么就守着人了呀，七殿下当真这么狠心，要将咱们软禁吗？"

吵吵嚷嚷的，唐太师头更痛，忍不住怒斥："都闭嘴！"

他也想出去，但那黄宁忠他吓唬不住，又谁的面子都不看，只听七殿下的，这会儿带兵守在这里，他还真的没办法。

正愁着呢，外头突然有家奴来禀："老爷，有人递了信来。"

"哦？"唐太师连忙伸手接过，打开一看，大喜。

“有救了，太子派了人来接应咱们！”他起身，招手道，“快快快，都收拾一下，把几个小少爷带上，等天黑之时去东侧门等着。”

姬妾一听，立马欢呼作鸟兽散，这个说要拿首饰，那个说要带嫁妆。

“乱七八糟的东西都不准带！人能走就不错了！”唐太师气得直拍桌子。

然而，傍晚时的侧门处还是堆满了大大小小的箱子，唐太师无奈地等着，不一会儿，当真有人打开了侧门。

“太师请。”

众人欢呼，又连忙纷纷捂嘴，鱼贯而出。唐太师坐上马车，朝那接应的人感激地道：“多谢大人，也要多谢咱们太子殿下！等出了城，老夫一定调动昔日门生，都投效殿下。”

领路的人低声应了，驾车带他们一路走在小巷里，眼看着接近城门了，马车却陡然一停。

“怎么了怎么了？”唐太师探出头去看，却见驾车的位置上已经没人了，前头倒是站着人，但个个拿着长棍，看起来不太友善。

“这是做什么？咱们可是太子殿下要接的人哪！”

领头人压了压斗笠檐，沉声道一句：“叛国之贼。”

提棒，打之！

尖叫声顿起，唐太师想跑都来得及，被那人按在地上一顿狠揍，后头的姬妾也没能幸免，被个矮个子的黑衣人堵住，挨个狠揍两下。一时间这巷子里场面混乱，哭喊不停。

揍过一顿，黑衣人消失无踪，黄宁忠很适时地带着人赶到，把这一大群人统统“送”回了唐府。

一贯是养尊处优的人，哪里经受过这样的委屈？姬妾们个个哭天抢地，唐太师也脸色铁青，弄不清是怎么回事，回去生了好一通的气。

第二日，又有信来了，还是太子说要来接他。

唐太师又气又疑，想了想，独自带着管家跟着接应的人走。

这一次，接应的人顺利地将他们送到了城门外。

唐太师大喜，连忙喊："快去把小少爷和姨娘夫人也都接出来！"

"是！"

人接出来了，唐太师高兴地扭头，打算谢谢接应的人。然而，一转头才发现，人又不见了。

心里一沉，唐太师拔腿就跑，结果前路已经被熟悉的黑衣人堵住了，然后给了他们一顿狠揍，跟上回一模一样。

"陷阱，这是陷阱！"唐太师大怒，青黑着眼咆哮，"何方竖子，戏弄于老夫！"

黑衣人依旧围着他们，只有一高一矮的两个身影揍完就撤，跑得飞快。

"哈哈哈！"沐疏芳摘下斗笠，边跑边笑，"有趣，实在有趣！"

北堂缪跑在她身侧，面无表情地道："如此对待两朝重臣，有些不妥。"

"是哦！两朝老臣啊！"沐疏芳点头，看着他问，"那要不咱们再回去多揍两拳，叫他知道自己的分量？"

"……"北堂缪扫她一眼，别开头，忍不住弯了弯唇。

坦白说，这法子太粗暴了，可他很喜欢，拳头到肉最是解气，比变着法让人难受舒服多了。难得沐家这大小姐竟然能跟他想法一致，事不过三，之后就算真有太子的人来接应，唐太师也定然是不走了。

长念可以稍微省点心。

跑到一处凉亭，北堂缪停了下来。

凉亭里有小贩在卖花环，他看了看，抿唇问了沐疏芳一句："女儿家，喜欢这些东西吗？"

沐疏芳凑过来瞧了瞧，恍然一笑："自然是喜欢的。怎么？将军想给殿下带些？"

认真地挑了一个给了钱，北堂缪眼里泛光，小心翼翼地将花环放进袖袋，然后才道："她从不问我要什么，我也不知道她喜欢什么。"

沐疏芳摸着下巴打量他半晌，突然拍了拍他的肩：“将军是不是心属殿下？”

北堂缪沉默，别开了头。

“你就算不回答，我也知道答案，有什么好害羞的？”沐疏芳笑着道，“真若是喜欢，说与我听，指不定我还能帮上将军的忙。”

“……你是皇妃。”北堂缪皱眉，“哪有皇妃帮人讨皇子欢心的？”

左右看了看，沐疏芳低声道：“别家贤惠的皇妃还都帮着皇子纳侧妃呢，更何况我与殿下这关系？她若能寻得良人，我倒是替她高兴，总比与辅国公纠缠来得好。”

提起叶将白，北堂缪满脸不高兴。

“长念喜欢他。”他道，“可我委实没看出那人哪里好。”

“也不能这么说吧，国公有国公的好处，毕竟皮相过人，有谋有略，又是权倾朝野的人。这样的男子，得人欢心很正常。”沐疏芳掰着手指说完，发现旁边这人看她的眼神有点凌厉，立马接着道，“不过将军也是人中龙凤，丝毫不比国公差呀，您战功赫赫，比绣花枕头可厉害多了！”

北堂缪心气稍平，道：“娘娘若能帮成，在下必定重谢。”

“好说好说。”沐疏芳拍手，“走，咱们回宫去。”

长念正在宫里准备春礼安定人心，她昨晚没睡好，脸色有些苍白，拢着宽大的袍子，像个衣裳架子似的晃荡在养心殿前庭。

核对赠礼到一半，红提禀告：“北堂将军来了。”

长念抬头，就见北堂缪着朝服走过来，拱手道：“四道城门防御已经设下，太子大军分散在东南西三个方向，距主城十里有余。”

“辛苦将军。”长念颔首，“太子一时半会儿不敢贸然攻城，咱们还有几日安生觉好睡。”

话说到这里，只答一声是就该没话说了，北堂缪皱眉，回头看了一眼。

沐疏芳站在侧堂的拐角处朝他直瞪眼。

上啊！女人就爱听好听的！刚教的你都忘了不成？

北堂缪抿着唇将脑袋转回来，开口道："今日瞧见城外的花都开了，开得挺好看，像极了殿下，故而给殿下带了些回来。"说着去袖袋里拿那花环。

然而，他忘记了进宫之前是更过衣的，花环在那套玄衣的袖袋里，朝服的袖袋里空空如也。

北堂缪手僵在衣袖里，有点尴尬。

长念伸着脑袋看了看，眨着眼问他："花呢？"

北堂缪沉默，一张脸阴下来，转头就走了。

长念满脑袋问号，问红提："将军这两日心情不好？"

红提茫然地摇头："奴婢不知。"

蠢啊！这么蠢的人，长得再英俊也难得人欢心啊！沐疏芳恨铁不成钢地提着裙子出去救场。

"殿下。"

"咦，芳儿你也来了？"长念笑道，"这两日听闻你回了国公府一趟，倒不知什么时候回来的。"

"刚回来不久。"疏芳笑着拉了她的手，"殿下，妾身在国公府听闻了不少关于北堂将军的事呢。"

"哦？"长念挑眉。

见她有兴趣，沐疏芳连忙将人拉回侧殿，摆了茶笑道："将军对殿下委实好，为了让殿下安心，将那唐太师收拾得老实极了，听黄统领说，唐太师几次企图逃跑，都被北堂将军亲自带人抓了回来，后来给机会让他跑，他都不再跑了。"

长念弯了眉眼："将军厉害。"

"可不是吗？比起旁人，将军又厉害，对人又好，实在是个不可多得的良人。"沐疏芳极尽所能，将北堂缪夸得天花乱坠，"谁若能嫁给他，定是修了几辈子的福气。"

长念眨眨眼，歪着脑袋道："我怎么记得你之前说北堂将军冷清不近人，嫁给他没好日子过？现在怎么又成福气了？"

“……此一时彼一时。”沐疏芳笑道，“以前与将军不算相识，对他的了解片面了些。如今才发现，将军是个很好的人。”

骄傲如沐大小姐，为了不嫁给男人，宁愿与她这个假男人成夫妻。可现在，她竟这么看好北堂缪吗？长念摸着下巴想了想，也对，朝中上下能压得住这位大小姐的，只有兄长，她看上人家，也在情理之中。

但麻烦的是，她们已经成亲，她若想再嫁，颇为麻烦啊。

琢磨半晌，长念迟疑地开口：“眼下正值危难关头，这等儿女情长之事，不如放在大局定下之后再论？”

“妾身也没有催殿下的意思。”沐疏芳笑道，“毕竟身份特殊，想成事也没那么容易。现在说，只是希望殿下百忙之中能多考虑考虑。”

“好。”长念笑着点头，“我会好好考虑的。”

北堂家也一直想让北堂缪成亲，若对方是定国公府，细节方面也许不会太过看重？可麻烦的是她与沐疏芳该以怎样的方式了结，才能堵住天下众口呢？

长念有点发愁，撑着下巴想着，眉头都皱了起来。

沐疏芳看着，却以为她是在认真考虑她与北堂缪的关系，不由得露出老母亲般的慈祥笑容。

北堂将军太蠢了，还是得她出马，比较容易搞定。

先帝头七过了，多在宫里停灵三日再送往皇陵。由于皇陵位置隐蔽，故而出殡这日，长念只带了亲信护卫黄宁忠以及北堂缪，于黎明出发，遮掩好行踪，一路离京。

路上，黄宁忠麾下副将还在向她禀告：“此行穿过三圣山，从山南下去，过北水溪，大军便可停下，由几个亲卫抬棺入陵。地图是兵部几位重臣敲定的，绝没有泄露，请殿下放心。”

长念颔首，她故意拖延三日出殡，就是为了防着叶将白动手，今日她出宫都没几个人知道，宫里更是有沐疏芳替她坐镇，假装她在，应该是万无一失。

放下戒备，她下车，去棺木车旁边扶着车辕走。

先帝生前也算是性情中人，爱极了美色，也爱极了财物。礼部曾提议让后妃殉葬，这本也是规制，但长念没允，只让人扎了三千纸人随葬。

朝臣有因此议她不孝的，也有因此夸她是明主的，长念都没放在心上。她只是觉得，女人并不是牲口，没有理由要跟着夫君一起死，况且，先帝生前已经负了太多人，死后没必要再背亏欠。

三千纸人堆成山，放在后头的牛车上，风吹过去，哗啦啦一阵响，长念听着这声音走了神，突然觉得哪里不太对劲。

“宁忠。”她停下步子回头，看向那些牛车，“纸人都是捆在车上的吗？”

黄宁忠拱手禀告：“是捆好的，一车五十个纸人，从各处汇集而来，路上没有引起百姓注意。”

捆着的纸人……为什么被风一吹，响声一点也不空落，反而很沉闷呢？

松开车辕，长念往后走，穿过礼队，看向后头浩浩荡荡的牛车。

人高的纸人被线从空心穿过，捆成五摞，一摞十个，平躺在牛车板上，高些的纸人被风一吹沙沙直响，而下面的……纹丝不动。

“殿下。”旁边的守卫朝她行礼，长念摆手，一路往后走，看了半晌，选了一辆牛车，伸手抓着个纸人的手，扯了扯。

一根线穿着的纸人，按理说是能扯动的，但她这一扯，明显能感觉到里头有东西压着。

“牛车全部停下。”长念眯眼传令，“让黄宁忠带先帝灵柩先走。”

“是。”

送灵的队伍有半里长，等命令传达下去，已经是半炷香之后的事情了。长念守在牛车边，看着朝她跑来的北堂缪，二话不说就拔出了他腰上佩着的剑，刺向最底部的纸人。

一声闷哼，牛车上成捆的纸人突然炸开。

旁边的守卫纷纷拔剑，北堂缪反应更是迅速，直接护着长念退后五步，低喝一声："捉拿刺客！"

"是！"

守卫持剑便想上前，不承想六十辆牛车里，有五十辆出了问题，最底层的纸人里装着刺客，刺客暴起，直接将后头还未反应过来发生了什么事的守卫割了喉。

"快走！"北堂缪拉了长念就往后撤，一眼扫过去，每辆车上下来五六个人，他们今日带的人不多，恐怕有危险。

长念跟着他退，目光扫过前头先帝的棺椁，皱眉下令："带人去护着前头先撤，咱们分开走。"

知她惦记先帝，北堂缪也没多犹豫，将守卫都指派去前头，只身带了三十护卫护着长念往北边羊肠小道撤退。

从这条羊肠小道能快速回到皇城，本是最好的选择，但没想到，走到半路，前头的树林里突然张起了几张猎网。

"小心！"北堂缪皱眉，将长念护在身后。

长念扫了四周一圈，苦笑："千算万算，还是没能逃过。"

北堂缪不解，刚想问她逃什么，就见叶良捏着佩刀站在了猎网旁边。

"殿下。"他拱手行礼，"国公请殿下往国公府一叙。"

"国公真是煞费苦心啊。"长念失笑，抬眼看他，"为了我这条命，没少费工夫。"

叶良拱手，猎网旁边涌上来近百黑衣人，步步朝他们逼近。

长念问："你们国公的命令，是活要见人，死要见尸吗？"

叶良大概是深谙反派不能话多的道理，没有开口回答她。

"殿下站好了。"北堂缪盯着叶良，捏着长剑的手紧了紧，骤然动身，越过黑衣人，直取叶良首级。

擒贼先擒王，这里这么多人，他以一己之力是无论如何也打不过的，只能擒住叶良，然后再谋生路。

长念看出他的想法，不想拖后腿，立即躲回护卫之中。护卫与黑衣人拼杀起来，北堂缪也与叶良过起了招。

叶良功夫了得，北堂缪硬是过了三十招才寻到他的弱点，将人反手扣住，横上长剑。可与此同时，护卫战败，长念被黑衣人挟持住，刀刃逼喉。

“放开殿下。”北堂缪沉怒。

叶良却很平静，吩咐道：“将殿下带回国公府，不必管我。”

“是。”黑衣人齐齐后撤。

北堂缪手上一动，叶良喉间流下一抹殷红。

“壮士不惜命，叛贼也是冷血无情。”北堂缪道，“好，你不怕死，我便送你一程，再去救殿下。”

欲撤走的黑衣人见状，又停下了。

林茂扯了面巾，恼道：“殿下此去也未必会丢命，北堂将军何苦呢？”

“杀人而已，说什么苦不苦？”北堂缪淡声道，“举手之劳。”

横的碰见更横的，林茂无法了，想了想，道：“将军放人，我们也放人，如何？”

长念冷声开口：“别听他们的。”

这样的境况，即使对方放了人也能再把他们抓住，但北堂缪放了人，就等于任人宰割了。

林茂将剑靠近两寸，低声道：“殿下还是莫开口的好，否则您这细皮嫩肉的，像叶大人那样划一刀可不好看。”

北堂缪看了看她，皱眉道：“成交，你们先放。”

林茂倒是大方，将剑拿下，把长念往北堂缪面前一推。

北堂缪松开叶良，伸手接住长念，后退几大步，眼里带了嗜血之意。

“殿下怕血吗？”他问。

长念握着拳头摇头：“不怕。”

“好样的。”北堂缪轻笑，然后提刀，带着千钧之力，一刀同时抹下冲上来的两个人的脑袋。

头颅飞落，鲜血四溅，长念睁大眼看着，哪怕手指微微发抖，也没闭眼。

她要看着，这是她的人在为她冲杀的模样，这模样她要记在心里，以后万不能因为别的事心软，反而害了他们。

北堂缪素有战场杀神之名，长念只是听过，这是头一回看见。他玄色的披风飘落在地，铠甲上泛着红光，长剑没有任何花招，出必取人首级，收便以衣袍抹血，翻手再战。

他长眉入鬓，威风凛凛，像一个盖世英雄。

然而，周遭的人可真多啊，像潮水一般，退几步又涌上来，北堂缪砍杀十几人，捏着长剑的手因用力太猛而发颤，不甚露了破绽，被叶良一剑刺在腰腹。

“兄长！”长念惊声尖呼，拔了帮忙守卫的剑就上前去，与他背对背，急声问，“你还好吗？”

北堂缪皱眉，喘着粗气道：“殿下先走。”

“我走了，你必死无疑。”长念咬牙，抬头看向叶良，恨声道，“你们住手，送将军回城就医，我跟你们走。”

“殿下！”

“我知道分寸。”长念沉声道，“兄长，我不是一个凡事都需要人去替我死的废物，今日你若用性命护我逃了，我也成不了事。”

“可……”

“你能回去即可。”长念低声道，“我有法子让叶将白没那么快杀了我。”

说罢，她扔了剑，扶着北堂缪对叶良道：“你们开路！”

护卫死伤过半，北堂缪重伤，赵长念这一方已经没了反抗的余力。叶良想了想，收剑入鞘，转头道：“带他们回城。”

“是。”

黑衣人分三个方向，封死他们所有可能逃跑的路，长念将北堂缪的胳膊架上自己的肩，低声道：“兄长省些力气，尽管倚着我。”

北堂缪闷哼，扫一眼四周，甚为恼怒却无再破之法，只能跟着他们往前走。

“国公藏着的高手真是不少。”长念走着，低笑道，“我从前在国公府竟从未发现他们。”

这一百多人训练有素，五百护卫也未必拿得下他们，更何况他们是有备而来，打了她一个措手不及。

其实若是集结所有的护灵军，倒是尚可一战，但长念不敢拿先帝的棺椁来赌，叶将白大抵也是算中了这一点，所以只派了这百余精锐。

真是厉害啊。

叶良眼含愧疚地看了看她，轻声道：“主子有他想为之事，还请殿下体谅。”

“体谅，我怎么可能不体谅？”长念耸肩，“我与他一样有自己想为之事，只是棋差一步，这回落在他手里罢了。”

换作他给了她这样的可乘之机，她也不会留情。

北堂缪靠在她身上轻喘着气，两人走过一条碎石路时，长念突然听得他低声道：“前头有个土坡，咱们尚有逃走的机会。”

长念抬头看了看，前面的确有个土坡，越往下口子越窄，但北堂缪身上有伤，哪里还能这么折腾？

她摇头，示意他别再多想。

北堂缪没再说话，走了一截路，停下来扯了腰带将伤口缠住，复又前行。到了那土坡口上，他突然动作，以身护住长念，迅速地往下一滚——

“兄长！”长念惊呼。

山坡上的小径只允两人同行，黑衣人是前后夹着他们的，没料到北堂缪受了那么重的伤还会想着逃跑，等反应过来去追，人已经滚落到了坡底，眼看就要起身跑了。

“叶大人！”林茂急喝一声。

旁边的弓箭已经飞快地架了起来，叶良下令人跟下山坡去追，低声道："他们有伤，能追上是最好，弓箭难免误伤……"

"这算什么误伤？国公之令，生死不论啊。"林茂皱眉，"左右要的不过就是七殿下的性命，现在拿和回去之后拿，有何区别？"

叶良想说，区别还是很大的，但林茂已经等不及了，握拳下令："放箭！"

一排弓箭手，十箭齐发，然而准头实在太差，七零八落地扎在地上，只一箭瞄准了北堂缪。

北堂缪犹在对长念道："出了这片林子，前头就有村庄，你找地方藏起来，等他们走了……"

话没说完，他就感觉长念飞快地抓着他的胳膊，将他与自己转了个向。

北堂缪差点被甩出去，忙拉住她，皱眉问："怎么了？"

长念眨眨眼，深吸一口气道："没事，后有追兵，兄长与我同行，怕是一个也跑不掉。前头既有村庄，兄长便往那边跑，我身上无伤，跑得快，去另一侧引开人，若是不幸落入贼人之手，兄长还能带人来救我。"

北堂缪愣了愣，来不及多想，就被她推了一把："没机会犹豫了，快跑！"

后头追兵已至，北堂缪转身疾行，跑到半路回头，就见长念已经蹿出去老远，红色的衣裳在风里猎猎作响，后头跟了一串追兵。

追他的人离得尚远，北堂缪咬牙，快速冲进村庄。

风紧人疾，北堂缪一时都没来得及想，今日出殡，长念为什么会穿红衣裳。

羽箭穿背，为了不让北堂缪看见，赵长念咬咬牙直接将箭拔了，可后果就是血流如水，整个后背都被浸透，没跑两步就眼前发黑。

她回头，发现看不见北堂缪的影子了，才停下来，跌坐在地。

"殿下！殿下！"叶良跑过来，半跪在她面前，倒吸一口凉气，"您……您还好吗？"

怎么看也好不了吧？长念轻笑，努力睁眼，却只能看见一个模糊的影子。

“叶良。”她喃喃，“你说得没错，国公杀伐果断……是乱世豪杰。”

最后一个“杰”字话音未落，人已经闭上了眼。

叶良吓得面无人色，解下腰带将她的背缠了两圈，急声道：“快将殿下抬回城！快！”

林茂按照他的话吩咐下去，可到底有些不解，忍不住小声嘀咕：“国公就算之前与殿下有些交情，可如今都各自为政了，大人还这么在意七殿下做什么？”

“你……我没法解释。”叶良连连叹息，“这消息，你去禀给国公吧。”

本来抓住七殿下是两人的功劳，叶良却要让给他一个人吗？林茂纳闷的同时倒也欣然接受，一回到国公府，就去了主院。

叶将白正在修剪瓶子里的桃花，一身白衣纤尘不染，看起来像是从墙上画里走出来的人，优雅、俊美。

林茂笑着赞叹：“国公真乃天上人也。”

叶将白抬眼看他，问：“人抓到了？”

“是。”林茂拱手，“北堂缪跑得太快，不过七殿下咱们留住了。”

竟是撇下她自己跑了？叶将白嗤笑，漫不经心地拿着花剪问：“人在哪儿？”

“在侧院里关着。”林茂道，“抓的时候弄伤了，叶大人似乎很紧张，已经让大夫过去了。”

花剪一错，剪掉了一朵开得正好的，叶将白抿唇，若无其事地道：“伤着很正常，委实不必紧张，人总归是要下黄泉去的。”

“卑职也觉得是如此。”林茂松了口气，心想叶良怕是对七殿下有私心啊，瞧瞧国公，压根没在意嘛。

“把有功的人都报上去受赏吧。”叶将白道。

林茂笑着道：“卑职与叶良大人都算是次功了，头功该给黄安，是他百步穿杨，一箭射中七殿下，咱们才能将人留住，不然到嘴的鸭子还得飞了。”

桃花在花瓶里吐蕊，婀娜芬芳，颜色极佳。叶将白盯着花瞧，一时没有反应过来林茂这话是什么意思。

林茂犹自道：“卑职这便去与许大人说，卑职告退。”

屋子里安安静静的，叶将白反应了半晌，终于明白了过来。

赵长念……被箭伤了？

她那么柔弱的身板，被箭射伤，还有命在吗？

放了花剪，叶将白抿唇，往外走了两步，又停下。

有什么好看的？不是说了她早晚会下黄泉的吗？那命没了又如何？与他何干？她在养心殿的时候，不也未曾在意过他的生死吗？

重新拿起花剪，叶将白气定神闲地剪了一瓶花，然后才听得良策进门的动静。

“主子，先帝棺椁已经去往皇陵，北堂将军下落不明，正在搜查附近的村庄。宫里已经收到了消息，但无人有动作。”

“嗯。”叶将白颔首，复又看向他。

良策想了想，又道：“侧堂也已经安顿好了，守卫十分森严，外人断不可能闯入，里头的人也跑不出去。”

“嗯。”

主子的目光没移开，那便是还有想听的消息，良策努力想了想，道：“太子殿下那边似是有意与国公言和，已经派了属官来试探咱们的意思。”

叶将白皱眉：“不必理会。”

还有呢？

还有什么啊！良策掰着指头数了数，大事都禀告过了，剩下的鸡毛蒜皮的小事也不在主子的处置范围之内，于是他只能硬着头皮站着，沉默。

叶将白抿唇看了他好一会儿，叹了口气，道：“行了，下去吧。”

“是。”

雪松站在屋子里看着旁边的花瓶，连连赞叹：“主子手艺了得！”

叶将白瞥他一眼，道：“花瓶里的花，始终没有外头的来得自然讨喜。”

方才要剪春色进屋的是您，一转眼说不如外头好看的也是您。雪松腹诽，可也只能顺着说：“那要不咱们再出去瞧瞧？”

“甚好。”

雪松陪着他出去，指着院子里的桃花就夸，说这春色甚好，比得上怀国有名的桃花山。

自家主子脸上有两分笑意，却有点心不在焉，听他说着，余光往侧堂扫了一眼。

雪松不知道他在看什么，跟着看过去，发现侧堂大门紧闭，什么也没有。

“除了咱们院子，府里还有别处有桃花吗？”叶将白问。

雪松答：“有的，外头好几个院子里都有，今日难得主子心情好，要去赏赏花吗？”

“可以。”

第十一章 算计

这几日叶将白夙夜不眠地处理事务，风停云都担心他会累得病倒，好不容易他自己肯休息，雪松自然是尽心尽力地陪他将有桃花的院子逛了个遍。

然而，一圈走下来，主子反而兴致索然了，回屋关门，一句话也不再说，又埋头到公文里去。

国公府里不知怎么就传出了辅国公喜欢桃花的传言，一时朝臣纷纷献上好看的桃树移植进国公府，更是有人大费财力，从以桃花出名的怀国移来了珍贵的桃树栽种。

然而，辅国公看起来并不怎么开心，一张脸整天阴沉着。

长念浑浑噩噩地挣扎了许多天，叶良请了好几个大夫，勉强将她从阎王殿拉了回来，府里不停地有人告诉他没必要救了，直接禀告国公，说人死了，那还省事呢。

叶良没听。

他是跟在主子身边最久的，也是与主子最亲近的，主子想要什么，他很清楚。

秦大成不知为何对照顾七殿下这件事挺感兴趣，时常来帮忙，还去寻了不少好药材，如此折腾了五日，长念终于转醒。

一睁眼，她就看见了床边的秦大成。

舅舅。她张了张嘴，没发出声音来。

秦大成眼眶有些发红，替她掖着被子道："醒了就好，大夫说了，你能醒过来就没事了。"

长念眼珠子动了动，看了看四周，苦笑，嗓子沙哑无比："我以为我出了阎王殿了，没想到却是回到了鬼门关。"

"哪能说这样的话，人还活着就是有希望的。"秦大成替她斟了茶，吹得半温喂她喝下。

长念看了看，屋子里没别人，她问："北堂将军跑掉了吗？"

秦大成点头："已经回宫，说是受了重伤，也在休养，这几日未曾听到别的消息。"

"那便好。"长舒一口气，长念笑了笑，摸了摸肚子道，"我有些饿。"

"这么多天都是吃药熬过来的，能不饿吗？"秦大成嗔怪，将她扶起来些，又把饭菜端过来，"厨房做好送来的，还是热的。"

长念低头一看菜色，愣了愣，恍然间以为自己回到了当初在国公府的时候。

瞿厨子手艺极好，做的菜都合她口味。她最爱吃肉，瞿厨子每回也给她做很多肉，眼下她有伤，膳食清淡，但那粥里还是放着切得细碎的肉糜，点上些葱花，香气四溢。

喉咙紧了紧，长念端起碗自己喝了两口，咧嘴朝秦大成笑了笑："多谢舅舅。"

"谢我做什么？"

"如今侄儿在国公府为囚，若是没有舅舅，哪儿还能有这等待遇？"想起秦妃的事，长念垂眸，"侄儿以后会孝顺舅舅的。"

“傻孩子。”秦大成摇头，又觉得欣慰，虽然这待遇不是他争取来的，但长念是个感恩的好孩子，值得他疼。

外头有些动静，秦大成听见了，连忙坐回桌边去，不一会儿就见叶良推门进来问：“殿下醒了吗？”

“醒了，已经能进食了。”秦大成答。

叶良也松了口气，朝长念拱手：“殿下保重。”

长念点头，听得窗外有人声，忍不住皱眉：“是谁要来了吗，这么热闹。”

“不是。”叶良看了看窗外，道，“国公近来偏爱桃花，院子里各处都在栽种移植，这院子虽然小，但也有花圃，少不得要种上。”

“原来如此。”喝完粥，长念侧躺回去，半合了眼道，“你家主子若是有空，便请他过来一趟，我有话要说。”

叶良闻言，立马去禀告叶将白。

然而，叶将白听着，手里的文书却没放，冷声道：“她要说话，我就必须要听？她以为她是谁？”

叶良好奇地看着他。

叶将白拿文书挡了脸，不耐烦地道：“有空再去，忙着呢。”

院子里的桃花栽上了，粉嫩嫩的一树，当真是挺好看。

然而长念一次也没机会瞧，伤口崩裂，又靠大夫好一番妙手回春才缓过气来，她觉得自己的小命有点脆弱，于是托秦大成送出去一封长信，请二皇兄回京帮忙。

“若是我这一遭没能扛住，”她白着小脸道，“便让二哥去找疏芳和北堂将军，他们知道该怎么做。”

秦大成应下，带信离开。

长念等来叶良，又求他一次：“劳烦大人再传话给国公，请他见上一面。”

……

“不见。”

叶将白冷冷地回绝，抬着下巴十分傲气地道：“今日也没空。”

她当他是什么？招之即来挥之即去？他才不会再像以前那么傻。起码得求三次，他去了才显得他没那么好对付吧。

叶将白抿唇想了想，又吩咐雪松："去给我挑个好看的姑娘来，要那种小家碧玉小鸟依人的。"

第三次就算要见，他也定要把之前丢的颜面都找回来！

然而，等了两天，叶将白也没等到赵长念的第三次请求。

叶良在他身边已经站了半个时辰，就只是像平时那样站岗，完全没有要开口说话的意思。叶将白斜眼瞧着他，心想不说就不说吧，他也没期待什么。

然而，没一会儿，雪松进来禀告："侧院的开销有些大了，管家让小的来问您一声，是要继续救七殿下，还是……"

叶将白皱眉："是何等大的开销，竟需要你来禀我？"

雪松叹了口气："七殿下伤口深，反复崩裂，人也失血过多，一直拿血参和灵芝吊着命，开销自然小不了。"

叶将白一顿，收了袖子别开头："我让你禀开销，没让你禀她伤势。"

雪松很无辜，他只是顺口提了一下，不说伤势，怎么能明白要用多少血参灵芝呢？

"主子想去侧院看看吗？"叶良轻声问了一句。

叶将白将身子靠回椅子上，淡声道："看她做什么？吩咐下去把人救着就是了，宫里还没反应，在我下令之前，你们把人给我留好了。"

"是。"雪松退下。

叶良偷偷打量了一番自家主子，想了想，问："您要去看看桃花吗？"

叶将白抬头看他一眼。

叶良移开目光，面色正经。

半炷香之后，两人站在了侧院的桃花树前。

"府里那么多树，还是这一处开得最好。"叶良淡声道，"主子以为呢？”

叶将白站在旁边，神色难辨，半晌才低低应了声：“嗯。”

丫鬟在院子后的侧堂里进进出出，见着他在，远远地朝他行礼：“国公。”

长念躺在屋子里，隐约听见了声音，勉强撑着身子起来，却是一阵头晕，又栽回床上，半晌才缓过神。

“您要做什么？”随侍的丫鬟为难地看着她，伸手想扶，又不敢。

长念朝她招手：“帮我一把，我要下床。”

“可大夫说了，您要静养两个月才行的。”

“帮我。”

见她执着，丫鬟也心软，上前帮着她下床，费劲地扶着她，问：“您想去哪儿？”

“往外。”靠在她身上，长念道，“扶我到门口便是。”

叶将白与桃花树大眼瞪小眼，正想走了，就听得一声弱弱的“国公”。

心里一动，他抿唇，假装没听见，继续抬步往外。

果然，身后有人追上来，拉住他的衣袖，大声了些：“辅国公！”

叶将白停下步子，却没回头，只问：“殿下有何事？”

“有个条件，想与国公谈。”长念冷汗涔涔，声音虚弱，“国公若是不想落得千古骂名，不妨与我坐下聊聊。”

叶将白一声冷笑，回头道：“殿下凭什么觉得在下一定会落得……”

话没说完，他看见眼前这人的模样，眼睛眯了眯。

长念只着单衣，脸色苍白如纸，嘴唇也没有丝毫血色，半个身子都倚在旁边的丫鬟身上，只剩眼里还有些亮光。若是这会儿风再大些，她定会被吹飞去。

就这么一副鬼样子，她还拿着架子道：“叶家老爷子弑君之名已经载入青史，国公若觊觎皇位，必定坐实叶家上下谋逆之名，为后人所骂。国公若及时勒马，尚能保全富贵，福荫子孙。”

叶将白心里一股子火气，嗤笑：“我若继位，青史如何写，还不是我说了算？”

长念眼神恍惚，又强自定住，沉声道：“国公也该听过春秋时期的崔杼弑君，史官记载入史，他杀史官，后上者依旧载‘崔杼弑君’，再杀亦然。青史这东西，强权未必能改之。”

“殿下以为所有的史官都有那样的骨气？”叶将白冷声道，“多的是为求自保颠倒黑白之人。”

长念喘息，咬牙道：“国公若执意如此，怕是要兵戎相见了。”

叶将白有个最大的弱点，就是在京郊附近没有兵力，三镇兵力皆在北堂缪和太子手上，当真厮杀起来，这国公府未必有一席之地。

“殿下真是爱威胁人。”叶将白合眼，“可惜了，在下要如何做，绝不会受殿下左右。”

“国公可以好生想想，我不急。”长念眼前发黑，看不清他模样，只低声对丫鬟说了一句，“带我回去。”

然后整个人没了力道，软软地跌了下去。

丫鬟似乎扶住了她，将她整个人架起来，大步送回了房间，一挨着床，长念就彻底失去了意识。

“怎么回事？”叶将白问叶良，“不是让人救她了吗？”

顶着他冰冷的视线，叶良从容回答：“殿下伤得重。”

“伤得重也不该……”

意识到自己过于着急了，叶将白平复了一番，才闷声道：“好生给着药，人别死了。”

叶良抬头，不解地问：“您不杀她了？”

“都说了局势未清明，这么急着动手做什么？”叶将白恼怒地别开头，“你们这几个人，做事都不过脑子，动不动便取人性命。七殿下活着比死了有用多了。”

叶良安静地看着他，目光深邃，过了许久才轻叹一声，道：“是。”

毕竟他是主子，自然他说什么就是什么了，叶良半句不反驳，认下这“不过脑子”之名，然后轻声请示：“您可要回主院？”

叶将白扫了一眼床榻，赵长念毫无声息地躺着，连胸口的起伏都没有，他很想伸手去探探她的鼻息，可屋子里那么多人瞪眼看着，他只能抿唇，冷声道：“回去。”

跨出门槛的时候，大夫恰好来了，与叶将白擦身而过，行了礼便急急忙忙地进了屋。

叶将白站在门口，看了一会儿院子里的桃花，突然道：“雪松选进府的那位姑娘，听闻擅以花煮茶。”

旁边的雪松连忙答：“是，人已经在偏院住了两日了。”

“今日天气甚好。”叶将白道，“便将人请来，在这院子里煮茶吧。”

“是。”

叶良不知府里什么时候进了人，看看月门外站着的良策，他悄无声息地退过去问：“雪松选的什么姑娘？”

良策唏嘘：“主子突然想要美人，雪松便去官邸里选的，听闻是姚阁老的千金，大家闺秀，仰慕主子三年有余。”

叶良听得沉默，半晌才摇了摇头。

长念做了一个很长的噩梦。

梦里，她的父皇被叶将白掐着，七窍流血，表情狰狞，她大叫着上去救，刚扑过去，叶将白转过身，却变成了太子，阴着脸对她道：“凭你贱婢之子，也妄图与真龙争位？”

长念惊慌退后，不慎撞着个人，回头一看却是秦妃，轻蹙蛾眉，幽幽怨怨地朝她喊：“我的孩子……”

不是在喊她，是在向她索要。

长念摇头，喃喃道：“我不是你的孩子，可我……”可我一直将您当成生母。

后半句话还没说出来，秦妃的影子就淡去，转而来的是一抹幽魂，看不清脸，长念却知道她是贤妃。贤妃怀里抱着襁褓，径直从她身边走过，嘴里哼着童谣，似痴如呆，半疯不傻，却一眼都没看她。

长念眼睛眨也不眨地盯着她的方向，却始终看不见她的脸，只能小步跟上去，想拉一拉她的衣袖。

然而贤妃走得太快，袖子都淡成了一抹烟，她伸手，什么也抓不住。

四周突然涌满了人，像是在熙熙攘攘的大街上，长念变得很小很矮，周围都是大人，她费劲地仰头找着自己的父皇母妃，却被人推来撞去，最后跌坐在泥潭里，放声大哭。

“没人要你吗？真可怜。”有一抹清朗如月的影子在她面前停下，声音低沉而好听，“那你跟我走可好？”

长念抬头，看见了叶将白的脸，他像是与父皇的死无关似的，温柔地对她笑。他笑得可真好看啊，好看得她脸上泛红，下意识地就伸出手去。

然而，这人将她拉起来，却是塞进旁边的囚车，捆上了锁链。

“你做什么？”她睁大了眼，抓着栅栏慌张地问他。

叶将白站在囚车边轻笑：“逢场作戏而已，殿下当真以为当权者有儿女情长？”

他也不要她。

长念愣怔地坐在囚车里，看着两边的景物倒退，终于慢慢明白过来。

谁都不要她，除了她自己。

她能依靠的人，也只有她自己。

……

北堂缪重伤，消息未敢往外放，沐疏芳穿了宫女的衣裳，半遮着脸坐在屋子里，低声道：“已经叫人去探查过国公府，守卫实在森严，硬闯恐怕不行。”

北堂缪白着脸盘腿坐在榻上，冷声道：“任凭他多少守卫，大军围府，他还能插翅飞了不成？”

“将军三思。”沐疏芳摇头，“先前殿下下过旨意捉拿弑君之徒，可您看看，当真敢闯国公府的有谁？那旨意还不是不了了之？辅国公根基太深，朝中众人都轻易不愿动他。若让人知道殿下在国公府，情况更是不利。”

“他们早晚会知道的。”北堂缪皱眉，“殿下的安危最是要紧。”

“可是……”沐疏芳道，“这都好几日过去了，国公府仍旧没放出来任何消息，也就是说，国公没有要让众人知道殿下落在他手里的意思。在消息未明之前，还是暗中行动来得好。”

北堂缪有些焦躁，抬眼看沐疏芳，冷声道：“在我看来，没有什么比殿下更重要的，哪怕局势倾覆又如何？她若有什么闪失，就算满朝文武都定心在她身上，又有什么用？”

沐疏芳有点气，仪态也不顾了，没好气地起身叉腰：“世人都说将军耿直忠勇，倒不如直说一个莽夫来得确切！”

北堂缪不悦地瞪她。

“您瞪我也是一样。”沐疏芳狠狠地瞪回去，“若是殿下在此，考虑的定先是安定局势，再想如何与国公周旋。您倒好，不管不顾地就要为殿下冲杀，当真能救得下殿下还好说，可现在人在叶将白手里，你我心里都没底，又为何还要给殿下添乱？”

“……”

“我算是知道您为何会输给叶将白了。”沐疏芳翻了个白眼，“不说别的，叶将白的心眼都比您多长了两个。”

北堂缪微恼地抿唇，想了半晌，竟然觉得她说的话挺有道理，气闷之下扭过了身，拿背对着她。

“您还犟气？”沐疏芳又好气又好笑，“多大的人了呀。”

北堂缪不理她。

不理就不理！沐疏芳扭头就走，心想爱怎么样怎么样吧，反正他受了重伤也下不得床，翻不出什么浪花来。

大步走出锁梧宫后，沐疏芳放缓步子，想了想，又有点不忍心。

这人也是个痴情种，都是为了殿下才这样的，眼下受伤又不肯回北堂府，一个人待在这里，只有宫人照顾他，怪可怜的。

想了想，她平息了怒气，扭头去了御药房，亲自熬药、验毒，然后给他送去。

北堂缪犹自闷头坐着，沐疏芳看了看，放柔了声音道：“将军喝药。”

北堂缪背影一僵，回头看她一眼，神色复杂。

沐疏芳就当什么也没发生，温柔地把药碗放进他手里，然后嘱咐宫人替他收拾了屋子，又送了两套衣裳来。

这么一连串的关切，也算给他台阶下了吧？沐疏芳满怀期待地回到他面前坐下。

然而，北堂缪开口，还是一句：“你当真觉得带兵去救殿下不妥？”

妥，妥你个大头鬼啊！是个人都知道不妥，他还硬生生想了两个时辰！

沐疏芳气极反笑，抓着椅子扶手咬牙切齿地回答他：“将军别再想此事了，好生养伤。黄统领已经在与冯大人商议营救之策。”

听着这话，北堂缪的神色才缓和下来：“如此，我便等着安排。”说罢，他又轻描淡写地道，“对了，御医每隔多久过来一趟？”

“为了不引人猜测，御医是每天傍晚过来看将军的伤势。”沐疏芳上下打量他两眼，“怎么？有不适之处？”

“嗯。”北堂缪平静地道，“刀口似乎又渗血了。”

哦，渗血了。沐疏芳点头，往外走两步，倏然顿住。

“已经缝好了五日的伤口，怎么会又渗血了？”她猛地回头，难以置信地低喝。

北堂缪似乎丝毫没将这伤当回事，淡声道：“小事，随意找人来补上两针即可。”

“您当这是缝衣裳还是缝袖口啊？”沐疏芳气得跺脚，“本来要瞒住您的伤势已经不易，再让御医三番五次地过来，内阁那几个老东西少不得又要借题发挥。”说着，她又打量他一番，叉腰横眉，“方才说话为何要坐起来？躺着不好吗？这伤口多半是您折腾开的！”

平时瞧见的沐大小姐傲气冷艳，少有这么咋呼的时候。北堂缪皱眉，多看了她两眼，道："行军之时再重的伤都见过，委实不必惊慌。"

言下之意，还觉得她大惊小怪了。

沐疏芳冷笑道："沐家祖上太师也曾南征北伐，受伤无数，年少时长刀烈马，带伤仍能取敌将首级，是何等恣意的英豪。"

颇感兴趣地撑起身子，北堂缪问："后来呢？"

"后来。"沐疏芳面无表情地道，"年过五十卧床不起，大小便失禁，浑身疼痛难忍，直至六十二岁病逝。"

北堂缪拿起旁边放着的羊肠线，认真地道："伤势要紧，请娘娘回避，我自己能缝好。"

他伤在后腰上，怎么看也是不好缝的。沐疏芳道："还是请人来帮您一把为好。"

然而，往外看看，外头站着的都是水灵灵的宫女，一看就胆子不大。沐疏芳想了想，关上门道："若我执针，将军可怕？"

开玩笑，北堂缪是谁？十二岁跟着骑战马上战场的少年英才，空手夺白刃立下赫赫战功的威望大将，什么场面没见过？怎么会怕……

还真的有点怕。

打量一番面前这姑娘的神情，发现她不是在开玩笑后，北堂缪皱眉："缝肉不比缝衣，娘娘未必做得来。"

"这里除了我，也没人能帮你了。"沐疏芳耸肩，"坦言说，我是没有避讳的，也不怕……不怕见血，将军只管放心。"

要是她不结巴，这话听起来还是很有说服力的。北堂缪微哂，可着实觉得不太舒服，便只能坐起来，脱衣裳。

沐疏芳猛地转过了身子。

"嗯？"身后的人低声道，"不是没有避讳吗？"

沐疏芳这叫一个随机应变啊，伸手就啪唧一下拍在空中，然后摊开手一吹，道："这天怎么就有蚊子了。"

北堂缪很想忍住不笑，但委实没忍住，勾了勾唇，手握拳放在唇边轻咳一声以掩盖，然后正色道：“有劳了。”

沐疏芳去旁边找了御医留下的药箱，翻出针和羊肠线，强自镇定地坐下，尽量只盯着他的伤口看。

不看不知道，一看才发现“渗血”这种说法真是太谦虚了，哪里是渗血，根本是半个刀口都崩开了，伤口结痂，乌黑一大块。

“先将血块挑开，不然缝不好。”北堂缪提醒她。

“我知道，不用将军操心。”沐疏芳犟了一句，穿针引线，捏着针头咽了口唾沫，然后戳了戳他伤口上的痂。

很厚，再挑开必定又是血肉模糊。

“怎么？害怕？”背对着她，北堂缪言语里带了些轻蔑。

沐疏芳是谁啊，朝臣们见了都得喊一声大小姐的巾帼豪杰，哪被人这么鄙视过？当即一鼓腮帮子，快狠准地将血痂挑开了。

皮肉跟着翻开，血水顺着肌肤往下流，伤口可怖。沐疏芳惊叫一声，连忙拿手帕捂着，但捂住后想想不对啊，要缝啊，于是将手帕扔了，烧了针就去捏伤口。

这场面，换别人来定会被吓得不敢动手，可沐疏芳愣是咬牙穿针，针刺穿皮肉的触感叫她浑身起鸡皮疙瘩，线跟着磨着皮肉被拉扯，北堂缪一声没吭，她却觉得牙酸。

“疼……疼吗？”她头上冒汗地问。

北堂缪的声音里毫无波澜：“蚂蚁咬一口罢了。”

说是这么说，肌肤却在她落针的时候骤然绷紧。沐疏芳咬牙，强行催眠自己，说这是一块厚布，然后三下五除二，飞快地缝好。

屋子里安静了好一会儿，伤口也没再被落针，北堂缪好奇地问：“娘娘？”

沐疏芳语气平静地开口：“我缝好了，一共六针，针尾还……收了个漂亮的蝴蝶结。”

北堂缪长松一口气，自己拿了绷带缠上，道：“多谢。”说完转身，刚想夸这人两句，就看见一双泪汪汪的眼睛。

“娘娘不是缝好了吗？”北堂缪不解，“怎的？”

沐疏芳伸手捂嘴，恨声道：“你这人，怎么疼也不肯喊一声？你不喊，我更觉得疼……”

那么大一汪眼泪，就那么含在眼睛里，说了一串话也没掉下来。

北堂缪盯着她瞧，说：“我以为娘娘当真是天不怕地不怕的，而且伤口的确缝得不错，有御医八成的功夫。”

“男儿尚且有怕之事，何况女儿家？”沐疏芳瞪眼，“谁还不是个小姑娘了？我今年也不过双十年华，哪做过这种事，要不是实在没别的办法……你还笑？”

北堂缪看着她眼里的泪珠砸落，长叹一口气，小声道：“还以为是镶里头的，原来能掉下来。”

沐疏芳：“……”

有一种男人，真的是生来就注定孤独一生的，这时候若换作别的人，早该好生哄着好言夸着了，敢情这位还在一直盼着她的眼泪掉下来。

她还怕个什么劲啊，就该几针戳死他！

沐疏芳愤而起身，扭头就走，一边走一边碎碎念：“呆子、木头、蠢蛋！这样能得殿下欢心就见了鬼了！”

“娘娘。”贴身宫女见她终于出来了，连忙来禀，“国公府传了消息来，说要借用宫中的百年灵芝，将军不在，冯大人让您做主。”

百年灵芝？那东西传闻是起死回生用的，国公府如今与宫中关系僵硬，怎么还会来求？

沐疏芳走了两步停下来，想了想，亲自去了一趟御药房，将灵芝装盒，传话给叶将白，说她要亲自去送。

叶将白听到消息，轻笑着朝面前的风停云伸手：“你输了。”

风停云万般不甘心地脱下拇指上的玉扳指放到他手里，恼道：“这沐大小姐胆子怎么这么大啊？还真亲自来？”

“我早说过，沐疏芳就是这样的脾性，知道七殿下在我府上，我问她拿灵芝，她必定跟来看。”

“奇女子也。”风停云唏嘘，又看一眼身后紧闭的房门，撇嘴道，

“奇女子娶了个奇女子。”

叶将白淡笑，笑不达眼底。

沐疏芳连个侍卫都没带，宫女也留在府外，一个人提着宫裙大大咧咧地进了门，仍像往常一样，刚过主院的门就大声喊：“国公何在？”

旁边一柄长剑凛然而来，横在她面前。

沐疏芳眼皮都没动，看着那剑刃，伸手一弹，哼笑道：“怎么，连我也想杀？”

风停云收了长剑，嬉皮笑脸地道：“哪里敢，同大小姐打个招呼罢了。”

沐疏芳瞪他一眼，旋即越过照影壁，去到主院内庭。

她刚进去，就听得人娇声道：“茶月月有，但这四月桃花泡的茶比旁的倒多了几分香甜，国公府里花开得好，侧院的尤甚，这一盏香茗，还请国公品鉴。”

沐疏芳抬眼看过去，那玉砌的六角亭里盈盈拜下个身子，端的是腰若春柳，楚楚动人。

叶将白捏着茶杯笑道：“你起来吧，又不是外人，这么多礼节做什么。”

“谢国公。”姚幼舒起身，笑盈盈地坐在了旁边。

叶将白侧头就看见了沐疏芳，朝她招手而笑：“大小姐早啊。”

沐疏芳勾唇，大步走过去，像往常一样往他身边一坐，妩媚地道：“已经是黄昏时分，哪里来得早？”

三分娇嗔，七分柔情，比方才姚幼舒的声音还嗲上几分。

姚幼舒之前一直养在深闺，并未见过沐疏芳，此刻看着，只觉得这女子十分大胆无礼，偏生国公还没有要怪罪的意思。

于是，她只能自己开口问：“这位夫人是？”

沐疏芳恍若未闻，亲昵地抓着叶将白的衣袖，凑到他耳侧咬牙切齿地问：“殿下伤着了？”

叶将白笑着答：“没伤着，如何能要灵芝？”

手攥紧他的衣裳，沐疏芳道：“我要见殿下。”

“不可。”

“为什么不可？”沐疏芳恨声道，“国公难不成觉得凭我一人之力，可以将殿下带走？”

“非也。”叶将白道，“在下就是不乐意罢了。”

从姚幼舒的角度来看，两人分明是神态亲密地在窃窃私语，可转一个角度，叶将白和沐疏芳的脸色都不太好看。

“国公为何不乐意？”

“不乐意就是不乐意，非得说个缘由？”

“国公不说，那便只有我来猜了。”沐疏芳哼笑，“您是心属殿下，故而十分介意殿下娶了我，是吗？”

叶将白微笑：“一派胡言。”

“北堂将军爱慕殿下尚能直言，国公分明比将军聪慧，如何反而矫情了？”沐疏芳眯眼，“非真男儿也。”

“先帝下葬，家父也已经归土。”叶将白哼笑，“我与七殿下不共戴天，如何会爱慕她？真当七殿下倾国倾城，人人都为之倾倒？”

沐疏芳认真地看着他的眼睛，叶将白淡然回视。

半晌之后，沐疏芳松了口气：“国公没别的想法便好，北堂将军以后的路子也能顺上许多。”

叶将白阴阳怪气地笑了一声，道：“你什么时候与北堂缪有这么好的交情了？”

“你管不着。”朝他撇了撇嘴，沐疏芳道，“若国公当真不是我想的那般对殿下有情，便让我见她一面，也好将这灵芝亲手交到她手里。”

……

长念最后梦见的是沐疏芳，梦里她温柔地拥着自己，低声询问她怎么了。

长念鼻子发酸，张口欲言，然而一声“疏芳”出来，人却是醒了。

屋子里空荡荡的，没有沐疏芳，也没有贤妃秦妃，她撑起身子，青丝滑落到床上，愣怔了半晌。

“姑娘醒了？”

屋子里进来个丫鬟，已经不是开始伺候她的那个，见着她，竟道：“蝶翩轩新做的裙子送来了，可惜姑娘伤还重，等好些了，可以试试呢。”

长念惊恐地看着她，摸了摸自己的身子。

束胸不见了，她正穿着女儿家的水红色单衣，半倚在红罗帐里。

“姑……姑娘？”她喃喃重复丫鬟的话。

丫鬟不解地看着她，拧了帕子来给她擦脸：“姑娘怎么了？奴婢是新来伺候的，听管家说，姑娘为救国公受了重伤，所以在府上将养。管家吩咐了，要好生照顾您。”说着，她又将旁边的药碗端来，“这是国公特地从宫里求来的百年灵芝熬的药，您快趁热喝了。”

赵长念眨眨眼，再眨眨眼，又伸手掐了掐自己的脸。

手感不错……不是，是她的脸没错。

可这是怎么回事啊？她是七皇子，怎么就成了丫鬟口中为救国公而受伤的姑娘了？

她正纳闷，门“吱呀”一声被人推开了，丫鬟抬头看见来人，慌忙起身退到旁边，恭敬地低头道：“国公。”

叶将白带着和善的笑容跨进门，示意她出去，然后坐到了长念的床边。

“你在玩什么花样？”赵长念皱眉。

仔细看她这张脸，卸了男装，真真是动人呵，一双眼勾魂摄魄，唇瓣虽然依旧发白，但也不影响它的丰盈娇嫩。叶将白轻佻地勾唇，拈起她的发丝，状似苦恼地道：“在下这几日想了许久，不知该如何将殿下藏得滴水不漏，幸好偶得灵感，便还了殿下女儿身。殿下看看，可还喜欢？”

长念胳膊上起了一层战栗，她伸手把自己的头发从他手里拿回来，秀眉拧成了麻绳：“把我原来的衣裳还给我。”

叶将白起身，缓步走到屏风边，取下来一件百蝶穿花烟纱罗裙，回眸问："是殿下自己穿，还是在下伺候殿下更衣？"

耻辱的感觉攥紧了心口，长念神色愤然，恨恨地闭上了眼。

她也曾想过自己有变回女儿身的这天，可若是在这人的算计下变回去，她宁可当一辈子男人！这人脸上的嘲讽之意实在太过刺目，若不是她身上有伤，定要拼死与他过上两招，更遑论穿他给的裙子。

"沐家大小姐在外头等了您两日了，您当真不打算出去见她吗？"叶将白轻笑，捧着罗裙回到床边，拿挽袖轻轻搔她的脸，"还是，殿下宁可穿这单薄的中衣出门？"

沐疏芳竟然来了？长念睁开眼，猛地撑着身子坐起来，伤口却疼得她小脸骤然一白。

旁边的人不知怎的就恼了，斥她一句："乱动什么？"

长念怔然，抬头看他，却见叶将白脸上什么表情也没有，他眼神凉凉地道："花了多少药材才捡回来殿下这条命，如今贵重着呢，还请殿下爱惜着点。"

原来是心疼药材，长念扯了扯嘴角，撑着床弦越过他下了床，看一眼床边放着的绣花鞋，干脆不穿，赤脚往外走。

水红色的中衣轻薄贴身，她取了束胸，曲线一览无余，偏生还敢不穿鞋子，小巧白嫩的脚就那么踩在地毯上，伸手去拉门。

门外站着叶良和雪松呢！

叶将白脸色骤沉，上前两步，一掌将她拉开一条缝的雕花木门拍了回去。

"啪"的一声响，把外头正在说话的叶良和雪松吓了一跳。

"什么东西？"雪松茫然。

叶良摇头："没看清，方才是谁要出来？"说着，伸手敲了敲门，"主子？"

长念被人压在门板上，面对着一张阴沉的脸，大气也不敢出。

"你们走远些。"叶将白语气不善地开口，手掐着她的腰，像是要掐断似的。

长念觉得疼，却不敢出声，直到耳边听得人走远的动静，才低声道："不是您让我出去见疏芳的吗？怎么，又后悔了？"

叶将白道："不曾料到殿下这般不知廉耻，您不要脸面，我国公府还要。"说罢，伸手脱了自己的外袍，扔给她。

长念捏着袍子，脸上掩盖不住地露出了嫌弃。

这么大，她穿起来都得拖地上了吧？

不过背后的伤口还疼得厉害，她也没工夫多耽误，想想还是拢上身，系好带子，将袖口扎了三圈，又将袍角挽起来扎在腰带里，然后便要开门。

"你……"叶将白看一眼她，要气死了，将人捞回来往床上一放，"你还是在这儿等着吧！"

长念满脸茫然，她这不是穿好了吗？怎么也不让出去？

给外头传了话，不消片刻，沐疏芳就提着裙子进门了。

"殿下！"一看见她，沐疏芳直接扑了上来，眼里含泪地抓着她的手，"您怎么伤着了？将军不是说，您是完好无缺地逃走的吗？"

内室里只有她们两个，长念放松了些，干笑道："他们用弓箭啊，当时将军已经受了重伤，再挨不住一箭了，我想把他拉开，但拉得快了，不小心自己中了。"

沐疏芳的眼泪"哗"地就下来了。

"哎哎，你别哭，我不严重，你看，现在说话不是挺利索的？"长念捏着被子给她擦脸，笑道，"还能坐起来呢，伤口已经愈合了，就是还得养养。"

要真有她说的这么轻松，叶将白何至于要百年灵芝？沐疏芳知她是安慰自己，也不好拆穿，只能抹眼泪。

"将军还好吗？"长念试图转移话头，"他伤势如何？"

吸吸鼻子，沐疏芳道："将军是上过战场，千锤百炼的身子，比您情况要好些，眼下只是发了高烧，御医说等退烧了就好了。"

"那我便放心了。"松了口气，长念扫了一眼隔断，透过镂空雕花还能看见叶将白坐在外头，以他的耳力，怕是能听见她们在说什么。

想了想，她只能道：“将军性子冲动，你多替我安抚安抚。”

沐疏芳颔首：“妾身明白的，可殿下……”

她看看四周，满眼为难。

“今日能见得你一面已经是不容易。”长念笑道，“剩下的事，就有劳你和将军了。”

她很清楚现在想逃出国公府没那么容易，更何况她身上有伤，经不起颠簸。叶将白暂时没有要杀她的意思，那她就好生养伤，一切等伤好了再说。

沐疏芳叹息，握着她的手流泪半晌，低声道：“妾身以为见着殿下，能让殿下哭两声，好歹心里轻松些，没想到反而是您来安慰妾身。”

“我没什么不轻松的。”长念坦然一笑，“比起以前，我现在是最轻松的时候。”

在乎的人都没了，她也管不了外头的事情，比起他们的水深火热，她这是偷得浮生几日闲了。

叶将白面无表情地抿着茶水，听着里头的人句句不离“将军”，眼里掠过几道暗色。

沐疏芳没能说上多久的话，就被叶将白请了出去，离开的时候，她捏着裙子愤然道：“你莫要将气撒在殿下身上，她没有什么过错，都是不得已。”

“是。”叶将白颔首，“她杀叶梁渠是不得已，我杀她父皇亦是不得已，大家都是不得已，我为何不能将气撒在她身上？”

“好歹堂堂男儿，为难一个女子，你不觉得脸红？”

“女子？”叶将白轻笑，“她拿我当初给她的腰牌接武亲王出宫，令朝臣都觉得武亲王后来离宫是我的安排，又设计将我囚在宫里，杀我生父，阻我大业……这样的女子，哪里会怕什么为难呢？”

沐疏芳一噎，皱眉：“总归是你先对不起她，她才会还手。”

“我与她，一开始是算计，可后来，我是真心。”叶将白拢了袖口望向天边，嘴角含着冷笑，“可她与我，一开始是算计，后来也是算计，从头到尾，她都未曾予我半点真情。我对不起她，她何曾对得起我？”

春风拂面三分暖意，可也融不掉人心里的寒霜。

叶将白垂眸拂袖，对沐疏芳道：“你走吧，下次若再来，就别怪我不看多年交情，要将你一并扣在国公府了。”

沐疏芳皱眉，张口还待再说，叶将白却已经没有耐心听，转身往府里走，莲灰色的衣袖扬起又落下，朱红的大门“吱呀”一声缓缓合上。

看着那摇晃的门环，沐疏芳叹了口气。

“哪有兔子会觉得大灰狼有真心呢？”她喃喃，“长念那样的人，是不会由着性命捏在你手里，还同你说什么情爱的。”

她声音很轻，叶将白自是听不见了，旁边的宫女过来低声问：“娘娘，要起驾回宫吗？”

“回啊，留在这里也没法子了。”沐疏芳转身，扶着宫女的手上了马车。

长念趴着让丫鬟换了药，正在拢衣裳呢，就听得外头有人进来，慌张地道：“姑娘，国公在主院闭门做事，姚姑娘往这边来了。”

“姚姑娘？”长念茫然。

身边的丫鬟连忙小声解释：“那是姚阁老的千金，听闻是咱们国公的未婚妻，近日一直住在府里侧院。”

未婚妻？长念眨眨眼，恍然。

怪不得姚阁老以前不显山不露水，最近政变，突然就带着门客站在了叶将白这边，原来还有这么一层关系在。

长念垂眸失笑，心想叶将白也有拿亲事当筹码的这一天啊，当初为了拒绝唐太师，他可是不惜与她演了出好戏。如今大局面前，他倒是懂得取舍了。

正想着，门口就进来了人。

第十二章 美玉

姚幼舒也是大家闺秀，身份不低，举手投足间十分雅气，一身粉凤仙镂金束腰裙翩然而至，进得内室稍稍颔首，浅笑道：“姑娘有礼，国公今日事务繁忙，特让小女来照顾姑娘一二。”

长念趴在枕头上，侧头看她，道：“劳您费心。”

姚幼舒看她一眼，脸上仍笑，心里却不太高兴。她好歹是阁老的女儿，算是官眷，如此放下身段来与她说话已经算是平易近人，这姑娘却是半点规矩也没有，跟个大爷似的趴着一动不动，都没说起来见个礼。

打量一番容貌，与她料想的也差不多。若是一般人救了国公性命，随意给点赏赐就罢了，但这种有几分姿色的人，定是别有所图，轻易不肯走的。

姚幼舒拿出正室的气势来，坐在床边，细声细气地同她道：“姑娘救了国公性命，小女与国公都十分感激，不知姑娘可有亲人？改日小女定是要去送谢礼的。”

长念听着，目光落在她笑得虚假的脸上，心里暗笑。

这姚家小姐心胸不怎么宽广啊，一听说府上有人，就着急忙慌地来找麻烦了，连真相都没弄清楚。料叶将白也是被蒙在鼓里的，不然断不会叫她来这儿丢人。

养伤无聊，哪儿都去不得，长念索性同她玩，羞怯地道：“我父母双亡，家里已经没别的亲人了。”

面前的人脸色果然微变，旋即又笑问：“那姑娘伤好了打算去哪儿呢？”

“您是在赶我走吗？”长念睁大眼，贝齿咬唇，楚楚可怜，“国公说，会一直将我养在府里的呀。”

姚幼舒：“……”

这是在跟她讨名分了？竟直接说出这样的话来！她有点生气，但想想自己一大家闺秀，总不能跟这种没见过世面的乡野姑娘计较，于是还是心平气和地道：“小女与国公不久便会大婚，姑娘留在府上，怕是有些不方便。”

“那……”长念委屈地撇嘴，“那我去哪里呀？国公不让我走的。”

姚幼舒端了丫鬟捧来的茶，掀开盖子轻吹一口气，笑道：“为谢姑娘大恩，小女会为姑娘添置小院，再给度日银两，姑娘只管养伤。”

“呜呜呜。”长念掩面就哭，“可国公……国公方才还同我说心系于我，半分不会分给他人，你断是在骗我，我等会儿就要去告诉国公！”

姚幼舒扣上茶盖，笑不出来了，皱眉道：“你这人，怎么半点也不讲道理？”

看着挺正常的姑娘，怎么跟个孩子似的还要哭闹？她都这样说了，寻常要脸面的人就算不答应，也不会嚷嚷着要去告状吧？

长念在心里狠狠地鄙视自己，面上哭得却越发大声：“我不管，国公许了我的，我要留在府里。”

姚幼舒生气了，放了茶盏道：“你同国公认识才多久？我却是已经爱慕他三年，你留在府里也是留不住的，国公要娶的是我。”

“他也说了要娶我的！”长念分开手指，拿眼睛瞪她。

“娶你？你算什么？”姚幼舒哼笑，“一没身份，二没家世，国公娶你毫无用处。”

眨眨眼，长念道：“婚姻之事，难道不是两情相悦才欢喜？姑娘如此比较，是认了国公娶你的身份和家世，不觉得可怜？”

像是被戳中了痛处，姚幼舒陡然站起身，横眉道：“可怜的是你，癞蛤蟆想吃天鹅肉，最后什么也不会得到！”

长念皱了皱鼻子，有点嫌弃癞蛤蟆这个比喻，她这么可爱，怎么着也得是个小白鹅啊！

“不信？”看着她的反应，姚幼舒眯眼道，“不信你可以等着瞧，等会儿国公忙完了，你去告状，你看国公会不会为了你责罚我半分。”

这还用看吗？一个阶下囚，一个有背景的未婚妻，叶将白脑子进水了也不会为她责罚姚幼舒啊。长念心里嘀咕，嘴里却还是哼哼唧唧的：“你欺负人，你给我出去。”

“这是国公府，我是这里未来的女主人，我想来便来，想走便走，你指手画脚是没用的。”姚幼舒冷笑，犹自坐了好一会儿，欣赏赵长念撒泼干号。后来大概是实在无聊，她说了句“毫无教养”，就甩袖离开了。

人一走，长念的贴身丫鬟就上来劝：“姑娘别太往心里去。”

“我没事。”放下手，长念打了个哈欠，“我还要好好养伤呢。”

哭了那么久，哪儿能没事？丫鬟叹了口气，安抚似的道：“您安心，那姚家姑娘不过是个没过门的罢了。您真得国公喜欢，将来讨个侧位也是不难的。”

长念看着面前这丫鬟一脸十分正经的表情，一时竟不知道说什么好。

她？侧位？

她更想做的是阻止叶将白谋朝篡位，然后给他一个上好的灵位！

然而，显然这丫鬟和姚幼舒一样，都不会明白她的真实想法。

第二日叶将白出门后，姚幼舒便又来了长念的院子。

“听闻姑娘身子好些了。”她道，“今日春光甚好，姑娘可愿随我出游？”

长念戒备地看着她道：“你想去哪里？国公说了，府里的人都会看着我，不会让你轻易把我送走的。”

不得不说，长念跟叶将白在一起那么久，别的没学会，这面皮上的表演功夫却是学到了家，眼下她一嗔一怒，活生生就是个飞上枝头不肯下去的野丫头，色厉内荏地同人叫板。

姚幼舒本来是很要风度面子的，但一对上她这副德行，脸上的笑就挂不住，沉了脸道：“男人说的话你也信，这府里我来去自如，真想将你带出去，谁都不会知道。”

“那试试啊！”长念按捺住心里的激动，鼓着腮帮子道，“你若真有本事将我带出国公府，我保管不再回来！可你要是带不出去，那你以后可不能再来欺负我了！”

姚幼舒觉得这人有点怪怪的，但好不容易今日国公不在，若真能将人弄走，那对她来说便少了一个大威胁。犹豫片刻，她挥手让自己的丫鬟送上来一件浅橘海棠齐胸长裙，是府里丫鬟常穿的款式。

“先说好，你既然赌的是我的本事，就不许故意露出破绽。”姚幼舒道，“你穿上这个跟在我身后，在出国公府之前，不许抬头。”

长念一看就不屑地“嗤”了一声：“你以为扮成这样就行了？叶良大人在外头守着，丫鬟每隔一炷香就会进来伺候我，人出去至多一炷香，必定会被送回来。”

“让你穿你就穿，哪儿来那么多废话？”姚幼舒撇嘴，挥手让丫鬟替她更衣，自己转身出了隔断。

长念背后的伤正在结痂，又痒又痛，加上高热刚退，整个人委实虚弱。若只靠她一人，她是断然没有要逃跑的念头的，但这姚家小姐都送上门来了，长念觉得，试试也无妨。

于是她很顺从地穿上了那套裙子。

给她更衣的丫鬟神色有些古怪，系好她胸前的系带，还多看了

良辰未迟
BaiLu ChengShuang
白鹭成双 著

一眼。

长念艰难地下床看了看镜子，自己也有点脸红。

这是她生平第一次穿女装，这齐胸的款式在大恭正当红，但比起男装，露得实在太多，胸前白花花的一片，看着怪不好意思的。

不过这会儿她也顾不上这些了，提了裙子扶着丫鬟的手走出去，挑衅地看了姚幼舒一眼。

先前躺在床上病恹恹的，还只觉得有几分姿色，换了裙子这么一看，姚幼舒皱眉，当即道："跟我走。"

断不能将她留在府里了。

长念看了一眼，先前给她更衣的那个丫鬟径直躺上了床。

倒也还能蒙混。

只是，姚幼舒打算怎样过叶良那一关？

带着好奇心，长念跟着她往外走，尽量走得正常，不露破绽，到门口的时候，外头的守卫喊了一声"小姐"，然后就放行了。

叶良人呢？长念很意外，偷摸看了一眼，发现叶良正好不在。

毕竟不是铁打铜铸的，叶良也有出恭和用膳的时候，但能恰好在这个时间来将她带走，这姚家小姐定是费了一番工夫的。

长念心念微动，走到守卫松懈的回廊上，低声开口问："姚小姐当真很爱慕国公？"

姚幼舒像是在想什么事，被她突然冒出来的说话声吓了一跳，蹙着眉回头道："不是让你不要说话吗？"

"这里又没什么人。"长念耸肩。

左右看了看，姚幼舒低声道："三年前宴会上惊鸿一瞥，我便爱慕国公，这么多年听着他的消息，爱慕只增不减，我知他喜好，懂他所想。放眼整个京都，没有比我更适合他的人了。"说着，她瞥了长念一眼，"你乍见国公，定是喜他皮相；再进府里，定又爱他身份、地位和钱财，你压根不知道他究竟是怎样一个人。"

"哦？"长念很好奇，"你知道？"

"自然。"扬了扬下巴，姚幼舒眼里染上些情意，边走边同她道，“国公才高八斗，年少中状元、拜官位，未曾因年幼而被人看轻。当官几载，平贼寇、定京都、修残庙、立律法，功绩之多，数不胜数。那样一个人，偏生经年不娶，说是没有遇见心仪之人，不愿意耽误别人。”

“比他有才的没他年轻，比他年轻的没他功绩多，比他功绩多的没他姿容上乘。”姚幼舒满眼向往，“上天厚爱，才生得如此俊朗。”

长念想，说白了，这姑娘看上的也是皮相、身份和地位啊！

“你这样的人，是没法明白国公的抱负的。”姚幼舒看她一眼，表情又冷下来，“低好头，别说话。”

她没法明白？长念微哂，她就是太明白了，所以与他不得善终。

说来叶将白的一生也已经足够辉煌了，落在后世，定是一段美谈，他到底还有什么不满足的，非得坐上龙位才甘心？

若是他不贪那龙位，她与他，也许……

“姚姑娘。”刚过前庭，前头就有人喊了一声，声音低沉而好听。

姚幼舒身子陡然一僵，长念也是一怔，直到身边其余丫鬟都跪下了，她才反应过来，慌忙也跪下。

叶将白下得马车，径直走进门，扫了一眼后头齐齐行礼的丫鬟，没太注意，只问姚幼舒：“要外出？”

姚幼舒表情不太自然，压根不敢抬头，捏着手行礼笑道：“是啊，去街上添置点首饰。”

叶将白刚解决了一件麻烦事，心情甚好，道：“我与你同去吧。”

这要是在平时，姚幼舒定然开心极了。可眼下，她心里忐忑，脸上的笑容也十分僵硬：“国公刚忙完，就不必再劳累了，小女去去就回。”

叶将白看了她一眼，姚幼舒绷紧了身子。

叶将白直觉这人有问题，但坦白说，他不是很在意，本也是打算逢场作戏，既然人家不需要，那他也只能让开，道：“如此，就失陪了。”

姚幼舒暗松一口气，与他行了拜别礼，便带着丫鬟目送他归府。

叶将白走到回廊的时候，不经意间侧头再看了门口一眼。

姚幼舒带了四个丫鬟，个个身段窈窕，只是右边后头那个有些瘦小，走起路来背挺得笔直，看着有些僵硬。

狐眸半眯，他停下了步子。

长念跨出大门，正松了口气要往车上爬，谁知道还没爬上去，后头又响起了叶将白的声音。

“突然想起，今日要去一趟清风楼。”他道，“还是与小姐同行吧。”

姚幼舒一怔，慌忙回头，就见叶将白朝她这边走过来，脸上带着和善的微笑：“车上可还坐得下？”

很想说坐不下，但姚幼舒不敢，僵硬地赔笑，她小声道：“自然是坐得下的……”

叶将白甚有风度地颔首，亲自上来，将她扶上马车。

长念死死地埋着头，余光瞥着叶将白的衣摆，大气也不敢出。好在这人满心都是姚家姑娘，压根没多看身边的丫鬟，扶姚幼舒上了车，自己也跟着上了车。

“这儿离清风楼有些远呢，带两个丫鬟坐在车辕上便是，其余的回府吧，也免得跟不上车。”车厢里传来他温和的吩咐声。

国公府门口是不让人随意走动的，若不跟着车走，那便只能回府。长念被惊得浑身起了鸡皮疙瘩，在旁边丫鬟反应过来之前，她飞快地撑着车辕往上一坐，扯得伤口疼也咬牙忍着，额上直冒冷汗。

丫鬟退回去两个，跟着她坐上车的那个眼神古怪地看了看她，仿佛在看个傻子。

也是啊，在她们眼里，她是只即将飞上枝头变凤凰的野鸡，顺着回府不就保住地位了吗？结果她偏生傻了吧唧地往车辕上跳，这一跳，不就什么都没了？

长念微笑，也不解释，只看着两边倒退的景物，准备找时机逃跑。

然而，马车一路走得都挺快，她身上有伤，车夫又是国公府里的，一路都没让她逮着空子，愣是坐去了清风楼。

清风楼是个处地僻静的别院，修得雅致大气，专供达官贵人饮茶谈事。长念跟丫鬟一起下车，叶将白掀开车帘扫了她们一眼，笑道："约好的人说是要晚些才来，你们大可跟着小姐进去喝会儿茶。"

长念怕极了会被他认出来，脑袋都快埋到了胸口，幸运的是，叶将白好像压根没注意到她，扶着姚幼舒下车，径直就往里走了。

长念小步跟在后头，拉了拉那丫鬟的衣袖，低声问："按照约定，我现在可以走了，不必进去了吧？"

丫鬟看了看四周，为难地道："主子没吩咐，咱们当丫鬟的是不能随意走动的，你且进去，小姐自会派遣你的。"

长念想了想，反正没被发现，跟得远远的应该也不会有什么问题，她点头应了，跟着进门就站在隔断外头。

"天气尚算凉爽，你怎的热成了这样？"叶将白淡笑着将帕子递给姚幼舒，"擦擦汗。"

姚幼舒勉强笑着接过来，拭着额角，余光看了赵长念一眼，发现她乖巧地站在外头没动，才轻出一口气："多谢国公关怀。"

今日的辅国公也怪得很，往日总不爱与她亲近，眼下却心情极好似的，拉着她在他身边坐下，又亲手给她斟茶。

"方才去宫中，姚阁老谈起你我婚事。"端了茶在手里，叶将白笑道，"不知小姐喜欢哪种嫁衣？"

睫毛微颤，长念垂眸，有些不想听，可两人的话还是避无可避地钻进她的耳朵里。

"只要是国公选的，小女都喜欢。"姚幼舒声音里有七分激动三分羞怯，"只是不知眼下……举行婚事适宜不适宜？"

内有分权对峙，外有太子压城，这京都太平不了两日，自然是不适合成亲的，就算要成亲，也无法大操大办。长念腹诽，撇了撇嘴。

然而，叶将白笑道："自然是适宜的，能娶得你这般佳人，就算是要披荆斩棘，那也得办下来。"

姚幼舒脸上一红，害羞地捏着帕子，又忍不住得意地往隔断那边看了一眼。

听听，国公对她的宠爱可比对别人多多了。

隔断处站着的人没有反应，倒是另一边的丫鬟想了想，进来问："小姐不是想吃这地方的杏仁酥吗？奴婢与小红去寻一寻可好？"

"好。"看了那"小红"一眼，姚幼舒道，"你们都去吧。"

长念屈膝颔首，跟着这丫鬟就要往后退，然而才退半步，叶将白开口道："小红留下，一个丫鬟前去即可。"

嘴角抽了抽，长念眯眼，往内室里一扫，却见叶将白没看外头，一双眼深情地望着姚幼舒道："你我还未拜堂，总要顾及你的名声，哪儿能让人都走了呢？"

姚幼舒想想也是这个理，便笑道："小红留下吧。"

赵长念："……"

女人真是傻啊，人家一个眼神就迷得五不着六的，都忘记要将她这个"威胁"弄走了。

不过叶将白这人使起男色来也真是厉害，一双眸子潋滟含情，嘴角带笑，眉目里有天晓乍破的温柔，任是谁被他这么盯着，都得失了魂。

他还握着人家的小手笑吟："柳叶眉间发，桃花脸上生。纤腰宜宝袜，红衫艳织成。"

姚幼舒好歹也出身书香门第，当即就接道："夭夭桃李花，灼灼有辉光。悦怿若九春，磬折似秋霜。"

直白点说，就是——我觉得你长得很好看。

——过奖过奖，国公长得更好看，风姿动人。

赵长念对着隔断翻了个白眼，想想一个白眼不够，便再翻一个凑成双。

"小红你来，替小姐剥些松子。"叶将白扭头道，"这儿的松子甚是好吃，就是壳难剥。"

那你就连壳一起吞啊！长念暗骂，站在原地不敢动。

"不必劳烦。"姚幼舒连忙道，"还要去添置首饰呢，也坐不了太久。"

“也是。”叶将白点头，又笑道，“我出门倒忘记带随侍的丫鬟了，你可否将小红借我？免得等会儿客人来了，倒是失了礼数。”

姚幼舒傻眼了，左右看看，这才发现国公当真是只身一人出来的，连良策都没带。

他这样的身份，身边没个人跟着自然是不像话的，可小红……

姚幼舒神色复杂地看了长念一眼，试探地问他：“这丫头不太伶俐，换成玲玉可好？”

叶将白皱眉，看她一眼，神色略有不满，像是觉得她今日态度实在敷衍，推三阻四的。

姚幼舒哪里敢得罪他啊，见他不高兴，立马改口：“小红也成，等小女叮嘱这丫头两句，免得给国公丢人。”

说罢，她笑着退到隔断处，拉着长念就往外走两步，皱眉低声道：“我已经如约将你带出来了，你为什么不走？”

长念哭笑不得：“也要给我走的机会啊，路上车驶得那么快，到地方也没空闲，我怎么走？”

眼含戒备，姚幼舒道：“你别是故意赖着……”

“天地良心，你现在让我走，我头也不会回！”长念鼓嘴，“一言既出，驷马难追的！”

看她神色笃定，姚幼舒勉强信了，轻叹一口气道：“国公要留你，你便留吧，真若被发现了，我是不会认的，你自己担着。”

长念扯了扯她的衣袖，企图再挣扎一番：“真被留下，难免露出破绽，你不如同国公说，让我先走……”

姚幼舒收回自己的衣袖，摇头：“我是不敢的。”

出息！长念这叫一个恨铁不成钢，眼看着她转身去同叶将白告辞，僵硬地站在原地不动。

“你路上小心，想要什么，只管让人记在国公府的账上。”叶将白送她出门，万分体贴。

姚幼舒感动得双眼泛光，连声应着与叶将白拜别，一步三回头，走得依依不舍。

叶将白微笑着看着姚幼舒的背影消失在庭院外，脸上神色慢慢恢复平静。

他转身，看向隔断处站着的那人，似笑非笑地道：“有些渴了，你去斟茶吧。”

方才给人家姑娘斟茶的时候不是挺利索吗？这会儿是手突然断了还是怎么，偏要丫鬟来斟了？长念心里直翻白眼，却还是捏着嗓子应了一声“是”，埋着头去茶榻边拿茶壶。

叶将白在门口站了一会儿，转身回到茶榻上，也不看她，接过茶就望着窗外，有一口没一口地喝着。

长念犹豫了一会儿，蹑手蹑脚地往外退。

“去哪儿？”叶将白头也不回地问。

长念脚步一顿，捏着嗓子道：“奴婢……出恭。”

“客人马上就要来了，你且忍着，不要走动。”

还是不是人啊？丫鬟出恭都不行？长念又气又笑，低声道：“等会儿憋不住，怕给国公丢人。”

放了茶盏，叶将白看向她，问：“多久回来？”

“半炷香即回。”

“好。”叶将白颔首，“你去吧。”

长念如释重负，拎着裙子就往外走，左右看了看，凭着记忆直接往大门的方向跑。

折腾这么一路，她眼前发黑，身子也滚烫，全凭意志从小院走到前门，走得东倒西歪的，眼瞧着就能出门了，脚下却一软，整个人往门槛上猛跌下去。

磕着脸就完蛋了！长念闭眼，下意识地伸手捂脸，却不想腰上一紧，整个人被搂住，拥进了个结实的怀抱里。

“出恭是这个方向吗？”叶将白轻声问。

长念吓得浑身汗毛倒竖，手捂在脸上不敢拿下来，结结巴巴地道：“奴婢……奴婢迷路了。”

“甚好，我带你去。”像是压根没认出长念似的，叶将白把她扶正，拂袖就往院子里走。

长念面容扭曲，无比不甘心地看了一眼门外。

“跟上。”

“是！”长念吓得连忙追上去，低着头踩着叶将白的脚印往前走，小声道，“劳烦国公带路，实在不好意思，不如奴婢自己……”

“你自己等会儿又会迷路。”叶将白望着前头花圃里开着的花，淡声道，“迷出这地方，我可就找不到你了。”

长念心里觉得有些古怪，抬头看他。

叶将白走着，轻声开口：“你知道蝶翩轩吗？”

长念皱眉摇头：“不知。”

“蝶翩轩里有一件很好看的百蝶穿花裙，是风停云找了蜀地最好的绣娘一针一线绣出来的，是为镇店之宝。京都里不少女子都想得到那件罗裙，可最后它落到了我手里。”

长念脚步微顿。

“我曾将那件裙子送给一个人，但那人竟然不想穿。原以为她是不爱女妆，不承想，穿起丫鬟的衣裳，她倒挺自在。”

叶将白自顾自地笑，然后回头，看向她。

赵长念终于没有再低着头了，她抬起头来，脸色苍白，眼里带着绝望，嘴唇轻颤地道：“你耍我。”

叶将白勾唇，目光从上到下将她打量一圈，然后伸手捏了她的下巴，凑在她耳侧道：“怎么不装下去呢？也许我一个高兴，放了你也不一定。”

长念身子发抖，拍开他的手，眼前阵阵发黑：“你压根不会放了我。”

不仅不放，还要给她希望，再让她绝望，这样打击才更彻底，她才会更难受。

他也是恨极了她，才会变着法子地这样折腾她。

叶将白大笑，揽她入怀，亲昵地蹭了蹭她的脸：“真聪明啊殿下，您好歹手上有叶梁渠的人命，怎好说放就放呢？换作您，要不是被逼无奈，也不会让我从养心殿离开，不是吗？”

怀里的人像是气急了，身子抖得越来越厉害，脚下也站不稳。

叶将白温柔地拥紧她，眼里波澜汹涌：“殿下大婚，未曾给在下一张喜帖，在下可不若殿下这般小气，定是要请殿下观礼的，还请殿下给个薄面，莫要再乱跑了才是。”

手上一沉，这人所有的重量似是都交给了他，叶将白一愣，低头看了看，却见赵长念双眸紧闭，头也歪到了一侧。

心里微顿，他抿唇，一只手揽住她，一只手探了探她的鼻息。

还有呼吸。

轻吐一口气，叶将白有些恼，伸手将人横抱起来，大步往外走。

风停云忙了三日，好不容易得一日休沐，正在府里睡大觉呢，门冷不防就被人推开了。

“大人，大人，国公过来了！”

风停云睡得迷迷糊糊的，嘟囔：“什么国公国母的，今日休沐，都别来烦我！”

家奴不吭声了，但下一瞬，他的房门就被人狠踹了一脚，“哐”的一声响，吓得他一骨碌就从床上滚了下来。

“什么……”睁眼一看，恰好对上叶将白那张冷若冰霜的脸，风停云硬生生将话咽了回去，改成讪笑，“你怎么这个时候过来了？抱的这是谁啊？”

“找个大夫来。”叶将白大步走到床边，嫌弃地看了看他的被子，掀开扔到一边，将怀里的人放了上去。

风停云很想控诉，那是他的床啊！但直觉告诉他叶将白现在心情很不好，他还是忍着为妙。

抱着被子出去吩咐人请大夫，又抱着被子回到床边，风停云揉着眼睛道：“头一次看你抱女人，这姑娘……”

还没怎么看清，叶将白就挡在了他面前，阴着脸道：“你换个地方睡。”

凶巴巴的模样，吼得风停云委委屈屈地咬被角：“当年你我花前月下，你可是说了要一辈子与我肝胆相照的，如今为了一个女人，你要赶我走？”

“少废话。”叶将白眯眼，“她伤得重。”

风停云收敛了戏腔，认真地看了他一会儿，笑道：“将白，床上那位若不是七殿下，你今日如此，我断不多说半个字，只会恭喜你寻得佳缘。”

“可我猜，她多半是。”

叶将白垂眸，转过身道：“她今日企图逃跑，被我抓了回来，折腾一番人晕了过去。”

“所以呢？”风停云耸肩，“别的囚犯会让你紧张成这样？还亲自抱来我这里？”

“你府邸离清风楼最近，我出来没带别人。”叶将白颇为烦躁，“不是紧张她，而是她不能死。”

似乎解释得过去，风停云点头：“那国公让开些，也让我看看她伤势。”

“你是大夫？”叶将白眯眼。

“废话，我好歹也是会诊脉的。”风停云撇嘴，“府上的大夫今日回了老家，这会儿要去请街上的，少说也要大半个时辰，她等得起？”

叶将白皱眉，沉思片刻，伸手夺了他手里的被子扔到赵长念身上，然后再让开。

什么毛病？风停云白他一眼，坐到床边一看，微微挑眉。

人是七殿下没错，可七殿下今日怎么梳着女子的发髻？别说，还挺好看，就是脸色差了点。

探了探长念的脉象，风停云唏嘘：“您也真是没手下留情，先前不是还说人好些了吗？如今这一看，就是一副随时要命归西天的模样。”

心里一沉，叶将白冷声道：“你直说还有没有救。”

“有救，但麻烦。”风停云道，“起码要养上两个月。可七殿下失踪的事瞒不住两个月，怕是等北堂缪伤一好，便会来国公府要人，到时候你打算怎么办？”

“北堂缪不会有工夫顾及这边。”叶将白淡声道，“你只管想法子救人。”

风停云唏嘘：“就算他不来，你府上的人未必不会走漏消息。每日早朝又是人来人往的，这事早晚瞒不住，到时候不好收场。”

“我自有打算。”

又来了，又是这一副天下尽握的嚣张态度，风停云撇嘴，心想这么大一个活人，再怎么打算也不能弄没了吧？更何况七殿下还不是个任人拿捏的，自己也会折腾出风浪，留她在国公府，真是弊大于利。

不过，坦白说，七殿下委实可爱，能让叶将白动了凡心也在情理之中。风停云怕的只是这凡心一动，叶将白就很难成事了。

温柔乡，英雄冢啊……

他摇头，让丫鬟打了水来，先拧了帕子给她敷在额上退烧。

安宁宫。

北堂缪从梦魇里惊醒，皱眉抓着被子，喘了好几口气，眼里隐隐有戾色。

他梦见长念死了，死之前怪他为什么丢下她一个人，他想回去救，却怎么也找不到她了。

心绪难宁，他掀开被子下床穿了衣裳，拿了佩剑就要往外走。

“咦，将军起身了？”沐疏芳恰好过来，满面春风地道，“正好御医说您该走动走动，我让人将御花园里的花移过来了几盆，您来看看……”

“娘娘。”北堂缪冷声打断她，眼神凌厉地道，“殿下尚在险境，您还轻松至此吗？”

沐疏芳一愣，眨眼道：“将军有起床气？”

“非也，话不投机半句多。”他皱眉道，“我要去救殿下。”

“可是将军，殿下说过了，让您少安毋躁。”

“怎么少安毋躁？她连生死都未知，我怎么安？”北堂缪低斥，“不是谁都能如娘娘一般安若无事。”

好生劝还不听？沐疏芳眯眼，回头吩咐身后的宫女：“你们先退下。”

“娘娘……”宫女很担心地看着她。北堂将军火气这么大，她们走了，他欺负娘娘怎么办啊？

“不必担心。”沐疏芳温柔地摆手，“快去吧。”

“是。”

待人都退了个干净，沐疏芳才转过头来，深吸一口气，气灌丹田地怒喝：“说你傻你还真就傻！若是靠硬来就能救出殿下，还用得着你来？你这伤势真以为很轻还是怎么的？高热退了吗？身上有力了吗？就你担心殿下，我安若无事？你昏迷不醒的时候，我都冒着危险去过国公府了！”

中气十足的吼声，带着点唾沫，喷得北堂缪愣了愣。

“你……”

“我什么我？我是你救命恩人，要是生为男儿，你得管我叫声大爷！”沐疏芳气死了，双手叉腰，“跟我横？你横什么？你以为就你想救殿下？你不要命，我还要你来守殿下的京都呢！”

北堂缪沉默，垂了眸。

沐疏芳有点委屈：“辛辛苦苦让人搬来的花，为了说服大内总管，我可是忙了一上午，就为了能让你好好养伤快些好起来，你倒好，不领情就算了，还讥讽于我？”

“抱歉……”北堂缪尴尬地摸了摸鼻尖，“我不知道……”

“你什么时候知道事了啊，一扯上殿下，脑子都不要了！”沐疏芳眼眶发红，“哪里还像个名扬四海的大将军！”

“……”

活了二十多年，北堂缪一直觉得女子都是赵长念那样的，看起来软软的，眸子里有藏也藏不住的灵动温柔，哪怕穿着男装，也有别样的风情。

直到遇见沐疏芳，他才发现，原来女子也可以这般……凶恶，而且凶得还挺有理，他没法反驳。

先前的戾气消失了个干净，北堂缪垂眸，低声道："是我失言，娘娘息怒。"

沐疏芳深吸几口气平复下来，撇嘴道："殿下在国公府养伤，伤势……不重，你且放心吧，叶将白没有要杀她的意思。"

看看这人，又觉得自己方才委实凶了些，她便柔声道："我让人做了酒酿圆子，将军且回去用些。"

"嗯。"转身回屋，北堂缪在茶榻上坐下，看宫女端上来一碗，便吃了两口。

"好吃吗？"沐疏芳期盼地问。

北堂缪诚实地回答："一般。"

沐疏芳："……"

"圆子有些黏口，汤倒是不错。"北堂缪十分认真地品尝，而后补充，"御膳房的手艺有所退步。"

抬头望着房梁，沐疏芳在心里暗骂自己，送吃的就送，这么多嘴干什么呢？本来是不放心，所以自己给他做碗甜品，搞得现在很想一碗汤扣他脸上。

这样的男人，怎么可能讨姑娘喜欢！

她正在心里骂着呢，外头突然慌慌忙忙跑进来个宫女，焦急地道："娘娘，定国公进宫来了，正在朝这边来。"

沐疏芳吓了一跳，立马站下茶榻，皱眉问："到哪儿了？"

"门……门口。"

最近沐疏芳多来照顾北堂将军，宫里少不得有流言传出去，想来定国公也是听到了风声，这是来兴师问罪了。

北堂缪侧头，就见沐疏芳急得在原地转了两圈，然后左右看看，二话不说撩起床笠往下头一钻。

“娘娘……”宫女哭笑不得。

“你别出声了。”北堂缪放下碗，“我去迎定国公。”

定国公沐疏才虽然疼宠沐疏芳，但到底是个极要面子又刻板守旧的人，此番前来，脸色十分难看，气势汹汹地闯进了安宁宫。

“大人。”北堂缪上前拱手。

一见他，定国公脸色并未好转，但到底还是还了一礼：“将军。”

头低下去，眼睛还在往旁边瞥。

北堂缪请他进门，落座看茶，神色自如地问：“不知大人前来，是有何赐教？”

这人生得俊朗，眉目自带正气，沐疏才还真不好直接责问他，只委婉地道：“将军病重，我等未能分忧，十分惭愧，听闻皇妃娘娘近日常在宫中，不知可有帮上什么忙？”

北堂缪思忖：“倒是许久没去给皇妃娘娘请安了。”

言下之意，沐疏芳不在这里。

定国公皱眉，又左右看了看，叹气道：“我那女儿从小骄纵，未曾习得太多约束规矩，若有行止不当之处，还请将军多包涵。”

“大人言重了。”

“唉。”定国公长叹一口气，“那孩子，嫁人了还不让我这当爹的省心，将军何等磊落之人，若被她牵连，老夫真不知如何同北堂家交代。”

神色正了正，北堂缪皱眉：“国公何出此言？”

“这……将军怕是有所不知，最近宫里有人传……”

“娘娘是大人教养出来的，品性如何，大人还不清楚？”他沉声道，“何故要因他人嚼舌，而责备于无错之人？在下磊落，娘娘磊落更甚。放眼天下女子，能如娘娘般坚韧果敢之人少之又少，大人难不成要因污泥而弃美玉？”

躲在床下的沐疏芳听着，心里微微一动，忍不住咬唇。

以她的行事风格，其实没少被人诟病，但这么多年来，站出来为她辩护的，他是头一个。

竟然……觉得她是美玉吗？

沐疏芳捂了捂脸，有点烫，无声地笑了笑。

北堂缪犹自在替她辩护：“眼下正值多事之秋，不少人想抓着娘娘错漏，以打压七殿下，大人既为其生父，也为七殿下岳父，哪有长他人威风之理？”

定国公听得有点惭愧：“这……”

“宫里宫外，想要在下性命之人甚多，若不是娘娘监管在下的汤药膳食，在下的命，怕是已经玩完了。”北堂缪起身，朝定国公拱手，“此一礼，多谢大人育女如此，深明大义。”他抬头又拜，“再一礼，谢娘娘操劳。”

原来这人都知道啊，沐疏芳咬着唇想，也不枉她忙里忙外累死累活的，好歹没照顾出只白眼狼来。

定国公已经不复来时气势，眼下百感交集，扶着北堂缪坐下，长叹了一口气：“我这女儿好是好，就是太过引人瞩目，从小到大，来府上告她状的人就没断过，本以为嫁人了会好些，谁知道牵扯反而更多……”

北堂缪安静地听他说话，定国公也像是终于找到机会倒苦水似的，将沐疏芳从小数落到大，脸上有嫌弃，眼里却是藏不住的骄傲。

“麻烦归麻烦，但能有她这样的女儿，老夫很开心。”说到最后，定国公捏着胡子嘿嘿笑了笑。

沐疏芳眼眶有点酸。

第十三章 身孕

絮絮叨叨两个时辰之后，定国公走了，沐疏芳从床下爬出来，愣怔地看着北堂缪。

北堂缪那张无波无澜的脸上难得带了些笑意，他侧眼看她，低声道："娘娘有个好父亲。"

"是……是啊。"别开头，沐疏芳小声道，"也为难将军听他说了这么久。"

"还好，挺有趣。"北堂缪起身，理了理衣袍，"至少让在下知道，娘娘三岁就不尿床了。"

脸上轰地炸开，沐疏芳瞪他："你！"

北堂缪失笑，一张脸舒缓开，像是雨后初晴云下透光，耀眼得叫人一怔。

沐疏芳傻傻地看着，清晰地听见自己胸腔里的东西怦怦直跳，像过年砸年糕的凿子似的，越砸越重，压根停不下来。

完蛋了，她想，这回是真的麻烦了，她爹……一定会气得把她塞回娘胎去的！

……

长念醒来的时候，发现自己已经回到了国公府，微微一动身子，身上像是有什么纱在滑动。

她低头，瞧见自己穿着的东西，脸色一黑。

翩然的蝴蝶绣得栩栩如生，于轻纱绸面上起舞，繁盛的花从衣襟一路开下去，收进两掌宽的束腰里，又蔓延到裙摆上，绽出一大朵牡丹。

这是蝶翩轩的镇店之宝，百蝶穿花裙。

长念撑起身子揉了揉眼睛，确定自己没看错之后，嘴角抽得厉害，愤然伸手就去扯。

然而，刚扯开腰带，门“吱呀”一声被推开了。

罗帐半垂，美人刚起，衣裳凌乱不说，腰带还落开，外褙松散，露出白皙的脖颈和锁骨，在烛光里泛着珠光。

叶将白对这画面十分满意，颔首笑了笑。

“你……”赵长念皱眉，“你什么意思？”

美人不太高兴，小脸都皱了，叶将白走过去，拍开她的小爪子，伸手替她将褙子和腰带重新系好，末了，摸着下巴打量了两眼，道：“甚美。”

长念没忍住，一巴掌朝他打过去。这人反应倒是快，捏住她的手腕，翻转过来就握进掌心，柔声道：“就算不喜欢，也没有朝自己夫君动手的道理。”

“……”

夫君？

哪门子的夫君啊！

“今日大吉，钦天监看过时辰，卯时最宜嫁娶。”叶将白垂眸，温柔地道，“但卯时你还在昏迷，为了不错过时辰，为夫便只能抱着你跨了火盆，进了门。”

骗人的吧？长念神色紧绷，左右看了看，眯眼：“你吓唬我？”

屋子里半点红色也没有，更是不见喜字，怎么可能就成亲了？

“吓唬你做什么？”嗔怪地看她一眼，叶将白将她扶下床，半抱着她道，“还有最后一个礼节，等着你去完成。”

长念眉头紧锁，很是抗拒，奈何身上还少力气，被他带出去，压根无法逃脱，只能挣扎着到了侧庭。

侧庭的门紧闭，门口放着蒲团，叶将白将她按跪下去，轻声道：“磕个头。”

长念梗着脖子不愿意，叶将白便捞住袍子蹲在她身侧，诱哄似的道：“乖，磕头，不然脖子会断的哦。”

长念浑身起了战栗，脸色铁青地瞪了叶将白半晌，看见他眼底渐渐升起杀意，她咬牙，权衡良久，还是撑着蒲团磕了下去。

叶将白眼神缓和下来，伸手将她抱起来带到旁边，良策上前将蒲团拿开，然后那紧闭的门倏地往两边拉开。

一把纸钱兜头洒下来，赵长念只觉得眼前一花，纷纷扬扬的纸钱好半晌才落干净，露出后头的场景。

几个她未曾见过的妇人排成了三排，鱼贯而出，为首那人手里捧着一个灵位，上书“忠仁孝悌平西侯叶梁渠之灵”。

他让她，给她的杀父仇人磕头？

心口一堵，长念猛地把叶将白推开，一双眼缓缓抬起看他，红得充血。

“进门给长辈见礼，是规矩。”叶将白依旧在笑，“今日是家父祭灵之日，能迎得妾室，也算冲喜。”

“贼人也配祭灵？”捏紧拳头，长念浑身发抖，“他是弑君之贼！”

她声音大了些，惊得送灵的人纷纷看过来。叶将白皮笑肉不笑，伸手将她揽过，对那头道：“刚过门的小妾不懂规矩，各位长辈先行，我带人回去调教。”说罢，带着人就走。

“你放开我！放开！”长念恨声大喝，“谁是你小妾！你这奸臣、妄图夺人江山的贼子！我就算是拼了性命，也不会与你为……唔！”

嘴被捂上，长念恨得张口就咬，一点力也没省。

然而，叶将白像是不知道疼似的，任由她咬，连拖带抱地将她带回侧院。

松开的时候，他的手心已经是一片血肉模糊。赵长念哽咽着推开他，眼里恨意滔天。

“恨我吗？”叶将白轻笑，随意拿绸带将手一缠，睨着她道，“甚好。”

既然不能深爱，那恨之入骨也好，总归百年之后忆平生，还是彼此想起的第一个人。

“今日我国公府纳妾，来送贺礼的人不少。”转过身，叶将白看着外头道，“北堂将军也送礼来了呢，还说要亲自来一趟，想必也是迫不及待地想救你出去。”

“可惜啊。”他勾唇，“他救不了你。”

赵长念闭眼，脑子里转了转，很快明白这人是什么意思。

将她纳为妾，作女装，便可大大方方放在众人面前，就算北堂缪趁着这机会带人来救人，当着那么多人的面，也绝不会将她认为七殿下，一旦认了，她便是欺君之罪，再无人心可言。

“真是好一番算计。”她讥讽出声，“为了藏住我，竟不惜在娶姚家小姐之前纳妾，也不怕人生你的气，不肯嫁过来了？”

“幼舒待我极好，自是会嫁我的。”叶将白轻哂，“她说爱慕我多年，便是爱慕我多年，不像有的人，面上应和，背地里算计。等她过门，你得唤她一声主母。”

主你个大头鬼的母！长念冷笑出声：“希望国公有能耐随时护住她，不然这后院里多我这么一个心狠手辣的人，保不准什么时候就要出人命。”

叶将白微微合眼，走近她两步，低头道：“我真心喜欢的，自是会用心护着，至于别的……”

他没说完，长念也不想听，后退半步，神色恹恹：“烦请您离远些。”

眼神一沉，叶将白绷紧下巴：“谁稀罕靠近你不成？若不是别无选择，这妾室的头衔我也不想予你。”

“那我是不是还得谢谢国公？”长念歪着脑袋，阴阳怪气地捏着手给他作女子礼。

叶将白黑了脸，一甩袖子大步出门，走到门口犹觉气不过，冷声道：“府里也不白养人，你要吃穿，便自己做事，冷了饿了，这府里都无人给你开方便之门。”说完，踹了一脚门，气鼓鼓地走了。

不知道为什么，见他生气，长念倒是有些解气，左右看看，桌上还留了饭菜，她走过去坐下，大口大口地吃起来。

就算是为了报今日这下跪之耻，她也得好好养伤。

叶将白大步回到主院，将良策和雪松都叫来，阴沉着脸吩咐：“侧院的用度都给我掐紧了，谁敢让她过好日子，我就让谁过不好日子！”

良策打了个寒战，雪松倒是机灵，抽了算盘出来立马开始拨弄：“侧院那位伤势好转，灵芝鹿茸人参都可以停了，用度便……”

叶将白皱眉，想了想，打断他：“药的用度不用减。”

雪松一顿，摇了算盘重新拨弄：“刚做的衣裙十几套……”

“衣裙也不用减。”叶将白眯眼，“她不愿意穿的，我非叫她天天穿不可。”

咬牙切齿的，带了点孩子气，听得雪松立马又将算盘一摇：“那便减吃食的，侧院的食材一向用得好，还有瞿厨子的工钱……”

叶将白琢磨了一下，恶狠狠地道：“给她从八盘菜减到四盘，用小碟子装，肉不许给多了，她若是不干活，就给她炒白菜！”想了想，他又补充，“白菜别放糖，每次放糖她就不吃。”

雪松：“……”

算盘声不响了，叶将白抬头：“怎么？太刻薄了吗？”皱皱眉，又自己嘀咕，“那肉就不减了吧。”

良策犹豫地看了他好几眼，低声道：“主子，这……委实没必要。”

掐用度跟不掐真的没太大区别啊！

“不行。”叶将白一脸严肃，“得让她知道我没那么好相与，总不能叫她踩到头上来！”

在屋子里转了两圈，他道：“等她伤好些再让她去后院，免得伤重了又得用药。”

“是……”

两人退出主屋，一个望天，一个看地。

“良策。”雪松道，“你说咱们主子这是何苦呢？”

“看不明白。”良策唏嘘，“这是为难殿下，还是为难咱们呢？”

很明显，为难殿下是不可能的，主子只是要颜面，谁若真去为难七殿下，那不是找死吗？就像上回那个百步穿杨立了功的黄安，被主子任命了一大堆事，忙得焦头烂额也不知道为什么。

不过……

雪松挠头道：“今日这一出，我看殿下委实是气死了，若叶老爷子真是殿下所杀还好，可我总听外头的人传，说叶老爷子是自尽而亡。”

“外头还传先皇是病逝呢，你也信？”良策撇嘴，又叹了口气，“不过两人仇怨实在太深，已经没了重修旧好的可能，我是宁愿主子再不与她纠缠的，可看样子……主子放不开。”

世间多少痴男怨女都是如此，明知道不得善终，偏生舍不得放手，贪恋短暂的温存，将伤害越滚越深。观局者皆清，当局者难明，到后来不过惹看客几声唏嘘，有多少苦痛，还不是自己生咽着。

“唉。”良策叹息，“还是独身一人好，没这些烦恼。”

“唉。”雪松跟着他叹息，“还好我家媳妇懂事，与我天作之合，琴瑟和鸣。”

嗯？良策黑了脸扭头看他，雪松倒是乐，朝他扮了个鬼脸，抱着小算盘走了。

赵抚宁屯兵京郊之外，一直不敢妄动，三催四请，总算是将叶将白请到城门口附近的茶馆见上一面。

“国公。”一改往日的高高在上，赵抚宁上来就行礼，笑着道，“数月未见，实在是想念。”

叶将白回礼，与他一同坐下，和善地问：“殿下百忙之中召见在下，不知所为何事？”

赵抚宁干笑：“国公言重，眼下哪里敢说是召见呢？七皇弟霸占京都，本宫这正统的太子倒成了要造反之人，实在是抬不起头来。”

“这是一点小心意，还请国公给个颜面。”他一挥手，外头的随从便往屋子里抬箱子，一个个铁沉的箱子落地，每层六个，叠了三层。

“世道将乱，别的东西都没用，还是这东西实在。”打开最上头一个箱子的红盖，金光霎时照亮半间屋子，赵抚宁扭头赔笑，“本宫带兵三月，收下了不少城池，这些小东西，就当给国公赔礼，当初是本宫急躁，不懂事，冒犯国公之处，还请国公海涵。”

对于红礼这种东西，叶将白是来者不拒的，当即便挥手示意收下，然后神色更加温柔地问：“不知殿下此回，有何吩咐啊？”

赵抚宁道：“本宫之所求，不过拿回本该是本宫的东西。父皇仙逝，七皇弟无才无德，何以盘踞皇宫？那北堂将军也是愚忠，死守城门不让本宫归朝，还请国公想想法子，迎我一迎。事成之后，国公必定会有享不尽的荣华富贵！”

叶将白状似沉思，片刻之后叹气道：“我负隅顽抗，本也是为着替正统守住京都，您愿意回来，自然是要迎的。可如今京都内的形势，殿下打听一二也知道，那北堂缪除了七殿下的话，谁的话也不听哪。”

“这……”赵抚宁皱眉，抚着酒杯道，“若实在不行，必定是要强攻的，但本宫担心的是，这造反之名一旦坐实，可就不好面对朝中百官了。”

“殿下放心。”叶将白笑道，“只要殿下能回京都，入皇宫，别的事都有在下操办。”

要的就是他这句话，赵抚宁大悦，拍了拍手：“好，咱们里应外合，焉有拿不下之理？来，这一杯，本宫敬国公！”

叶将白颔首，接下酒杯一饮而尽。

一局饭了，门客皱眉问太子：“这辅国公，还信得吗？”

“有什么信不得？”赵抚宁一边往外走一边哼笑，“他手里无兵权，只能选择依附于本宫，只要皇位拿下，这天下，还不是本宫说了算？”

“殿下英明。”门客连连奉承。

叶将白满脸醉意，目送赵抚宁离开之后，风一吹，脸上迷蒙的表情瞬间消散。

“东宫太子啊。”他笑，“咱们大恭这一页青史，会精彩得很。”

许智跟在他身侧，低声道：“东宫无德，不配正位。主子，太子一旦回来，少不得有人会重提先皇病逝之事。七殿下已经下过通缉旨意，指明叶家弑君，太子若为立威望，用叶家开刀……”

“宽心。”叶将白眯眼，“也只有赵长念有这个胆子对我动手。”

想起她，他心情便不好，脸色阴沉地哼了一声。

许智想了想，道：“七殿下所为，其实也是逼不得已，处在她的位置来看，一个女子能挟持您稳住局势，实在是难得。”

叶将白不悦地侧头，道：“我难不成还得夸她挟持得好？”

许智轻笑：“抛开立场来言，是该夸。主子虽然生气，但七殿下在此回纷乱之中表现着实不俗，不仅收服人心迅速，还占据皇宫也未曾登基——她若直接登基，事情会简单很多。”

名不正，则言不顺，言不顺，则事不成。赵长念只要假造遗旨登基，旁人再来打京都，便是实打实的乱臣贼子，讨不了好。

可她没有，离皇位只一步之遥，她也是先将先帝安置妥当，并未急功近利。

这样做有弊端，那就是她如今落在国公手里，逃脱无望，可也有好处——没有人会怀疑七殿下对先帝的孝心，一旦谁能拿出先帝改立七殿下为太子的遗旨，七殿下要登基，便是势不可当。

以许智的算谋，他都分不清哪一条路更恰当，但七殿下做抉择十分果决，行事之间让人看不出犹豫的痕迹。

或者说，她从一开始就没有想过要登上皇位？

许智想了想，复又摇头。

皇位这东西诱惑太大，就放在眼前的话，没有人会不动心。七殿下蛰伏多年，想来等的也是登基为帝的这一日，哪会真的清心寡欲呢。

叶将白神色晦暗，眸子里情绪起伏良久，才恹恹地说了一句："休要提她了。"

他不想听，也不想去想这个人，还有那么多事要做，谁有空管她一个女儿家。

"是。"许智拱手应下，退到后头。

京都依旧笼罩着一层阴云，不少城里的人往外逃窜，往日繁华的街上显得空荡荡的，秦大成打马从集市上过，回到了国公府。

拐过几个回廊，越过几个院子，他瞧见长念穿了一身紫色流绢纱裙，正坐在屋檐下头绣什么东西。瞧见他来，她左右看了看，笑着轻声喊："舅舅。"

秦大成皱眉过去，低声责备："伤还没好全，怎么就出来了？"

"屋子里闷得慌。"长念眉眼弯弯，看起来温柔极了，"瞿厨子缺件春袄，外头天气好，我正好出来晒晒太阳，顺便给他缝上一件。"

"瞿厨子？"秦大成不解，"你做什么要给他缝袄子？"

"辅国公说，府上不养闲人，要我干活才给饭吃。"长念耸肩，"我今日想去后院帮忙劈柴的，谁知道那些个下人跟见了鬼似的将我赶回来了。我想打水，丫鬟也不让，就只能给瞿厨子缝衣裳，好让他继续给我做饭。"

秦大成微恼："府上还缺你这点活计不成？国公是摆明了折腾人。"

"还好。"长念拎起袄子看了看，"也不难。"

就一件小马褂要她缝个边，丫鬟教了她一会儿，她也就会了，缝得还不错。

秦大成叹息，在她身侧蹲下来，轻声道：“外头形势不太好，有风声说太子要带军攻城了，今日还与国公见了面。”

一针扎在指头上，长念皱眉：“赵抚宁是被驱逐之人，就算太子之名仍在，被废黜也是迟早的事。他来攻城，封地之人必来勤王。”

“远水难救近火。”秦大成摇头，“除却提前告知的二皇子，别的皇子都在封地不曾动弹，许多人是不愿意来蹚浑水的。二皇子就算前来，兵力未必敌得过太子，更何况，太子主东宫，对他动手，传出去也不好听。”

“太子的位置，不该叫赵抚宁一直占着。”长念摇头，“是我疏忽了，该替父皇下旨废黜他。”

“眼下若补救，还来得及。”秦大成道，“三朝元老季国柱尚在，他是三皇子的舅舅，三皇子与太子仇怨最大，说服他老人家来颁旨，可以服众。”

“季国柱？”长念无奈地道，“他家的儿子，不是娶了唐太师家的小女儿吗？眼下两家关系如何，我不甚清楚，贸然去说此事，万一叫唐家知道，反而不妙。”

秦大成沉吟道：“此事可以让北堂将军接手，多多试探。”

现在她被关在这里，叫天天不应叫地地不灵的，也只能指望兄长他们了。长念长叹一口气，正想再说，余光却瞥见月门外头远远地有人正往这边来。

神色一紧，她立马扭头对秦大成笑得一脸谄媚：“大人，你便教教我武艺吧！”

秦大成一脸茫然，顺着她的目光看了看才反应过来，起身作欲走状，正色道：“武艺不传女子，姑娘的要求委实叫人为难。”

“总归待在这院子里也无聊，我听人说，北堂将军的功夫都是大人教的，委实是想看看！”长念咋咋呼呼地比画。

叶将白本是打算越过这院子去别处的，听见动静眯了眯眼，还是忍不住停了步子，扭头问：“做什么呢？”

秦大成一惊，连忙走到月门处道：“正打算去主院找你，不承想走错了地方……这位姑娘不知是谁？一直叫我教她武艺，这哪里是能教的？”

叶将白扫了长念一眼，冷声道：“师父不必管她，不懂事的妾室罢了。”说着，又眯眼问赵长念，“活做完了？”

长念面无表情地道：“正在做，请国公放心。”

与别人说话笑嘻嘻的，同他说两句就这副模样？叶将白不爽，大步跨进院子，扫一眼她手里的东西，问：“这什么？”

“瞿厨子给的活儿。”长念道，“快缝好了。”

“这也算活儿？”叶将白满眼嫌弃，“是个人都比你做得好。”

长念垂眸：“那国公的意思是？”

左右看看，叶将白道：“怎么着也得将这院子里外扫干净，再将主院里堆着的衣裳都洗了。”

“这院子刚扫过。”长念道，“至于主院的衣裳，我问过了，丫鬟说都洗过了。”

“想洗还不简单？”叶将白冷笑，拉过她就往外走。

长念被他拉得一个趔趄，眉头直皱，秦大成在旁边张口欲言，看看长念的眼神，又生生咽了回去。

罢了，忍一时风平浪静。

叶将白径直进了自己的房间，打开镶宝衣柜，一件件地将袍子往她怀里塞。

“这件，这件，还有这件。”他沉着脸道，“天黑之前，都给我洗干净了送回来。”

旁边的良策和雪松都张口想劝，叶将白却是一副恶狠狠的模样，严厉地道：“洗不完，不许吃饭！”

秦大成很是担忧地看了长念一眼，却发现后者表情十分平静，眉头都没皱一下。

“好。”她抱着一大堆衣裳，从容地道，“那我就先告退了。”

叶将白没留人，扬着下巴，一副等着看好戏的神色目送她出门。

秦大成低声道：“这天气，井水还凉着呢。”

“是啊。”良策应和，“伤没好的人怕是受不得凉。”

“没事的。”雪松打着算盘道，“大不了再添些药材用度，主子说了药材的用度不必减。”

叶将白回眸，睨他们一眼，道：“说情都无用，府里也该立规矩。”

他是不会心疼人的，瞧她自己，不是也应得很利索吗？她都不觉得难洗，他们跟着起什么哄？

良策等人不说话了，秦大成到底还是担心，应付完叶将白这边，偷摸去长念的院子里看了一眼。

然后就看见那丫头哼着小曲将抱回去的衣裳都挂在庭院里的竹竿上，衣裳下头点了不少熏衣的小炉子，只是……没闻着叶将白常用的龙涎香味，倒是一股子皂角气息。

丫鬟小心翼翼地问她：“姑娘这是做什么？”

长念笑着答：“衣裳在柜子里放久了，他嫌没皂角味，我给他熏上些，等会儿再熏香就是了。”

要她洗衣裳？干净的衣裳，洗和没洗谁看得出来？充其量就闻闻皂角味，他喜欢闻，就闻个够好了。赵长念撇嘴，她又不是真傻，放着给他折腾？他有张良计，她也有过桥梯，谁折腾谁还不一定呢。

最前头的架子上挂的是一件绛紫外袍，是他说立她为妾的那天穿的，长念瞧着，眼眸微眯，不可避免地想起了那紧闭的庭院的门，以及让她跪下的那个蒲团。

她不打算跟人讲道理，说这件事有多令人生恨。她唯一想做的，就是以彼之道，还施彼身。

只有痛在自己心里才最明白那是什么滋味。

手捏紧了又松开，长念继续点香。

太子广招门客，不少人投效，其中有个叫徐游远的对他道：“七皇子占据宫中，手握玉玺，他若下令废黜殿下，殿下便会成为谋逆之徒，以在下之见，不如先下手为强。”

“哦？”赵抚宁皱眉问，“如何下手？”

“殿下抗旨出逃在先，不管如何拨正，都必留恶名，除非……”徐游远拱手道，“除非先帝的旨意一开始就是错的，殿下是为大义而逃。”

皇帝的旨意怎么会错呢？除非连皇帝都是错的。

赵抚宁明白了他的意思，思忖了两日，又与叶将白见了一面。

一落座，他便道：“先帝的皇位，其实也是抢来的。”

叶将白拱手作倾听状，就听得他道：“当年武亲王勤王，其实是为了自己登上皇位，偏生被父皇所抢，父皇为了安抚他，还将他塑造成一个大义凛然护君主的好王爷。这些宫内秘闻，太后都是知情的，可到底都是她的亲儿子，太后未曾说过什么，只与本宫念叨过几句。”

“国公也明白，父皇在位几十年，并无太多建树，反而沉迷美色、丹药，枉杀不少忠臣。北堂家的开国将军，带兵御敌七百里，却被父皇十道圣旨召回京都，赐死于祖庙，此事民间也略有知晓，只是迫于权威，无人再提及。”

“殿下是何意？”叶将白直接问。

赵抚宁叹气道：“本宫虽为父皇亲生，但也是非分明，此番，本宫想替父皇发《罪己诏》于天下，还北堂家一个公道，也还众多枉死忠臣一个公道。”

这算盘打得，比雪松还响呢，怕宫中下旨动他太子的名分，干脆先大义灭亲？叶将白淡笑，捏着茶浅饮不语。

赵抚宁打量他两眼，没什么底气地道：“但此事，只本宫一人定是不能成，所以来问问国公的想法，这……成是不成啊？”

“殿下言之有理，自然是能成的。”叶将白道，“只是，殿下可想清楚了，这《罪己诏》一旦发下，先帝必不能安寝于皇陵。”

历朝历代，都鲜有皇帝正儿八经地罪己，要么是明贬实褒，要么就是亡国之君。都说死者为大，皇帝死后追封谥号还来不及，哪能往上加罪名呢？真往死人头上加，必定引发篡位动棺之祸。

赵抚宁显然是不在意这个的，抚桌道：“对便是对，错便是错，哪能分亲疏呢？父皇不肯认错，本宫来替他认，有多少罪业，本宫都担着。”

话说得是一个赛一个的好听，叶将白勾唇：“殿下既然说到这个份上了，那在下必定是要相助的。”

动先帝棺木这种结局，他是喜闻乐见的，只是赵长念……

叶将白轻笑，望了望外头的天。

先帝生前最疼爱的是太子，最忽略的是七皇子，可如今，最疼爱的皇子要掀他棺木，最忽视的皇子却一心护他，先帝在天有灵，会不会肝胆俱裂呢？

哦，不对，他摇头，往地上看，先帝那样的人，死了也不会上天的，定是在十八层地府里待着呢。

安排了一番，叶将白动身回府，刚靠近赵长念的小院子，就闻见一股子烧香的味道。

他走进去一看，赵长念竟在院子里放了佛龛，正一本正经地在叩拜上香。

“这是做什么？”他冷声问，“亏心事做多了，临时抱佛脚？”

长念头也不回地道：“这是瞿厨子让人请回来的菩萨，听闻灵验得很，只要诚心叩拜，必定能圆心愿。”

叶将白大步走到她身后，扫一眼那佛龛，嗤之以鼻：“神佛都是弱者才信的东西，自己没本事，便想求菩萨保佑，菩萨自己都是木雕的，有何用？”

长念不理他，专心叩了三个头，才起身道：“衣裳都晾好了。”

叶将白一顿，转头看了看，嚯，院子里挂满了洗好的衣裳，被风一吹，皂角味盈面。

“都是你自己洗的？”他有点不信。

长念没答，旁边的丫鬟却神色复杂地屈膝：“奴婢们都没帮忙。”

国公府里自是没有丫鬟敢骗他的，说没帮忙，定就是没帮忙。

叶将白轻哼一声，偷瞥一眼长念的手，没瞧见什么异样，也就淡声道：“洗完便好。”

长念依旧虔心地拜佛，双眸闭着，长长的睫毛扫下来，颤也不颤。

叶将白撇嘴，拂袖离开，一路上都在嘀咕：“神神道道的，别是被逼疯了吧？”

许智听见，唏嘘地答：“父皇被害，兄弟反目，情人为敌，如今又身陷于此，遭遇这样的境遇，七殿下被逼疯也在情理之中。”

叶将白不悦地看他：“你这样说起来，我倒是欠她了？”

许智张口欲言，想了想，还是咽回去，拱手道：“各为所求，谈不上什么亏欠。”

叶将白哼了一声，扭头继续往前走，心里想，真论亏欠，她难道不亏欠他吗？亲手杀他生父这样的举动，完全没给两人留余地。就算让她磕头送灵，也未必能消叶家长辈心里的怨怼，将来……

她哪里想过什么将来！

越想越气，叶将白横眉问：“那院子里的用度掐得如何了？”

良策一凛，心想这没法答啊，赶紧就近将厨房里的瞿厨子抓了出来。

瞿厨子微胖，气喘吁吁地跑过来道：“回国公，院子里膳食都掐着呢，按照吩咐，姨娘干活了才给饭吃，这不，让缝的衣裳缝好了，小的才做的晚膳。”

叶将白斜眼看过去，就见他穿着赵长念缝的那件褂子，花色俗气，质料也不甚好，但缝得很仔细，袖口结结实实的，半点没滑线。

真是认真啊，都没这么认真给他缝过什么。

神色微凉，叶将白冷冷地“呵”了一声。

瞿厨子被他吓得腿一抖，以为是自己给的活儿太轻了，连忙给长念说好话，拉着身上的褂子道：“姨娘重伤未愈，能干活已经是不错，况且听说之前不会女红，是临时去跟丫鬟学的，缝了几个时辰才缝好，比府上其他丫鬟做得都仔细。小的寻思着，给顿饭吃也是应该。”

说到这个份上了，应该可以了吧？瞿厨子擦擦汗，偷偷抬眼一扫。

辅国公的脸色没有半分好转，眼神反而更加阴沉。

瞿厨子：“……”

“你下去吧。”叶将白拂袖，头也不回地走了。

瞿厨子战战兢兢地看着他的背影，伸手拉住旁边的良策：“大……大人，这是怎么回事啊？我何处惹了国公不快？”

良策摸着下巴想了想，又看了一眼他身上的衣裳，拍着他的肩膀道：“这身，以后莫要再穿就是了。”

啥？瞿厨子蒙了，呆呆地站在原地。

于是，第二日，长念就接到了瞿厨子送来的几个尺寸和一件半成的衣裳。

“这是？”

“这不马上要到夏天了嘛。”瞿厨子搓着手道，“想做身新衣裳。”

长念点头，拎起那件罩衣看了看，料子极好，花纹也清雅，就差将衣襟缝上了。

“好像有些小啊。”看了看瞿厨子，长念问，“您穿得了吗？”

“穿得了穿得了。”瞿厨子扭了扭腰，“夏天嘛，会瘦下来些。”

不疑有他，长念接过活儿就做，安安静静地靠在软榻上穿针引线，当真像极了一个贤惠的姨娘。

丫鬟小声感叹：“姨娘命好，得国公疼宠，外头那位姚家姑娘已经闹翻了天，国公都没让她再闹进咱们院子来。”

提起姚幼舒，长念也很遗憾：“她怎么就没来闹了呢？再来把我送走也好。”

“姨娘这说的是什么话。”丫鬟笑道，“国公可舍不得您走呢。”

这不是废话吗，她要是得逃，局势哪里还能像现在这样平稳？北堂缪迟迟没有率大军压府，就是顾忌她在，叶将白是把她当护身符在押着呢。

不过，兄长不动，外头的太子也不会安分的。长念皱眉，她身不由己，无法与外头取得联系，也控制不了局面，兄长和疏芳不知道能不能应付得了。

正想着呢，外头就有人来喊了一声：“绿茵姐姐，有人找。”

她屋子里站着的丫鬟应了一声，同她告退就出去了。

四周安静下来，长念放下针，盯着窗户的方向等着，不一会儿，秦大成果然过来了。

“殿下。”他神色很严肃，左右看了看，低声同她道，“太子欲替先帝发《罪己诏》。”

“什么？”长念站起身，脸色霎时沉下去，“他凭什么？”

秦大成摇头，不多作解释，只道：“北堂将军希望您能寻得机会出府，只要离开这国公府，不管外头有多少护卫，都尚有逃生之机。”

出府的机会？长念皱眉，叶将白现在防她防得厉害，怎么可能让她出府？

脑子飞快地转了一圈，她突然道：“舅舅，三日之后，你若能想得法子将府里所有的大夫都调走，我或许能有办法。”

秦大成略微思忖，点头：“我尽力一试。”

人来无影去无踪，转瞬就不见了。长念回到软榻上继续缝衣裳，不一会儿，绿茵推门进来，嘀嘀咕咕地道：“压根没人叫我，怎的都喜欢捉弄人呢？”

长念垂眸，掩下所有复杂的情绪，依旧像一个贤惠的姨娘，穿针引线。

晌午，衣裳缝完，长念放下针线，刚将袍子递到丫鬟手里，眉头便是一皱，捂着胸口趴在床边干呕起来。

“姨娘？”绿茵吓了一跳，连忙替她顺着背，“这是怎么了？吃什么不干净的东西了？”

长念只摇头，神色分外复杂，平顺下气之后低声道：“没事。”

“雪松大人说过的，您有什么不舒服便要立马让大夫来瞧。”绿茵跺脚，扭头就去让人把府里的大夫请来。

长念满脸抗拒，一边干呕一边死死地掐着自己的脉搏，脸色发白。大夫来了也只能在旁边无奈地看着她，问绿茵：“今日吃过什么？”

绿茵答：“早膳用了药粥，午膳还没用呢，就这样了。”

大夫犹豫半晌，又问：“这个月癸水可来过了？”

绿茵摇头，看向床上的长念。长念白着脸，眼里有些迷惑：“癸水，有两月未至，我……是不是得什么不治之症了？”

大夫一听，捏着胡须就道：“这可不是什么不治之症，请让老夫先看看脉象。”

长念皱眉，似是想到了什么，脸上露出一股子抗拒，冷声道：“死不了就不用看了，别的什么脉象我都不稀罕。”

“这哪里成？万一是喜脉呢？”

“喜脉？”长念满脸嘲讽，“我受重伤至此，还能有什么喜脉？”

“夫人此言差矣，重伤未曾小产，也是能有胎儿留下的，只是之前可能月份不足，未能把出来，还请夫人伸手。”

长念冷笑：“就算有喜脉，我也定是不会留的，只管给我开打胎的药，我喝下去，养一阵子便是。”

大夫：“……”

哪有富贵人家的姨娘这么不想要孩子的？他皱眉，再三算过日子，又问症况，觉得实在像是喜脉，也不敢乱来，立马让丫鬟去禀告国公。

叶将白正在书房里吩咐：“《罪己诏》先张贴遍京都，再返进宫。京都各衙门都已经打过招呼，不会有人插手，这种事自然是先下手为强，莫给宫里人反应的机会。”

“是。”林茂等人齐齐应下，退了下去。

风停云还站在旁边，瞥他一眼，轻笑：“怎么？今日又心情不好？”

伸手拿了文书来挡脸，叶将白闷声道：“没有，挺开心的。”

“啧，好歹相识多年，我还不知道你吗？”风停云摇头，“你若是开心，眼眸定会亮着，神采奕奕，而不是现在这副要死不活的样子。”

叶将白不答话了，气闷地盯着文书上的字。

风停云笑嘻嘻地摸着下巴道：“让我猜猜，是七殿下又得罪你了？”

“没有。”叶将白眯眼，“她做什么都与我无关。”

这么有觉悟？风停云看了看他认真的表情，觉得有点欣慰。

然而，下一瞬，良策从外头进来，捧着一件衣裳送到他跟前，轻咳两声，小声道：“主子，府里刚做的衣裳，说是要送给您的。”

叶将白一顿，斜眼看过去，神色顿时古怪起来，一副想笑又不笑的模样，阴阳怪气地问：“哪儿送的？用得着直接拿来给我瞧吗？”

良策赔笑，含含糊糊地道：“人家的一片心意呢，您瞧瞧这衣襟，缝得可好了。”

叶将白哼了一声：“缝得比这更好的多的是。”

“那……”良策问，“收下吗？”

“随意放下就是。”叶将白继续看文书，“总不能扔了，怪可惜的。”

富可敌国的国公大人，什么时候可惜过东西？良策想笑，又不敢，只能抿唇低头，抱着衣裳往主屋走。

风停云侧头，就见方才还要死不活的人，现在一双眸子不仅亮，还跟夜空里的繁星似的直闪。他不解地左右看看：“怎么？一件衣裳就能把咱们辅国公讨好成这样？”

“你哪只眼见我被讨好了？”

“两只眼都看见了。”风停云先指了指自己，然后抱着胳膊道，“下头的人都说咱们国公阴晴不定，不易亲近，谁承想你这么好收买。喜欢衣裳是吧？我把蝶翩轩的衣裳都给你送来！”

叶将白抬头看他一眼，勉为其难地点头：“等会儿我便让人去拿，不用你送。”

风停云：“……我开玩笑的。”

“君子一言，驷马难追。”合了文书，叶将白起身拍了拍他的肩膀，“回去安排一下。”

风停云无语地想，强盗啊这是！

看他一脸愁容，叶将白忍不住笑出了声，正想再打趣他两句，就听得雪松着急忙慌地在外头喊：“主子！”

雪松性子一向沉稳，能让他急成这样的事很少，叶将白收敛了笑意，走去门口看了看：“怎么？”

雪松满头是汗，踮脚在他耳侧，抖着声音道：“大夫说，侧院的姨娘……似是怀了身子。”

侧院的姨娘？叶将白困惑了好一会儿：“谁啊？”

雪松：“……”

整个国公府里就那么一个姨娘，你说是谁？

反应了好一会儿，叶将白缓慢地眨了眨眼，有些迷茫地问：“七殿下？”

雪松点了点头：“大夫说妊娠反应很严重，一直呕吐不止，早膳都吐出来了不说，还一直吐苦水。殿下很抗拒，说要开打胎药……”

听到最后三个字，叶将白才猛地惊醒，一把抓住雪松的衣襟，怒道：“她敢！”

雪松被吼得瑟瑟发抖，满脸苦笑：“主子，您吼小的也无济于事啊……”

一把将人推开，叶将白深吸一口气，在原地转了两个圈，才大步往外走。

“这是怎么了？”风停云听得不太清楚，走出来看了看叶将白急躁不已的背影，挑眉道，“哪儿着火了不成？”

雪松揉着自己皱巴巴的衣襟，叹息道：“这可比着火严重多了。”

活了二十多年，叶将白头一次与人有儿女私情，本身就已经有些手足无措了，结果，还有了自己的第一个孩子？

在与赵长念这样势不两立的情况下，两人有孩子了？

他越走越快，越走越急，最后几乎是冲进侧院的。但一到门口，他反而又停下，望着那主屋，有些不敢往前。

堂堂辅国公，叱咤京都的人物，敢闯皇宫，敢赴鸿门宴，却在这一间小小的屋子前头站着，不敢动了。

要怎么办呢？他一向会算计，可现在望着那紧闭的门，他想了半天，也想不到一个好的法子去面对。

“呕——”屋子里传来长念的声音，听起来十分痛苦，接着就是丫鬟小声的啜泣。

叶将白皱眉，捏紧了拳头，鼓足勇气上前推开了门。

长念半死不活地趴在床边，犹自喃喃：“你身为大夫，难道不该尊重患者的意见？我说要打胎药，你凭什么不给？”

大夫满头是汗，听见开门的声音连忙回头，看见叶将白来，都快哭出来了：“国公！”

叶将白脸色铁青，大步走进内室，一把将赵长念捞起来按在软枕上，冷声问：“你刚刚说什么？”

长念抬眼看他，一双眼里满是恨意：“我说，你的孽种，我不稀罕生，听明白了吗？”

望着面前这张陡然僵硬的脸，长念觉得很解气，捂着肚子冷眼看他，又补上一句：“还请国公赐药！”

叶将白狠狠地瞪着她，只觉得手背发凉，一路凉到心口，又从心口生出火气来，直冲天灵盖，热流汹涌至四肢百骸，最后指尖都发麻。

他捏着她的肩膀，好半晌才吐出话来：“你自己肚子里的骨肉……也骂作孽种？”

闷哼一声，长念皱眉：“不是孽种，是什么？你杀我父皇、害我兄长、夺我皇室江山、逼我下跪仇人，叶将白，你说，我肚子里这个不是孽种，是什么？！”

情绪一激动，她脸色更加苍白，手捂着肚子，侧头又呕。

叶将白浑身都发颤，本想斥她，一看她吐得难受，几句话卡在喉咙里愣是生生咽了下去，红着眼退后两步，问大夫：“如何？”

大夫一脸为难，小声劝道：“这位姨娘身子本来就受了重伤，妊娠反应也大，情绪若再这般激动，喜脉定是保不住的……丫鬟已经去熬保胎药了，但姨娘若不肯喝，也没别的法子……”

叶将白沉默，脸色难看得紧。

良策见状，上来小声道：“主子去外室稍坐，小的们来伺候。”

第十四章 赌约

长念扶着床沿，使劲让自己吐得更厉害些，干呕不出东西，声势倒也浩大。叶将白左右是站不住了，狠狠一拂袖，扭头去了外面。

良策连忙站到长念身边来，躬身道：“您消消气，就算不为着别的，也为您自己的身子着想，留得青山在，才不怕没柴烧不是？”

丫鬟递了帕子来，长念擦了嘴，捂着肚子痛哼，声音低哑无助，像受伤的大雁，凄惨悲凉。

叶将白捏着腰上的挂件站在外头，指节发白，脸色如海上阴雨，狂澜将起。

“你若妄想用这孩子威胁我……”他朝着隔断处的珠帘沉声开口，“我定会让你生不如死！”

满屋子的人惊惶不已，一面想去劝他，一面想去安抚赵长念。

“威胁你？”长念轻笑，扶着床抬头，沙哑地道，“我有什么好威胁你的呢？”

她眼里一片灰败，像是已经绝望了。

良策连忙出隔断将他再扶远些，小声道："主子这是做什么？真将人气出毛病，心疼的不还是您？"

"我不会。"叶将白下颌紧绷，"我不会心疼。"

良策跺脚："您真不会心疼，那现在是在气什么？人这一辈子跟谁赌气都不能跟自己过不去，您睿智聪慧，哪能不明白这个道理？"

叶将白皱眉。

"您先去好生休息，这里有小的们守着。"良策将他往外推，一股劲推出了门。

雕花镂空的红木门在他面前合上，扬起一阵风，吹得叶将白眼睛疼，他安静地站了一会儿，听得里头时不时传出的干呕声，脑海里一片空白。

他知道该如何挑拨太子和五皇子，也知道如何用太子来对付三皇子，但他现在是真的不知道该拿这屋子里的人怎么办。

威逼吗？没有用的，她连死都不怕，还怕什么呢？利诱？现在能诱惑得了她的东西，他不能给。

分明是两个人的孩子，为什么只有他一个人想留呢？她的心不是肉长的吗？怎么可以想要打掉呢……

"主子。"雪松从外头进来，神色严肃地道，"秦大人来禀告，说抓到梁御医了。"

勉强回神，叶将白道："带过来。"

话刚说完，他回头看一眼那房门，又改口："罢了，带去主院。"

"是。"

梁御医是当日在养心殿给叶老爷子下药的御医，知道他会报复，一直躲在宫里不肯出来。秦大成带人守了他这么多天，终于逮着他回家的机会，将人抓住了。

"国公！"被推搡进门，跌坐在地，梁御医颤颤巍巍地行礼，"拜见国公！"

叶将白坐上主位，语气森冷："听闻梁大人得升御药房总管，可喜可贺啊。”

“国公明鉴！”梁御医双腿战战地道，“叶大人仙逝，实非下官之过错，是大人那丹药太过厉害，又无解药，下官回天乏术啊！”

叶将白冷笑。

听他这语气也知是不信，梁御医连忙抖着手从袖袋里拿出一张膏药纸来呈上，道：“下官备着东西，就等着见您一面好解释。这是叶大人当日服药之后呕吐出来的残渣，整个御医院都查过了，这里头蛇毒砒霜俱全，就算是有解毒丹，送得慢了，也不能将人从阎王殿拉回来！”

他放下药膏，又磕头：“您与咱们御医院几个元老也是多年的交情，就算是七殿下的命令，咱们也不可能去害叶老爷子啊！叶老爷子当时是跟殿下聊了半个时辰，自己吃下的毒丹，那丹药别处都没有，只能是老爷子自己炼制的，还请国公明鉴！”

叶将白愣怔，眼里微微起了波澜：“你……你说什么？”

梁御医慌忙俯身：“今日下官以性命担保，所言无半句虚假！”

风停云也在旁边，听得愕然咋舌：“所以……老爷子不是殿下杀的？”

“与七殿下当真是无关。”梁御医摇头，“老朽与七殿下无任何交情，断不会说胡话。”

“这……”风停云眨眼，干笑着看向叶将白，“那你好像就怪错人了啊。”

叶将白唇上毫无血色，定定地看了梁御医许久，才摆了摆手。

下人连忙进来，将梁御医架了出去。

屋子里寂静得有些可怕，外头太阳入云，阴影都落在了他的眼睑上似的，看着令人背后发凉。风停云搓了搓胳膊，挑眉道：“表情也不用这么严肃吧，错怪了人，认个错也就罢了。”

叶将白侧身，抬眼看他，轻声道：“你一向了解女人，若你是她，被我误会成杀父仇人，你会生气吗？”

“这还用说？”风停云撇嘴，“女人向来受不得委屈，不过既然是误会，解释清楚也就罢了。”

“那……若这个误会，让你身受重伤呢？”

“呃，那就花点心思弥补吧。”风停云道，“姑娘家心都软，你诚恳些，想必还有活路。”

眼眸微亮，叶将白抿唇：“那……若你怀着身子呢？是会更容易原谅吗？”

风停云：“……”

觉得自己可能是听错了，他挖挖耳朵，又凑近他些，半笑不笑地道：“什么？谁怀孕了？”

“赵长念。”叶将白道，“大夫说她怀了身子。”

风停云眨眼，再眨眼，等反应过来这话是什么意思之后，往后退了三大步，瞪圆了眼：“七殿下怀了你的骨肉？！”

“嗯。”叶将白捏紧了手，问他，“我现在道歉，她可会原谅？”

风停云伸手抹了把脸，又在屋子里转了两圈，笑了两声，又咬牙道：“原谅个鬼！她若当真怀着你的骨肉，被你杀了父皇，被你让人射了一箭，再被你囚禁，别说是原谅了，给她一把剑，她不往你心口捅就算是她菩萨在世！”

眼里微微亮起的光又熄灭了，叶将白皱眉，有些恼怒：“她父皇不是我杀的，箭也不是我让人射的，为何要算在我头上？”

风停云抱着胳膊深深地看着他。

“……好吧，就算都跟我脱不了干系，”叶将白抿唇，“但我与她立场不同，行事各有目的，也是没有办法的事情。”

“所以呢？”风停云问，“到这个份上了，你还想留住她的孩子？”

“……留不得吗？”

“自然是留不得！”风停云用看傻子的眼神狠狠地瞪他，“她恨你入骨，怎么可能会生下你的孩子？就算你强要她生下，孩子爹娘不共戴天，你要孩子如何自处？况当下形势，若叫太子知道此事，他定不会再与你合作！”

叶将白神色凝重：“若我有法子让他不知道呢？”

风停云："……"

那是重点吗？他说了这么多，他就只挑这一条想法子？

风停云头疼地扶额，道："当年你同我游览京都，登上东迎山眺望之时，你尚意气风发，说这天下迟早在你之手，神挡杀神、佛挡杀佛，叶将白，你看看你现在，咫尺之遥，却连一个女人都舍不下，你拿什么掌控这天下？"

狐眸半垂，叶将白别开头，看了一眼窗外摇曳的树枝。

当年他想登高为主，不过是觉得人生意义仅限于此，如今……

罢了，深吸一口气，他喃喃道："此事再议。"

风停云定定地看了他许久，终是摇了摇头。

赵长念呕吐不止，午膳晚膳统统没有用，到傍晚时，人已经奄奄一息。

她趴在床边盯着地上的花纹，正在思考这法子到底有没有用呢，就听得有人走了进来。

绣着暗色云纹的锦靴踏在地毯上，在她的床边驻足。长念知道来人是谁，却没抬头，犹自捂着胸口。

"你想要什么？"叶将白低声问她。

眉梢微动，长念顿了一下，闷声道："国公不是说不受威胁？怎的……还主动来问我要什么？"

"我既然问了，你便说就是。"叶将白淡淡地道，"至于答不答应，在我。"

难不成他还真的很想要她的孩子？长念抿唇，这有点出乎她的意料，戏还没唱到一半呢，他竟要提前收场吗？

眼珠子动了动，她捏着被子哑声道："我若说家国大事，国公定然都不会答应，那不如便让我再吃一顿醉仙斋的东坡肘子，我想吃那个。"

叶将白愣了愣："就这个？"

"就这个。"长念翻身，一张苍白的脸对上他，"瞿厨子做的东坡肘子没有醉仙斋的好吃。"

叶将白皱眉，正觉得有些奇怪，旁边的良策就附过来小声道：“殿下一直没用膳，大夫说她想吃什么便让她吃，能吃下去就是好的。”

都这样说了，叶将白便道：“那就差人去买，找个脚力快的去。”

“是。”良策应下，出门去找人，结果没走两步就遇见了秦大成。

“这是要去哪儿？”秦大成手里还提着练功刀，像是刚刚练完武归来。

良策连忙道：“殿下想吃醉仙斋的东坡肘子，主子让我叫人去买呢。”

“嗨，这点小事，我去吧。”秦大成把刀往他手里一放，“正好出去散散步。”

“那甚好，有劳大人了。”良策朝他拱手。

一切都很自然，什么疑点也没有，赵长念安静地躺着，听着良策回来复命，暗暗松了口气。

“还有什么想要的？”叶将白问她。

长念抿唇，将身子翻向床内，背对着他。

“想不看见我？”叶将白哼笑，在她床边坐下，斜眼道，“这个恐怕办不到，这是国公府，我想去哪儿便去哪儿，将来换地方住，你也必定日日要与我相见。”

他好像很想与她说话，连孩子气的挑衅都用上了。可长念不吃这套，她的目的达到了，就只想好好休息，今日实在耗费了大量精神，完全没有兴趣再与他多费口舌。

但叶将白显然不打算放过她，他倚在床边慢条斯理地问：“想不想知道太子如今的动作？”

长念：“……”忍住，这人一定是骗她的，怎么可能把这种事都同她说？

“昨日太子还与我在京都内喝了酒，就在北堂缪眼皮子底下进的京都，想知道他怎么进来的吗？”

“……”

“太子带着的美人当真是倾国倾城，怨不得当初会为了她屠杀半个刘家，可我看那美人似乎心有愁怨，并非真心待咱们的太子。你可知道，后来发生了什么？”

“……”真的很想知道！长念咬唇，一忍再忍，终究是没忍住，转过身来狠狠地瞪他一眼。

叶将白反倒笑了，方才还冰封着的眉眼，眼下绵绵化开，在四月的春风里开出一串串的花：“想知道，就问我啊。”

长念觉得这人有病，堂堂的辅国公，跑来跟她说这些个闲碎的事情，还一副很了不得的模样。

可转念一想，问问也不吃亏嘛，于是她开口：“请国公赐教。”

睫毛微动，叶将白拈起她一缕散落在他手边的青丝，低声道：“昨日的宴会啊，我寻了机会塞了一张字条给那美人，没有想到那美人竟然接了。她得咱们太子三千宠爱，可一颗心竟半点不在咱们太子身上。当权者，也有费尽心思都得不到的东西，是不是？”

这话问出来，必定不是要她来答的，长念只管盯着他，问：“你字条上写了什么？”

“还能写什么？自然是写了她夫婿刘凌云的表字。”叶将白勾唇，心情甚好地答，“刘凌云是商人，知道他表字的人不多，唯知己好友识得。”

那美人见得字条，立马将他当成刘凌云的好友，绝望之中燃起希望，想靠他替自己的夫君报仇。于是毫无顾忌地送上门来，任他差遣。

赵长念皱眉：“你想干什么？”

“殿下不如问问，太子想干什么。”叶将白道，“他一旦入主京都，替先帝下《罪己诏》，先帝必不能安寝于皇陵。”

长念撑着床猛地坐起来，伸手抓住他的衣襟，恨声道：“这等忤逆之事，他也做得出来？”

衣襟收紧，脖子被勒住，叶将白呛咳两声，垂眸看着她的小拳头道：“殿下，要做这等忤逆之事的，又不是在下。”

“可若没你引导，他如何能想到这一步！”长念咬牙，“你杀了我父皇还不够，还要让他在九泉之下都不得安宁吗！”

伸手握住她的手，叶将白下颌紧绷：“你父皇不是我杀的，这次太子的决定也是他自己下的，与我无关。”

“你！”长念双眼泛红，“你这人……就是厚颜无耻！”

做什么都将自己摘得干干净净的，错都是别人的，独他一身清明！

“念儿。”叶将白正了神色，双眸直视她道，“你父皇与我父亲之间有经年旧仇，我做的只是让我父亲报仇。”

“你让你父亲报仇，就是杀了我父皇！”

“长辈们的恩怨，你我皆做不得主。”伸手将她半抱进怀里，叶将白心口微颤，慢慢合拢手，“就算没有我，你父皇也会死在我父亲手里，他谋划十几年，为的就是这一天。”

长念身子发抖，想推开他，这人却将她抱得更紧。

两人已经许久未曾这样亲近过了，他低头蹭着她的侧脸，唇轻轻落在她耳畔，低哑地道：“你总不能将过错全怪在我一个人头上。”

喉咙生疼，长念抓紧了他，颤着嗓子问：“我不怪你，还能怪谁呢？”

父皇死了，叶老爷子死了，在她面前这个她曾想给真心，最后却负了她的人，她若不怪，还能怪谁呢？

心口疼得厉害，长念呜咽出声。

叶将白皱眉，慌忙抱她起来，轻轻拍着她的背：“大夫说你不宜大悲大怒。”

“有什么关系！”长念咬牙，“我迟早……迟早是要随父皇一起去的，你不必瞒我，等太子一进城，我必定成为你们狼狈为奸的祭品，早死晚死，又有什么关系！”

“不会。”叶将白抿唇，“不会拿你当祭品。”

“那便是拿我的人，拿我赵家皇室的人，拿所有帮我助我的人！”长念恨声道，“还不如拿我来得痛快！”

“不说这个了。”感觉她呼吸越来越急促，叶将白连忙安抚她，

“不说这个了可好？你冷静些。”

长念硬生生咽下两口气，抬眼看他：“国公今日为何是如此态度？”

之前不是还恨她吗？还恨不得她去死，眼下怎的又来这样抱着她，像什么也没发生过似的。

将她满头散乱的青丝束好，叶将白轻声道：“我这样的态度，你不喜欢？”

长念冷笑：“我何时喜欢过国公？”

面前的人听着这话竟也没生气，只抬眼看她，轻笑：“撒谎。”

长念突然觉得心口被人打了一拳，痛得她闷哼。

撒谎吗？她没有撒谎，她一直看得很清楚，叶将白与她不是一路人，他们迟早会成为仇人，她怎么可能喜欢他呢？充其量不过是利用，是逢场作戏，是相互博弈。

到最后，只不过是她落了下风。

“你囚我于宫里，我囚你于府上；我父亲杀你父皇，又死于你面前，是非恩怨，已经牵扯不清了，咱们一笔勾销，从头再来可好？”叶将白在她耳边轻声道，“只要你应我，这江山，我与你共看，可好？”

心头大恸，长念很想伸手去掐他的脖子，大声质问他哪里有脸说出这样的话！那么多的仇怨，如何能一笔勾销！他与她一开始就是算计，又如何从头再来！

然而，她抖着身子瞪了床帐半晌，终是闭上眼，硬生生压下这口气。

“我好疼……”她颤声里带了哭腔，“你且松开我。”

叶将白吓了一跳，慌忙放开她，抿唇问：“哪里疼？”

长念捂着肚子倒在床上，眉头紧锁，呼吸急促，像一条濒死的鱼，无力地挣扎，身子蜷缩、翻滚，最后抵在墙上痛哼：“疼……”

“念儿？”叶将白被吓住了，伸手想去抱她，又觉得不妥，慌忙起身出门，大喝一声，“大夫人呢！”

为了就近照顾，大夫就住在侧堂里，听声就跑了出来，被叶将白一把拽进屋子里。

“她怎么回事？”叶将白皱眉，“好端端的，怎么又疼成这样？”

大夫上前想诊脉，但一看床上那人抵触的架势，只能讪讪地收回手，无奈地道：“国公，这位姨娘一开始就不是好端端的，孕期最忌情绪大起大落，而她从一开始就过于激动，加上身上有伤，这孩子十有八九是保不住的，眼下疼成这样，多半是……要小产了。”

脸色霎时变得阴沉，叶将白沉声问：“没有一点法子了？”

“若能诊脉，兴许还能对症下药，可姨娘她……”大夫无奈地摇头。

叶将白回到床边，将人揽过来，低声道：“让大夫看看可好？”

“不。”长念咬牙，“这孩子，我说什么都不会保！”

“念儿……”

长念疼得小声啜泣，红着一双眼看他：“你还记得我同你打过的赌吗？你说过的，你会答应我一件事。”

当初两人同游，约定谁先暴露身份，谁便要应对方一个条件，最后是他输了，为了救她，调用了衙差。

叶将白心疼得厉害，咬牙问她：“你想要我答应你什么？”

“我……想再和你去买一枝梅花。”长念喃喃，眼神涣散，“我们去那街上，再买一枝梅花，好不好？”

屋子里分明点的是暖香，盈入鼻息却叫人喉咙生凉。叶将白伸手拂开她鬓边碎发，眼里情绪波澜几起。

他想起当时那灿烂的日头，想起街上来回吆喝的热闹和沁人心脾的梅香，也想起当时身边那人脸上发自内心的笑。拿一枝梅花，她笑得却比花都好看，眉眼弯弯的，与他相依而坐，吃一碗便宜的馄饨。

当时只道是稀松平常的事，如今回头来看，才知道有多珍贵难得。

“这个时候，街上已经没有梅花了。”喉结微动，他轻声对长念道，“也没那么热闹。”

豆大的汗珠随着眼泪一起往脸侧滑落，长念张着嘴艰难地呼吸着，手抓着他的衣袖，抓得发白，喉咙里压着的痛吟含混不清地溢出来：“我……想再看看。”

嘴巴委屈地撇起来，眼泪止不住地掉，她用近乎哀求的语气道：“就看一眼……”

胸口闷得厉害，叶将白深吸一口气，弯腰将她从床上抱了起来。

“主子？”良策连忙询问。

“去备车。”叶将白抱着人往外走，“动作快些！”

“是！”

长念抓着他的衣襟，感受着他大步往外走的微微颠簸，心里五味杂陈。

这一赌，她好像要赌赢了。虽不知到底是孩子打动了叶将白还是别的什么，但，她终究是有了机会。

叶将白看起来真的很紧张，俊眉紧蹙，步子很急，但抱着她的手尚算稳妥。良策牵来马车，他踩上车辕就将她放进车里的软垫上，而后转身坐下，又将她半抱入怀。

恍惚间，长念都要觉得两人之间当真是什么也没发生过，正是恩爱浓时，他应她心愿，伴她出游。

然而，叶将白的手冰凉，覆在她的手背上，冷得叫她回过神来，继续痛哼。

“你忍着些。”叶将白抿唇道，“很快就到了。”

长念急急地吸着气，白着脸抬头看他，问：“你不恨我杀了你父亲了？”

叶将白皱眉，似是不愿谈此事，轻轻别开了头。

“按理说，你该盼我死了才好。”长念轻笑，睫毛发颤，“我若死了，你大仇得报，前路无阻，百利无一害。”

“闭嘴。”这人不高兴了，低斥她一句，下颌紧绷。

长念抓着他的衣襟笑道：“都这个时候了，还有什么说不得的呢……”

她的声音委实太虚弱，听得叶将白脸色难看极了，呼吸收紧，哑着嗓子道：“别乱说话。”

“我时常在想，若是一开始我没在太后的宴会上出恭，没撞见你杀人，是不是就不会有后来那么多事了？”长念闭眼喃喃，“你我没有交集，我不曾为你动心，也不曾相互算计，我到死也不过是史书上一个不起眼的名字。”

这样更好吗？叶将白顺着想了想，一张脸都要绿了。

他接受不了，如果赵长念从来就不认识他，过的都是没有他的日子，他光是想想都觉得气愤难当。

“就算是相互残害至死，”他咬牙道，“我也要你的生平里有我的名字。”

长念一噎，愣怔地抬头看他。

叶将白分外固执地平视前方，薄唇抿成一条线，隐隐有属于君王的、不受忤逆的霸气。

她皱眉，缓缓闭上眼。

马车一路驶向德隆街，临近醉仙斋的时候，长念突然疼得挣扎起来，叶将白慌忙想抱住她，却没拦住，这人硬生生从他怀里跌落下去，在马车上蜷缩成一团，不断低吟：“疼……”

“停车！”

叶将白起身想扶她，却见她身子翻过来，身下一片鲜血。

瞳孔紧缩，叶将白僵住了。

“帮我……找个大夫。”长念艰难地开口，大口大口地喘息，“我肚子……好疼啊……”

良策慌忙掀开车帘，左右看着街边两侧，道：“主子，那边有个医馆！”

叶将白伸手将人抱起来，二话不说便下车往那医馆里去。

街上最近开着的铺子很少，整条德隆街上就只这家医馆和隔壁的醉仙斋还挂着招牌，掀开帘子进得大堂，里头只剩个胡子花白的老头并个年轻的医女。

“大夫！”良策上前喊，“快救救命！”

老头耳背没听见，医女倒是利索，立马过来看了看长念，然后道：“把人抱去里头躺着。”

叶将白依言带长念进屋，医女伸手给长念把脉，这次长念终于没有再躲。

“胎像不稳，是要小产了。”医女满脸凝重，“这位夫人似是贫血，若小产再有不慎，恐会丢了性命。”

叶将白脸色发青，握着长念的手，沉声道：“别的不管，用什么药材都好，一定要将她的命留住。”

“这……”医女叹了口气，“最近城里人心惶惶，送药材的伙计已经半个月没来了，咱们这药堂子只剩了普通的药材，若要吊命，还差些东西。”

“需要什么？”叶将白道，“我差人回府去拿。”

“若府上有，那自然再好不过。”医女挽起衣袖，“人参、雪莲和灵芝都带些来，我接过的小产也不少，公子尽管放心。”

叶将白看向良策，良策会意，立马往外跑。

“这一包药能补些气血，药堂里没别的伙计了，不知公子可能搭把手？”医女抓了药材递给他，道，“炉子就在后院，熬三炷香即可。”

“好。”叶将白半点也没犹豫，接了药就走，锦绣衣裳上蹭了锅灰也不在意，分外麻利地就开始煎药。

要是一年前，有人来跟叶将白说，你以后会为了一个女人纡尊降贵，拿她毫无办法，叶将白是一定会笑，并且冲那人唾一口的。他是何等人物？哪怕是天仙下凡，也迫不得他半分。

然而如今，他捏着蒲扇看着火炉里燃起来的火，心想尊贵是什么东西？若屋子里那人能平安，他什么都不想计较了。

感情这东西，就是不讲身份地位，也不讲道理的。

长念的痛呼声渐渐轻了，叶将白以为是有所好转，松了一口气，拿帕子包着砂炉就往外倒药，然后端起药，小心翼翼地往屋子里走。

少了痛呼声的屋子十分安静，纱帘低垂，端着热水的医女从里头出来，不慌不忙地迎上他。

“药熬好了？”医女平静地道，“先放在外头，等我将这水倒了再回来喂。”

“好。”

叶将白虽然不知道倒水和喂药有什么联系，但医女说的话总是没错的，于是他放下药碗，就坐在外室里等着。

然而，一炷香过去了，去倒水的医女仍没有回来。

叶将白皱眉，隐隐觉得哪里不太对劲，想了片刻，起身去掀开隔断处的纱帘。

屋子里空荡荡的，一阵风从半开着的窗户吹进来，在凌乱的被窝上打了个转，又吹了出去。

瞳孔一缩，叶将白低喝一声：“人呢！”

没有人能回答他，方才还疼得要命的赵长念，眼下悄无声息地不见了。

第十五章 出逃

深吸一口气，叶将白握紧了手，扭头出了屋子。

不大的药堂，前院后院都空无一人，方才被医女端在手里的水盆此刻静静地放在庭院里的井口上，前堂里耳背的老大夫也没了影子，整个医馆安静得如同一座坟。

站在前堂里沉默了许久，叶将白终于冷笑出声。

好，好得很，赵长念又骗他，又一次骗了他！这金蝉脱壳之计，他竟然半点防备也没有！半点都没有！

她就这么笃定他放不下她，这么笃定他会上这个当！

放在柜台上的药盅倏地被挥落在地，“啪”的一声闷响，药渣与碎片四溅，溅起一层薄雾。

叶将白双手发颤，眼眸猩红，大步想往外走，却是一个踉跄。

“主子！”良策去而复返，见状连忙上来扶住他，皱眉道，“小的已经打发脚夫回去报信了，药材一会儿便送来，但方才怎么瞧见这医馆的医女和大夫急匆匆地上车走了？小的喊了好几声，他们都当没听见。”

“往哪儿走的？”叶将白冷声问。

良策指了指门外右边：“西城门的方向。”

“派人去，把那车给我拦下来！”叶将白怒道，“若是拦不住，就把西城门看死！”

“……是。”良策尚不知发生了什么，只领命而去。

萧瑟的街上转瞬就热闹起来，官兵齐刷刷地往西城门的方向跑，引得醉仙斋里的伙计纷纷出来看热闹。

“官老爷，这是做什么呀？”

“抓逃犯呢！”与醉仙斋来往甚多的官差停下步子，左右看了看，低声道，“你们这儿还是早些打烊，别贪这一天两天的生意，等会儿抓不着人，当心把你们这上头也查抄一遍。”

伙计大惊，连忙挥手让人收拾铺面，然后往那官差袖子里塞了红礼，赔笑道：“这街口已经被封死了，咱们要打烊走人，也得请大人行个方便。”

“好说好说。”官差一掂量袖子里的分量，摆手就让身后的人先走，然后道，“给你们一炷香的工夫，收拾好了跟我走，我送你们出去。”

“谢老爷！”

长念换了一身布衣，混在厨房的丫鬟里头，低着头随着人群就往外走。秦家哥哥走在她身侧，声音有些发颤，但还是道：“出了这条街，你要自己往皇宫的方向走，走得到吗？”

“您放心。”长念抿唇，“我自有法子。”

叶将白的反应是极快的，不少街上都戒严了，城门是出不去的，宫门附近想必也正有人马赶过去。长念出了德隆街，用头巾裹好脸，慢悠悠地朝定国公府走去。

北堂缪的伤已经养好，但他屡次巡城皆遇刺杀，沐疏芳就不让他再去城楼了。今日收到秦大成的消息，说让他们在北堂府的侧门等，也不知道等什么，沐疏芳干脆支了茶座，给北堂缪泡茶喝。

热气氤氲，茶香四溢，沐疏芳优雅地倾着茶壶，眉目缱绻，皓腕凝霜雪。

北堂缪想，要不是她泡的茶实在太苦，他在这儿多坐一会儿也是无妨的。

“时候不早了。”他起身道，“若是等不来什么，我便先回宫去。”

沐疏芳温柔地抬头瞪他一眼：“喝完这杯再走。”

“不了，眼下城里不太平，也不是你我能偷闲喝茶的时候。”

放下茶壶，沐疏芳双手叉腰，扬起下巴道：“你知道这茶叶多贵吗？浪费这一杯，够得外头的难民吃半个月米！将军就这么走了，良心能安？”

北堂缪：“……”

所以，把这么贵重的茶叶泡成这个样子，她良心得安吗？

两厢对峙，北堂缪最终还是让步，坐下来端起茶杯，皱眉喝下。

“让你喝茶，不是让你喝酒，一口闷是做什么？”沐疏芳撇嘴，“品茶都不会。”

神色复杂地看她一眼，北堂缪道：“上回喝娘娘一杯茶，三日未曾尝得膳食滋味。”

“哦？”沐疏芳很高兴，“是我泡得太好喝了？”

“不是。”北堂缪毫不留情地道，“是您泡得太苦了。”

京中女子大多爱喝淡茶香茶，也不知这位是怎么回事，偏爱苦茶，甭管什么铁观音、普洱还是毛尖，都一个劲往苦死人的境界泡。

轻哼一声，沐疏芳道：“将军不懂欣赏，茶就是要苦了才好，越苦，回味才越甘。”

强词夺理！北堂缪摇头，放下茶杯正打算走，就见门外进来一个下人，低声禀告：“大小姐，有个形迹可疑的人在侧门外头转了两圈了。”

座上两人神色都是一紧，对视一眼，起身就往门外走。

瞧见侧门里有了动静，长念松了口气，抬步就要上前，哪知刚走两步，余光瞥见林茂带着人往这边来了。

心里咯噔一下，长念捂紧头巾，闭眼朝侧门冲去。

“站住！”林茂大喝一声，提刀而来。

北堂缪刚踏出门，看见的就是这幅场景。他扫一眼那穿得奇怪的女子，想也没想便护在了她前头，迎面对上林茂。

“林统领这是做什么？”他冷眼道。

林茂带了百十来人，气势汹汹地将侧门包围住，沉声道：“奉国公之命抓捕逃犯，还请北堂将军莫要阻挠！”

不说还好，一说是逃犯，北堂缪护着身后人的动作顿时更坚定，浑身的气息也瞬间肃杀。

“殿下？”他侧头，轻轻问了一声。

长念轻轻点头，喘着气低喃：“他们人多，别吃眼前亏，先周旋，调援兵来。”

北堂缪眼眸大亮，欣喜不已，但眼下尚未脱险，他也顾不上寒暄，只得扭头对上林茂，沉声道：“此乃我一故人，哪里是什么逃犯？统领莫是追错了人。”

林茂道：“本官一路追她至此，不会有错，此人是国公妾室，私逃出府，理应抓回。”

长念穿的是一身女装，大庭广众之下，总不好说是七殿下。可若是不说，该如何留住人又免干戈？

北堂缪正为难呢，就见沐疏芳从旁边站了出来，裙摆微扬，气势凌人。

“国公府什么时候也干起了强抢民女的勾当？”她冷笑，“这姑娘分明是北堂府上的妹妹，我都见过，你们却偏说是国公的妾室，若当真迎为妾了，北堂府能不知情吗？”

林茂一怔，继而皱眉：“沐大小姐休要胡言。”

“你说我胡言？好，那便问问这位姑娘！”沐疏芳声音清亮，响彻一方，“姑娘，你可是辅国公的妾室？”

长念暗笑，无辜地摇头：“不是。”

“听见了吗？”沐疏芳道，“要么是你们抓错了人，要么就是国公不顾脸面，想到北堂家来强抢女眷。前者好说，你们走了就是，我们也当什么都没发生过，但后者……”

沐疏芳皮笑肉不笑地看着林茂：“倒是逼得北堂家兵压国公府也不一定。”

动手嘛，都要个名头，这名头若是他们亲自给了，那今日就算吃点苦头也不亏。

林茂的脸色很难看，他知道这七殿下是断然不能放走的，但眼下沐疏芳这么说，国公又不在，他也不知该进还是该退。

“唉，说来咱们国公最近安居一隅，连太子要攻城了也不在意，朝廷千催万请，都请不得他来守城。”沐疏芳十分惋惜地摇头，复又笑，“正好，统领不妨给个台阶，今日就在这北堂府门口闹上一闹，国公欠下人情，总该出山了。事成之后，本宫必带厚礼，多谢林统领。”

她说得像模像样，林茂心里更是疑窦丛生，想了好一会儿，觉得自己脑子不够用，干脆打发人回去问国公。

然而，北堂缪哪儿会给他那么多的时间？半个时辰之后，巡卫营带人赶来，乌压压的一片士兵，长矛指天，像刺猬背上的刺，森然凌厉。

双方对峙了几炷香的工夫，林茂像是收到了什么消息，脸色铁青，眼珠子一转，手往前一挥。

沐疏芳见势不妙，立马向后转，拉着长念和北堂缪就要退回府里去。

北堂缪微哂，把长念往她怀里一塞，道：“你擅长言辞，我擅长的是刀剑。”

沐疏芳一愣，扶住长念，看着他提了刀挡在她们身前，轮廓被夕阳的光勾勒出来，温暖而令人心动。

眼瞧着终于安全了，长念腿一软，跪坐在了地上。

“殿下？”沐疏芳吓了一跳，连忙俯身下来查看。

“没事。”轻轻喘气，长念笑道，“我今日戏演得太真，委实是累了。”

沐疏芳一边瞧着外头一边问：“您是怎么自己逃出来的？北堂将军为了救您，正在费心地部署呢。”

“我骗人啦。”长念小声嘀咕，眼珠子滴溜溜地转，半是讨夸半是余悸，“叶将白以为我要小产了。”

沐疏芳瞪大了眼看着她。

长念轻笑，拉着她的手，指尖冰凉：“胆子大吧？能蒙得住叶将白的，我是大恭第一人。你是没看见，他当真被我唬住了，都没发现我流的血不对劲，我趁着他去熬药，就翻窗去了醉仙斋，让大哥掩护我出来。”

长睫微垂，带着些颤抖，她又低声补上一句：“这人傻，我与他就算有夫妻之实，我也是要饮避子汤的，怎的可能怀身子？那么聪明一个人，偶尔也犯蠢。”

她语速越来越快，絮絮叨叨地像是停不下来似的。沐疏芳皱眉，看了她半晌，伸手抱住了她。

喋喋不休的长念突然就安静了下来。

“回来了就好，不用害怕了。”沐疏芳温柔地拍着她的背，“不怕了。”

眼前起了雾，长念咬唇，伸手回抱她。

“我差点以为，自己真的要死在国公府了。”她轻声道，“可我没死，既然没死，就不能眼睁睁看着他和太子颠覆江山。”

门外的打斗没有持续太久，北堂缪提刀回来的时候，天还没黑透。他看了一眼跪坐在地上的两个人，将刀递给下人，大步走过去，伸手就将长念扶了起来。

“更衣，用膳。”

沐疏芳跟着起身，嗔怪地拉了拉他另一侧的袖子，小声道：“殿下正后怕呢，你不安慰人就算了，说话怎么硬邦邦的？好歹安慰安慰，女儿家这时候最容易心软。”

北堂缪睨她一眼，不吭声。

沐疏芳恨铁不成钢地道：“我这是在帮你，你还不听！”

这木头似的呆子还是没有理她，直到将长念带去交给郑姨娘，两人站在屋外等着的时候，他才低声开口：“我安慰不了。”

“什么？”沐疏芳挑眉。

北堂缪侧头，下巴上隐隐有青色的胡茬，整个人没了对峙时的凌厉，反而有些软弱。他看着她，认真地道：“我也在后怕。”

他比她怕得更厉害，所以压根安慰不了人。

沐疏芳顿了一下，抬头看着他，心里涌上来一股子说不清的滋味。

北堂缪真的很喜欢七殿下啊，这么刚毅的一个人，喜欢起别人，原来也是小心翼翼又担惊受怕的。

有点可爱，又让人有点心疼。

垂下眸子，沐疏芳道：“人回来了就好，我去看看晚膳。”

北堂缪点头，目光落在后头那紧闭的门扇上，灼灼生华。

长念觉得自己这是劫后余生，愣是在浴桶里把皮都泡皱了才起身，换上郑姨娘给她准备的男装。

还是穿这一身更踏实。

勒上束胸，挽好男儿髻，长念再抬头，镜子里的人眼神变得坚定又锋利。

叶将白是没想过她能逃走的，所以肆无忌惮地跟她透露了太子的举措，她如今既然逃出生天，就定不能让太子得逞。

“二皇子已经赶到了从耳镇外，但有大军阻隔，进不得京都。”晚膳席上，北堂华满怀感慨，“先帝重兄弟手足之情，不承想驾崩之后，几位皇子还是要兄弟阋墙。”

长念抿唇，她之前一直很相信自己的父皇是真的在意血缘手足，可自从知道大花飞燕是武亲王给的，她突然明白了过来。

父皇不是真心看重兄弟，正因为他不是真心，所以他最疼爱的太子从未将兄弟放在心上。

言传身教，更重要的还是心达，心不达，做再多场面也是白搭。

不知道武亲王去了何处，这么久了，各方的消息都有，独武亲王音信全无。

“老夫已经写信给故友，请他们来京都助殿下一臂之力。”北堂华道，“只是，看这形势，即便殿下不想与太子正面冲突，太子也定会主动攻城。”

皇家争权，向来约定俗成不伤百姓，可太子显然不想顾念这一点，连派去谈判的言官都被砍了，想来是手里兵力充沛，底气十足。

长念抬眸道：“三镇之兵中，有几位老将军已经应承了兄长，决意相助。”

“即便如此，若当真攻城，殿下的顾忌会比太子更多，难以施展手脚。”北堂华叹息，“自古好人难当，要全名声，立正史。”

“倘若……”长念抿唇，“倘若不立正史，当如何？”

北堂华深深地看她一眼，道：“那即便成为明君，史书上也总有阴暗的一页。”

“史书，都是身后之事了。”放下筷子，长念道，“若为了做好身后事，护不住眼前人，那不如不要什么名声。太子有意责我父皇，我必拦他。一旦起冲突，便是只进不退，我是断不会拿身边人的命去换一页光明史载的。”

北堂华一愣，神色复杂地看向她，许久才叹了口气：“殿下这倔强的性子，倒是像极了秦妃娘娘。”

从前从北堂华嘴里听见秦妃，长念只觉感慨，如今知道长辈们的往事，再听就有些不悦了。她起身行礼，道：“时候不早，我与皇妃就不打扰了。”

沐疏芳正在优雅地进食，一块鱼肉吃到一半，不得不生咽下去，跟着她告辞。

场面略微有些尴尬，北堂华深感意外，北堂缪却没说什么，安抚了父亲，送了她们一程。

一路无言，直到回到宫里，长念才低声开口：“我是不是有些失礼？”

沐疏芳点头。

“可是，一开始若不是北堂将军，也许我也不会变成秦妃的孩子。”长念抿唇，有点委屈，“他不让秦妃换孩子，我生母再不喜欢，也应该会养着我呀，毕竟……我挺可爱的。”

嘴上说着俏皮话，眼睛却红了，长念拉着沐疏芳的手，低声问她：“男女真的那么重要吗？”

沐疏芳摇头，不重要，只是看谁倒霉一点，遇到那种不明事理的父母。

心里稍宽，长念低声道：“明日我要去一趟工部，你好生在宫里等我。”

沐疏芳还是不说话，只点头。

长念觉得不对，眨眨眼问她：“我真的那么失礼，叫你气得都不愿同我说话了？”

“不是……”沐疏芳沙哑着嗓子勉强开口，“是我……被鱼刺卡着了。”

长念：“……”

七殿下回宫的第一个晚上，没怎么庆祝，也没什么后怕伤心的气氛，几乎半个晚上，殿下都在帮她的皇妃取鱼刺。

沐疏芳是个宝贝，长念坐在灯边默默地想，且不说她言辞有多厉害，人有多大胆，单凭她喉咙里能塞下小拇指那么长的鱼刺，还能塞一路不吭声，就已经是绝无仅有了。

“以后我一定会给你找个好人家。”长念握拳。

沐疏芳喝着茶润喉，闻言撇嘴：“我看天下男儿皆傻子，料天下男儿看我应如是。大家彼此都看不顺眼，还嫁什么人呢，不嫁了，跟着殿下混吃混喝就不错。”

长念很意外：“这么多年来，你见过的俊杰也不少，就没有一个动心的吗？”

有一瞬间的失神，沐疏芳抿唇，垂眸笑道：“没有。”

也挺好，长念想，天下女儿大多为男子附属，疏芳通透，另辟蹊径也未尝不可。

第二日，长念说是去工部，实则在工部召见了兵部、吏部的多位要臣，众人已经许久没见着七殿下的面，正惶惶不安，赵长念适时出现，恰好给他们吃了定心丸。

“有消息称，近日东门敌情严重。”冯静贤与她独留茶座，沉声道，“太子似是想从东门攻城，东门附近的百姓已经奔逃，守城将领也有两个受蛊惑投敌的。这两日小雨，但钦天监说明日就是大晴，晴日攻城便利，殿下还是该早做防备。”

长念打开地图看着，沉吟。

“可要请武将过来看看？”冯静贤问。

殿下毕竟鲜少涉猎兵法，盯着地图看能看出什么花来呢？冯静贤觉得这事还是得靠武将。

然而，殿下竟道：“不必，待会儿你随我去一趟兵营便是。”

冯静贤不太放心，顺她意思与她去兵营，还是让几个武将多参谋参谋。

参谋完出来，武将跟他咬耳根，说这行不行啊？殿下听他们说了半晌，只点头，让他们明日一早兵分两路在东门附近等着，别的什么也没说。

冯静贤很是担忧地跟着长念去兵营里挑住处，小声提醒：“殿下，上位者，还是当知人善用。兵营里那几位武将都是熟读兵法之人，当世著名兵法书《战策》还是那几位编纂的，听听他们的话总是没错。”

长念笑道：“我听了。”

听了还是自己动手安排？冯静贤皱眉，明日太子无动作还好，真有什么动作，应付不住可不就惨了？

他向来是相信殿下的，但这行兵打仗之事，他一个文臣又不懂，心里越发没底，一宿都没睡着。

天刚蒙蒙亮，外头就有动静了。

国公府在子夜时分被大量守卫里外护了三层，可一个时辰之后，巡卫营士兵前来，长剑相对，又将那外头围了三圈。

府里的人有些焦灼，良策低声道：“主子，咱们被困在此处，并无退路，若外头加以援兵，怕是守不住。”

叶将白满目戾气，兀自坐在椅子里，沉声道：“他们不会加援兵。”

“为何？”良策不解。

许智见主子心情实在不佳，便将良策拉至一旁，轻声道：“那位回宫了，她向来是忌惮咱们主子的。眼下太子要攻城，她疲于应付，必不会同时对咱们主子下手，只是担心主子在背后使绊子，故而派人来围了国公府。”

原来如此，良策恍然，可又皱眉：“咱们主子那么担心殿下，她怎么还忍心如此对主子？”

许智轻笑，捻着胡须摇头：“殿下没做错，倘若今日她不派人围住咱们，必定会腹背受敌。在情爱和大事之间，这两位主子都掂量得很清楚。”

良策愣怔。

叶将白一言不发地看着窗外，外头有一树没了花骨朵的桃花，风一吹，萧瑟得很。他心里恼意盈斥，决意再也不给她留半点情面了，下回兵戎相见，一丝生机都不会给她留！

然而，恼过之后，他又忍不住想，她肚子里的孩子，后来怎么样了？

那样的情况下都能逃跑，她也真是忍得疼！身上本就七摔八跌诸多伤口，又受伤，还要小产，就算她打赢太子又如何？身子弱得怕是……

烦躁地起身，叶将白在屋子里踱步，沉声道：“派人去打听打听消息。”

“已经在打听了，主子。”许智上前道，“子夜七殿下就已经从兵营动身，算算时候，眼下应是在东门了。”

轻嗤一声，叶将白低喃：“真以为自己有多大的本事。”

许智拱手不语。

赵抚宁凭借自己的太子身份，这段日子收了不少兵将，眼下觉得时机合适了，便带兵以“归朝”之名，要东门将领放行。

东门自然是不会开的，赵抚宁麾下大将庞安立马于城前开骂，直骂东门守将乃卖国贼，收受好处，挡太子于京都之外。他嗓门大，骂声双方阵营都听得清楚，十分动摇人心。

赵长念今日穿了一身红袍，外裹银白铠甲，在他的骂声之中，亲自上前，将厚重的东城门打开了。

外头士兵一时沸腾，扬起手里的兵器就想往里冲。前头的庞安一看开门的人，脸色大变，立刻喝一声：“妄自上前者斩！”

三军立顿，庞安皱眉看着不急不缓地走出来的七殿下，心里忐忑不定，侧头问旁边副将：“这是什么阵仗？”

副将摸着下巴想了一会儿，道：“十有八九有埋伏。”

废话，七殿下敢在三军之前独身出来，身后必定有倚仗，不然哪个皇子敢冒这样的险？庞安勒马看着她，又往她身后看了看。

东门只开了一人能通过的缝隙，里头是什么情况压根看不清，城楼上烧起干草，烟雾缭绕，情况更是不明。七殿下在离他十丈远的地方停下，眉目含笑，清秀可人。

“按照规矩，若无圣旨，外兵不得入京都。皇兄想归朝，本王亲自来迎，还请皇兄露面才是。”她大声说着，一字一句都甚是温柔，毫无攻击之意。

躁动的双方都平静下来，庞安抿唇，不悦地道：“太子何等尊贵的身份，哪能出现在这三军之前？”

闻言，长念脸色顿沉：“同是爹生娘养的，太子与普通百姓有什么区别？他的命是命，在场各位将士的命就不是命了吗？我与他同父所出，尚敢站在这军前，他却畏畏缩缩地躲在人身后，何以服众？”

守城将士闻言，气势瞬间暴涨，立盾大喝起哄，声音震天，逼得庞安等人勒马后退半步，脸上发青。

两军对峙，最重要的就是士气，他先前说的话便是妄图瓦解守城一方的士气，谁承想不成功，他们这边的军心反而被七殿下动摇了。

太子不在场是事实，任凭他怎么掰扯，也洗不清这一点。

庞安一时无话，对面赵长念却是步步紧逼："父皇在世之时，皇兄就曾抗旨北逃，如今回京，不打算领罪，却想着带兵入城，是打算扰了这京都百姓的安宁、一路杀人、直抵皇宫吗？"

"如此情况，哪怕他是本王嫡亲的兄长，本王也断不会坐视不管！"长念振臂大喝，"将士们，本王与各位同在，护我京都百姓，守我龙城百姓，驱逐叛贼！"

"驱逐叛贼！驱逐叛贼！"城楼上下将士齐呼，声势浩大，响彻天地。

庞安满头是汗，后撤些召集了几位将领开始商议。

眼下这情况，强行攻城胜负难分，但他们不能退兵，要一直耗在这里。没个进展，恐也会被太子问罪，该如何抉择？

几个将领争议一番，最后还是一咬牙："攻城吧！"

号角声起，庞安领军直冲东门，长念早在他们商议之时就施施然退回城内，上了城楼。

"人来了。"她道，"传令下去，准备动手。"

"是！"

东城门离皇宫最近，地形也最为复杂，居高临下，易守难攻，城门两侧的城墙还是倒三角斜面，难以搭梯攀爬，但庞安一行兵力雄厚，仗着人多，硬是强撞城门。

巨大的撞门木抵达东门之时，两支护城军从左右两边突然冲出，横切入敌营，将庞安大军前后切成两段，同时东门突然大开，无数将领骑马冲出，正面迎上敌军。

冯静贤颇为意外地看着下头的形势，身着红色的护城军很快占了上风，前半部分的敌军渐渐被吞噬，后半部分人脱离了指挥，散乱不已。

"这是……殿下安排的？"他问道。

长念沉默，旁边巡卫营的老将帮着回答："是啊，历来守城都是不开城门硬守，殿下一开始说要突袭，我等还甚为担心，没想到形势当真不错。"说着，又指着下头那一大片红色道，"咱们今日士气了得，势如破竹啊！”

城楼上几位将士都露出欣喜的表情，冯静贤不由得觉得汗颜，殿下分明是在跟他谦虚，他却当真觉得殿下不堪用，白担心了一晚上。

他侧头看看，七殿下正单手扶着墙垛，往城墙下头瞧着，眸子里被映上火光，眉头微拧。

比起其他人，她看起来实在很不高兴。

冯静贤觉得她对自己的要求实在太高了，于是上前拱手劝道：“殿下，眼下战况虽然激烈，但我方稳占上风，这一仗势必是能赢的。”

“我知道。”长念低声道，“他们后备军远在三十里外，支援不及我们迅速，地势不及我们有利，士气不及我们高涨，至多不过黄昏时分，便会退兵。”

“那……”冯静贤不解，“您为何不悦？”

长念抿唇，伸手指了指离城门最近的那几个缠斗的人。

三个敌兵，两个己方士兵，五人交战，四人身上都是血肉模糊，却犹自在打杀。刀斧落下，站在人群里的高个子敌兵被削去了拇指，抬脚一踹，他对面的士兵踉跄趴下，吐出一口血沫，身边的敌兵与他分外有默契，抬刀就将士兵的头剁了下来。

鲜血喷洒，士兵的头颅滚了老远，看得人浑身发紧。

“殿下。”冯静贤收回目光，无奈地道，“您不必太拘于小处，战场上总有牺牲，您该看见的是大局的优势。”

死两个人就这样难过，未免太过小家子气了。

“冯大人觉得，下头这些人的牺牲只是小处吗？”长念皱眉，神色里有痛惜，“上位者若不把人命当命，这战场上赢了，天下也终究会输！”

冯静贤一愣。

长念深吸一口气，沉声道：“这一场仗原可以不打，皇兄却执意要攻，无论是守城的人还是攻城的人，都是我大恭的子民，用子民的命分出我与他的胜负，我问心有愧！”

她伸手指着那滚落在地的头颅，喃喃：“那是谁家的儿子？又是谁家的丈夫？白做这战场不归人，我以何报之？若是为我大恭守江山封土还罢，偏生为的是我与皇兄的厮杀……”

冯静贤心头大震，愕然看着面前这位瘦小的皇子，愣怔半晌，眼里竟有些泪意：“殿下！”

“你别觉得我是好人。”长念自嘲，“我跟皇兄没两样，我也是不肯让步，才招致这一场杀戮。若我肯让皇兄进这京都，今日的血也不会流这么多。”

冯静贤摇头，哽咽了好一会儿才道：“不一样，殿下与太子是万万不一样的，太子是强求不属于他的东西，而殿下不过是固守先皇遗志。这天下若落在太子手里，将来的血只会流得更多。”说着，他又笑道，“殿下今日所言，让臣看见了大恭文宗皇帝的风骨。”

长念一愣。

文宗皇帝在位之时，是大恭最为强盛的时候，可惜他在位不过五年便病逝。后来的皇帝，再没有能与他相提并论的。

眼下冯静贤这话，长念下意识地就归为了奉承，毕竟她连文宗皇帝的面都没见过，谈什么风骨。

城外的厮杀还在继续，北堂缪打头阵杀敌，一枪挑数人，威猛万分。长念紧张地盯着，生怕他出什么意外。战况正激烈之时，城楼下黄宁忠抱着头盔上来，半跪拱手：“殿下！皇陵急讯！”

长念猛地回头。

皇陵守军一向是不会离开皇陵的，终生老死在皇陵里也是常事，然而现在，一个皇陵守军浑身是血地被抬到城内门下。

长念看着，心里沉得厉害，提着袍子踉踉跄跄地跑下去，伸手探了探那人的呼吸。

守军睁着眼，嘴唇嚅动，声音却极其微弱，长念听了许久，才勉强听见他说：“皇陵……被破。先皇棺椁……被盗。”

长念眼前一黑，差点没站稳。旁边的冯静贤慌忙扶住她，端了茶来让她喝上半口。

“皇陵所在，一向是机密。”缓过气来的长念捏着拳头红了眼，

“怎么会被破！”

冯静贤也不知该怎么安慰她，当下局势实在太乱，先皇出殡当日殿下都遇刺，皇陵被人跟踪发现，也委实不是什么稀奇事。

“当务之急，还是先让外头的敌军退兵。”言官同她道，“皇陵离此处太远，增援已来不及，还望殿下以大局为重。”

他一开口，旁边几个老臣跟着行礼：“望殿下以大局为重！”

大局，指的是这城里城外，而不是她最担心的父皇。长念深吸一口气，咬牙，重新站上了城楼。

城内援兵已至，城门大开，汹涌的兵力渐渐将敌军逼退。

黄昏时分，庞安鸣金撤兵，后退八十里。

长念回到营里，沐疏芳已经备好了晚膳，双目担忧地看着她，像是想说什么，又咽了回去，只笑道：“恭喜殿下，大胜而归。”

长念乖巧地坐在她备好的凳子上，捧起碗开始吃饭，可吃着吃着，眼泪就落了下来。

沐疏芳连忙坐去她身侧，拿绢帕给她擦了，低声道：“您如今可是这京都的脊梁，哪里能哭？叫人看见了可得笑话了。”

放了碗筷，长念扭头看她，眼泪还是吧嗒吧嗒地掉：“我要没生在帝王家该多好。”

没生在帝王家，就生在普通的农家，也许要为耕种发愁，但父母健在便是极好的，她可以穿普通的罗裙，梳女子的发髻，然后依偎在娘亲父亲怀里撒娇。

长这么大，她一次都没有跟长辈撒过娇，以前曾看过太子跟父皇闹小性子，那滋味，就像她饿极了，而太子手里有一块巨甜无比的糖，她眼馋，却抢不得。

现在好了，太子不仅不吃那块糖，还要摔在地上，踩个粉碎。她看着实在又气又心疼，哪里能不哭呢？

“乖哦，乖……”沐疏芳抱着她，轻声哄着，“人各有命，殿下羡慕别人，别人也会羡慕殿下，咱们尽力过好自己的日子便是。”

长念委屈地撇嘴，眼巴巴地问她：“那我父皇，怎么办？”

沐疏芳一顿，垂眸道：“先帝毕竟也是太子的生父，就算盗走棺椁，应该也不会做太过分的事情。”

然而，事实证明，太子不仅做了过分的事，而且过分得出奇。

庞安大败的第三天，太子赵抚宁代先帝下《罪己诏》，揭露颇多皇室丑闻，编纂讲述，半真半假，但言辞十分辛辣，导致民愤骤起。赵抚宁“顺民意”，将先帝的谥号废黜，并焚毁先帝在位时下的圣旨八十二道。

此举实在是罔顾人伦，但因赵抚宁随手废除的还有几道诛杀忠良的圣旨，民间一时分为两极，褒贬相对，争论不已。太子府养的文士倾巢而出，以笔牵动舆论，颠倒黑白，搅乱京都一池水。

到后来，竟当真有不少朝臣觉得，太子此举是大义灭亲，实乃正道。

长念听着外头的风雨，眼里暗潮汹涌。

生前不让安生也就罢了，动人棺椁乃大忌。赵抚宁为了皇位已经敢做到这个份上，那她就算是死，也不能让他得逞！

第十六章 战火

城门又燃起了战火，与上回不同的是，这次太子不只攻东城门，四方城门皆有兵力分布，只是摸不清哪边多，哪边少。城中百姓四处奔逃，奈何城门戒严，出不去，长念坐在车里经过街上，都能听见绝望的号哭和惊恐的尖叫声。

冯静贤坐在她身边，很担心她又开始忧国忧民，然而出乎意料的是，这次长念脸上一点悲悯的神色都没有，有的只是坚定，无比的坚定，仿佛她是这京都的城墙，死活要抵住外头的刀剑。

战火重燃，七殿下也没让他失望，调度粮草、升迁武将、商议布局，她事事都亲自上场，并且当真做得不错。小小的身影奔波在烽火连天的城墙边，大大地稳定了军心，也提升了士气。

只是，每日黄昏，城里的人出去打扫战场，收敛尸体的时候，七殿下都会站在城楼上发呆，一双眼看着天边的晚霞，也不知道在想什么。

城门半开，出去收敛尸体的一行人越走越远，长念看着看着，觉得有点不对劲。

“那边也是战场吗？”她指了指远处的小山坡。

北堂缪看了一眼，低声回答：“这一片都是战场，但那边多是敌军，少有我们的人。”

眉头一皱，长念下令：“去把那一行人追回来！”

“是！”

黄宁忠不知道殿下追那些士兵干什么，但既然领命，他还是带人骑马，甩着麻绳飞快地朝人追过去。

然而，那群人下了山坡就没了影子。长念看着黄宁忠等人带着一股子烟尘飞奔而去，跟着没在山坡后头，心里的不安越来越强烈。

她下了城楼，对北堂缪道：“咱们去一趟国公府。”

这些日子战事吃紧，国公府的守卫有所松懈，但一直没听见什么消息回禀。长念以为叶将白很老实地待着，但……叶将白就不是个老实的人。

轻而易举地冲破国公府的守卫，长念踏进这熟悉的院落，嘴唇紧抿，眼神四扫。

“殿下。”国公府的管家似是在等她，一见她来，笑着上前行礼，末了递上一封信，“主子吩咐，您若是来了，就让您看看这个。”

站在庭院里，长念身子僵硬，顿了许久才伸手去接，没急着打开，而是不甘心地再扫了一眼四周。

他逃了，只有逃了，才会给她留书信。

信上会写什么，长念大致能猜到，无非是跟她谈条件，抑或是再告诉她一些坏消息以攻心。

然而，她慢慢打开信纸，墨迹舒开，上头只有三个字——

气不气？

赵长念：“……”

这字写得苍劲有力，又带了点痞气，她仿佛看见叶将白就站在她面前，揣着手斜眼看她，狐眸里满是不屑和嘲讽。

“畜生！”她磨牙。

狠狠将信纸揉成一团，再掷在地上狠踩几脚，长念目光阴沉地看着管家：“哪些人走了，你直说，也免得我查抄一遍这国公府。”

管家半分不抵抗，拱手道：“国公带了良策、许智、雪松等随从。”顿了一下，他补上一句，“还有姚家小姐。”

长念眯眼。

好一对亡命鸳鸯啊，连逃跑都要一起，叶将白那样嫌麻烦的人，也不怕带着姚家小姐坏事？那想必是真的打算娶她了。

可这跟她有什么关系呢？长念冷笑，甩开脑子里的想法，斜睨着管家道：“你这么配合，想必国公早有吩咐，让你不要反抗，是吗？”

管家笑眯眯地点头。

“那好。”长念拍了拍手，“战事正酣，粮饷吃紧，本王在此先谢过国公慷慨相助了。”

笑容一僵，管家的脸抽了抽。

国公府是京都里最豪华的府邸，金雕玉砌，财气通天，随便挖一块石头下来都能卖钱，更别说整个府邸现在都由她处置。

摸摸自己背后伤口结的痂，长念半点没跟叶将白客气，招来五百士兵，先将府里的珍宝玉器都搬空，再四处寻找私窖。

叶将白有钱，富可敌国都是谦虚的说法了，如今国库空虚，不过十几万两银子，但他这府邸一抄，赵长念手里顿时多了三十多万两军饷。

拿着雪松落下的小算盘打了打，长念苦恼地问管家：“国公回来看见他府邸空了，会不会生气？”

管家哆哆嗦嗦地道：“这定然。”

“他那么有用的人，要是气死了，那我一定会忍不住……”长念叹了口气，回头却咧嘴，“一定会忍不住笑出声！”

管家：“……”

看着面前七殿下的表情，管家终于明白为什么国公走的时候表情十分痛苦不舍，将大堂里的白玉椅子都一一抚过，仿佛在看最后一眼。

真的是最后一眼啊！七殿下搜刮起东西来，连阶梯上的白玉都没放过！国公真要回来，恐怕还得拿绳子吊上二楼去。

冤孽啊！

北堂缪静静地在旁边守着，目光落在她那灿烂无比却不达眼底的笑容上，微微皱眉。

“你在气什么？”上了马车离开国公府的时候，北堂缪轻声开口问。

长念一愣，抬头：“我没有生气，兄长为何这么问？”

北堂缪深深地看着她，眼神明了。

长念别开目光，抿唇道：“气他是国之蛀虫罢了。”

叶将白是蛀虫，又不是现在才发现，他这蛀虫放了血，倒是能养活一方将士，解了燃眉之急。北堂缪知道，赵长念气的不是这个。

他收回目光，轻轻叹了口气。

长念莫名地觉得心虚，垂眸小声道：“兄长……”

“没有要怪你的意思。”北堂缪看着前头晃动的车帘，“只是，你在他的手上九死一生，如今也还是放不下他？”

“没有。”长念答得飞快，摇头道，“他与我势不两立，我亦与他不共戴天，哪里还有什么放不下？”

“你这丫头，从小就嘴硬。”

“我没有！”

“好，没有。”北堂缪目光柔和下来，轻轻扶了扶她头上的金冠，“殿下所言，缪一直当真。”

莫名有点鼻酸，长念吸了口气，闷着不作声了。

车是往东门开的，开到半路，北堂缪突然说有事下车一趟，让长念先走。

长念也没多问，回到东门城楼上，看向下头显出浅红色的战场，心里跟压着国公府阶梯上的玉石似的，沉得难受。

黄昏时分，四处依旧在巡逻，兵营里的炊烟也已经燃起，长念正打算回去用膳，刚下城楼，却见北堂缪回来了。

他远远地朝她这边走过来，银白铠甲上的披风被风扯得翻飞，更显得身姿挺拔、眉目清冷。他一只手放在背后，像是藏着什么东西，望着她的眼神温暖而柔和。

“听皇妃说，殿下近日胃口不好。”他在她面前站定，挑眉，“猜猜方才我在街上看见什么了？”

长念眨眼，茫然地摇头，就见他将背后藏着的东西拿了出来。

一串红彤彤的冰糖葫芦！

长念张大嘴，伸手接过来咬了一口，酸甜相混，很是开胃。

“兄长那会儿下车，就是为了这个？”

北堂缪点头。

长念有点感动，三下五除二将那一串糖葫芦吃完了，末了抹抹嘴，甚是高兴地朝他拱手：“多谢兄长！”

北堂缪低低地应了一声，擦了擦她嘴角的糖渍，便将她送回了下榻的兵营。

因着担心的事情多，所处的地方又不是绝对安全的，长念晚上不容易入睡，子夜时分常常坐起身叹气。然而今天晚上她起身的时候，发现窗外站着个人。

“哇！”长念一声尖叫，把外室沉睡的沐疏芳直接吓醒了。

两个姑娘抱成一团，端了灯台颤颤巍巍地递到窗边，结果照出了北堂缪那张英朗的脸。

“做什么？”北堂缪皱眉。

长念气得把灯台往窗边一放：“这话该问兄长才是，大半夜的，兄长站在这里做什么？”

北堂缪指了指天上的月亮。

现在的月亮一点也不圆，但好在十分亮堂，长念看着，双手捧心，笑着道：“好好看哦！”

然而下一瞬，她脸一黑：“这就是兄长半夜不睡觉站在这里的原因？”

“嗯。”北堂缪道，“等月下梢头，我再回去睡觉。”

长念觉得，兄长真的十分任性，明日还不知要不要上战场，他竟能不睡觉。

不过，知道他在外头，她倒是放了心，回去床上躺着，没一会儿就睡着了。

沐疏芳披着衣裳，神色复杂地看着床上沉睡的小傻子，又看了看外头站得比树还直的北堂缪。

一个傻一个呆，无药可救！

不过，京都的夜晚毕竟露重，沐疏芳嘴上骂骂咧咧，还是拿了厚斗篷出去，给北堂缪穿上。

“不冷。”北堂缪道。

“我知道，您几位都是有情饮水饱、心头暖的，但架不住晚上风凉。真病倒了，定要伤我军士气。”沐疏芳翻了个白眼，“且穿着吧。”

她说完，像是带着气，扭身回屋。

北堂缪沉默地看着她的背影，又看了看自己身上的斗篷。

大红绣牡丹的样式，娘里娘气的。

不过，倒是像极了沐疏芳这个人，高傲又热烈。

摇摇头，北堂缪抬眼看着月亮，继续站着。

第二日清晨，长念起来用膳的时候，就听得黄宁忠来禀告：“辅国公携家眷已经逃出京都，在太子一方军营附近消失。”

长念“嗯”了一声，黄宁忠又道：“探子回禀，怀渠又现敌军增援阵营，下一场守城之战恐怕更加艰难。”

“之前不是说，三镇之中很多将领不服太子，未曾听从调令？”长念不解。

黄宁忠也摇头：“不知道发生了什么，几位最固执的老将一夜之间似乎都倒向了太子阵营。不过好消息是，二殿下寻了偏路，绕开了太子，不日就将抵京。”

二哥能进京都了？这的确是个好消息，长念微微松了口气，放了筷子，带着人往城门的方向走。

街上人烟稀少，偶尔有车马经过，都是急匆匆往城外走的，长念不经意地一瞥，就瞥见了户部刘尚书的家眷。

这一家人似乎也是想逃出京都去，不承想会在路上撞见赵长念，当下脸都白了，急急地用衣袖遮挡，慌忙往外走。

长念沉着脸下了车，冲他们喊了一句："你们走的方向城门戒严，出不去。"

避无可避，那一家子都停在了原地，刘尚书臊红了脸下得车来，连忙对着长念跪下："请殿下饶命！请殿下饶命啊！微臣下有三岁稚儿，上有八十老母，实在经不起这战火摧残。微臣不是投敌，只是想安顿家眷……"

长念安静地听他说完，颔首："担心家眷乃人之常情，本王不怪罪。这便让人拿着手令去替大人开城门。"

不但不责怪，反而要放他走吗？刘尚书心里忐忑，觉得这不可能，多半有计，于是跪着不敢起来。

长念等了一会儿，干脆让黄宁忠架起他，直接扔出了京都。

此举一下，满朝哗然，有谴责刘尚书的，也有偷偷羡慕他的，毕竟就兵力来看，如今是太子占上风，这城说不定什么时候就破了，能带着家财家眷跑路是件好事。

朝中正吵嚷的时候，赵长念下了命令。

——凡有想离京者，只管上禀拿手令，城门统统放行。

没这命令的时候，每天有很多人想着法子要出城，可当真被放行了，这些人反倒安分了，看着那大开的城门，个个缩回了脑袋。

人就是如此古怪，有阻拦的时候，千方百计也要冲出重围，一旦你放手让他走，他反而会在那敞开的门前犹豫不决。

长念很大方，给足了机会让他们犹豫，同时破格提拔了七八个忠心耿耿的人，最厉害的直接从禁卫升迁至兵部侍郎，委以重任。

冯静贤一度担忧在这个关头大肆调度会否影响朝政，然而幸运的是，直到下一次守城之战，京中也没出什么乱子。

战前一夜，长念披着长衣在灯下看战报，连日的操劳让她憔悴了不少，本来就不大的一张脸，眼下更是瘦得叫人心疼。

灯火燃了许久，烛泪堆积，屋子里时明时暗，她揉了揉眼，迷茫地抬头，突然发现外头已经是深夜，不由得咋舌："怎么这么快？"

红提已经趴在外头的矮桌上睡着了，屋子里悄无声息，外头的月光也分外宁静。放了手里的东西，长念起身，走到窗边驻足。

这个月亮看着很眼熟，缓缓在人身上流淌的月光，像极了国公府里碧水青山池里的水光。

国公府奢华，叶将白那个人却是极讲品位的，京都大多的宅子里有池子，但无人像他一般，将大半个宅子都做了池子，引了活水，愣是在那片金砖玉瓦里添上一抹山青色。

彼时她与他还未撕破脸，她尚在装傻充愣，被他带去池子边，笑嘻嘻地看着里头的鱼，然后问他："国公，这一处为何不是金雕玉砌的？"

叶将白勾唇，狐眸里闪着光："这一片，是留给在下自己停歇的。"

"停歇？"

"人这一辈子要经历的事情很多，身处富贵地，做的就是富贵事。"撩起袍子在池边坐下，叶将白轻笑道，"富贵事做久了，就会累，累太久了，便会筋疲力尽，再不想往前。是而，有这么一处地方，才能让在下停歇回神。"

长念当时只傻笑，也没太当回事，如今从案卷之中抬头来看着月亮，她才发现，叶将白是个很聪明的人，他虽贪婪，却懂得取舍，尽力却不会竭力，张弛有度，进退有法。

不像她，非要日思夜想，筋疲力尽，才能在这乱世之中走上两步。

太子实力大增，布军已呈嚣张的半包之势，京都得各地之人前来相助，但杯水车薪。朝中仍有不少老臣主和，长念一旦反驳，他们就非议她贪图皇位。京中百姓被人煽动，不少人骂她窃国，拒太子于城外，居心叵测，甚至守城之军也有叛逃者。

那么多难听的声音，沐疏芳都忧心忡忡，赵长念若是男儿还好，女儿家哪能受得住这天大的冤枉？

可她偏生就是受住了，不仅受住了，还能看战报呢。

长念骄傲地仰起下巴，心想，父皇在天之灵若是看见，这回是无论如何也要夸她的，至少不能比夸太子轻！

仰着仰着，眼前又有点模糊，她胡乱拿袖子擦了一把，吸吸鼻子正打算关窗户，抬眼却看见那边树下站着个人。

“兄长？”长念吓了一跳，“你什么时候来的？”

北堂缪漫步走过来，眉目在烛光下渐渐清晰，英眸里闪着光道：“刚给太后请过安，便过来了。”

长念一怔。

自从父皇驾崩，太后就大病一场，闭宫不见人。冯静贤曾说过，若是太后能下一道懿旨，扶正她，眼下这恶劣的情况就会改善良多。

然而，长念没让人去撞门，她很清楚太后是偏爱赵抚宁的，哪怕门撞开了，这懿旨太后也不会下。

只是没想到，兄长竟然能见着太后。

“殿下不好奇，太后她老人家说了什么？”见她傻愣愣地不吭声，北堂缪轻笑。

长念嗫嚅两下，又耷拉了脑袋：“说了什么？”

一看就是没抱什么希望的。

北堂缪微哂，示意她退后些，然后攀着窗台越进了屋子，将她按在旁边的茶榻上坐好，然后慢慢低身，半蹲在她身侧。

“太后娘娘说……殿下之前送的珠子，她都镶在了凤冠上，只是委实太重了，不能戴，就摆在屋子里看着。”

长念愕然抬头。

北堂缪英眸含笑，脸上是难得的温柔，他伸手轻轻摸了摸她的头顶：“她还说，手心手背都是肉，都舍不得，但她知道，念儿做的是对的，没有错。”

鼻子一酸，长念咬唇，眼泪“唰”地下来了。

“嗯，她老人家也说了，念儿爱哭，从小就像个瓷娃娃。”伸手接着她的眼泪，北堂缪勾唇，“但这样的瓷娃娃，如今死守着京都，护住皇宫安宁，倒是比那些个铁打铜铸的人更让她动容。”

长念眨眼，温热的泪珠一颗颗砸在北堂缪手心。她撇嘴，哑声道：“你别拿好话哄我……”

“没有哄你，太后当真是如此说的。”北堂缪叹息，“你若不信，等明日之战结束，我随你去给太后请安，如何？”

伸手抹了把脸，长念咧嘴应下：“好。”

笑是笑了，眼泪却没掉完，抽抽噎噎地哭了许久。

北堂缪坐在茶榻上，看她半睡半醒的模样，知道她也是累极了，干脆将她揽过来，让她趴在自己的腿上。

红提半夜惊醒，慌张地抬眼，就见屋子里的烛火已经燃尽。

月光从窗外透进来，照在茶榻上，榻上坐着北堂将军，她家殿下正趴在将军的怀里睡得纯熟。

将军温柔地拍着殿下，一双眼专心致志地盯着她，眨也不眨。

这场面，朦胧旖旎得像梦境。

红提以为是自己还没睡醒，摇摇头，趴在桌上继续睡，梦里也是一片春色盛开。

第二天黎明，城外号角吹响。

长念登上城楼，看着下头乌压压的一片敌军，脸色本就不好看，再不经意扫见中间一个骑在马上的人，眼神更是一沉。

叶将白好大的胆子！

这是战场，他竟连盔甲都不穿，一身清月长袍，大袖翻飞，在这黑红交错的战场上显得格外打眼，哪怕她在这高远的城楼上，也一眼就瞧见了他。

“宁忠。”她咬牙，朝人劈手指了指那抹白影，“箭射得着他吗？”

黄宁忠顺着长念指的方向看了看，沉默半晌，道：“殿下，军中能百步穿杨之人甚少。”

长念怒道：“他们当初追杀我的时候，怎么就那么多能百步穿杨的人？咱们军中怎么就甚少了？”

“这个……”黄宁忠很无奈，“京中大乱，不少精锐流失。”

“找几个人来一试！”长念叉腰，“射中那人者，赏金百两！”

“是！”

于是，叶将白风姿动人地骑马缓行时，就听见羽箭破空之声呼啸而来。

他侧头，一双狐眸里无波无澜，眼睁睁地看着羽箭一支支朝他而来，又准头不足地散落开去。

旁边有随将忙不迭地恭维：“国公真是天下独一份的好胆色、好气魄啊！危险临前而不动，乃大将之风！”

他开了头，旁边的人争先恐后地开始夸赞，生怕落在后头叫国公记不住他们。

叶将白收回看着城楼上的目光，神色十分复杂地扫了周围人一圈。

要是那羽箭真到他身边三丈之内，那这夸赞没毛病。可城楼上那些人的箭法实在拙劣，羽箭还没飞到就落下去了，压根不足为惧，这也要硬夸他？

“有这工夫，”他抿唇道，“各位不如上前杀敌。”

周围嘴碎的人瞬间安静了。

他们所处的位置说是战场，其实他们也就是来走个过场的，前头将士拼杀，后头的人只管等着领功，谁会想不开舍下国公身边的好差事，去前头丢命呢？

这一回攻城，赵抚宁准备得甚为充分，兵力足，布军也有大将把关，双方酣战之时，他便在后营里喝酒等着。

抢来的美人立在他身侧，手里捏着酒壶，表情麻木。

“这一遭若是城能破，我便是九五之尊，而你……”放下酒杯，赵抚宁伸手将美人揽入怀，亲昵地蹭着她的乌发，“你会穿上凤袍，做我的皇后。”

拉扯之间，酒壶里的酒洒了些在他的袍子上，美人不语，只眼神空洞地看着，也不挣扎。

赵抚宁自言自语半晌，微恼："香慈，都这么久了，你怎的还不肯正眼看我？"

自从在湖上画舫惊鸿一瞥，赵抚宁就爱上了这个笑起来比湖光山色更动人的女子，香慈只是富商之妻，那刘凌云说富，也没多富，给不了她最好的穿戴，也给不了她无上的荣光。

而这些东西，赵抚宁都是可以给的。

赵抚宁觉得自己从未如此疯狂过，为了一个女人，屠杀了半个宅院，在最敏感的时候背上罪名，甚至不惜为她抗旨，导致如今想回京只能打硬仗——这些，他都没半点后悔。

可是，眼前这个人坐在他怀里，神色比初见时的湖面还平静，别说笑了，半点好脸色也没有。

毕竟是高高在上的太子，赵抚宁有些恼，他扳正了香慈的脸，叫她看着自己，而后皱眉道："想嫁给我的女人数不胜数，我谁都没要，偏生选了你，自问待你没有半点不好，你到底还有什么不满意？"

香慈不答，微微合眼。

自从刘凌云死后，她就再也没跟他说过一个字了，他找过大夫，大夫说她嗓子没坏，是她自己不愿意说。于是有段日子，赵抚宁想尽办法逼她说话，气急之时，也曾疯狂与她翻云覆雨，妄图从她嘴里听见点声音。

可是没有，香慈什么声音都没有。

大军在前，胜负未知，赵抚宁看着营帐地毯上的灰，突然就沉了脸，一把将她推开。

香慈一个踉跄，跌坐在地。

"你若实在厌恶本宫，那本宫也断不会一直捧着你。"他冷声道，"滚出去！"

香慈还是没看他，也没说话，从地上站起来，缓缓出了营帐。

他方才那一推力气很大，她似是伤着了，步子有些不自然。赵抚宁斜眼看着她的背影，心口发紧，脑子又气得发胀。

哪有这么不识抬举的女人！

喝了半壶酒，又气了半晌，赵抚宁有些神志不清，恰好这时有人进来禀告："殿下，庞将军说有些不对劲，前头攻城的人好像有很多不是咱们的人。"

赵抚宁迷迷糊糊的，压根没将这话听进去，他倚在虎皮椅里嘟囔："管是谁的人呢，打下来再说。"

他都这么说了，副将也不好再议，应了就退下了。

赵抚宁睡了过去，两个时辰之后方才转醒，醒来眼还未睁，便伸手往旁边摸，喊了一声："香慈。"

手边空荡荡的，没人。

赵抚宁陡然惊醒，起身掀帐出去，却见日头已经偏西，目之所及之处，没有香慈的影子。

"人呢！"他慌忙抓了卫兵问。

卫兵吓了一跳，想了想，猜他问的是那美人，于是指了指河边。

浑身汗毛都要立起来了，赵抚宁怒喝："怎么能让她去河边！"

香慈寻死过，是被他硬生生拦下来的，从此之后他再也没敢让她离开他的视野。方才是真生气了，才让她滚，若当真出事……

赵抚宁心口疼得厉害，连忙带着人一路狂奔到河边，左右找着人，一边找一边放下架子大喊："香慈！"

河水潺潺，水边不远处有人正半蹲着在洗衣裳。

赵抚宁瞳孔一缩，连忙大步走过去。

香慈在洗他的衣裳，木盆里放了三件里衣，已经拧成了麻绳状，她那纤细的手泡在清澈的河水里，正在涤荡最后一件。

快跳到嗓子眼的心猛地落了回去，赵抚宁上前将她拉起来，颤抖着把人抱住。

"慈儿，你乱跑什么？"

香慈被他抱着，美丽的脸上依旧一点反应也没有，听他说着抱歉，说着不该吼她，眼里波澜不起。

有亲近赵抚宁的副将在旁边看着，忍不住皱眉。归去的路上，他小声道：“殿下，此女子非良人，当真不愿追随殿下，殿下不如还是放了吧。”

赵抚宁一听就大怒：“放？本宫为什么要放？”

香慈安安静静地继续往前走，身姿动人，娴静如一株水仙，听见吵闹也没回头。

赵抚宁本就有气，这副将是上赶着来撞刀口，一回军营，他就下令将这人砍了，谁劝都没用。

于是，这个跟了赵抚宁八年的副将，就这么死在了赵抚宁的盛怒之下。

太傅闻讯，赶来劝诫：“殿下，眼下正是用人之际，又有大战在前，您如何能因为个女人而斩杀副将！”

赵抚宁气愤稍平，也知道自己举止不当，可他下不来台，只能硬声道：“一个副将而已，少了他，这仗又不是不能打了。”

“殿下，这关乎人心！”

“人心怎么了？”赵抚宁没好气地道，“给他追封就是了。”

太傅被气得无法，拂袖而去。营帐里安静下来，赵抚宁闷头坐着，对屏风后头的人道：“你看，我又为了你做错事了。”

屏风后的香慈正慢条斯理地给洗好的里衣熏香，像是没听见一般，不声不响。

赵抚宁有点委屈：“你都不能安慰我一二？”

衣裳熏得半干，香慈抱着走出屏风，去外头晾上。

赵抚宁看着她的背影，嘴巴翘得老高，像要不着糖吃的孩子，又气又可怜。